料理通異聞

松 井 今 朝 子

JN152114

幻冬舎時代小説文庫

料理通異聞

挿画　はぎのたえこ

目次

二 出会は甘露にして

昨夜の雨で山谷堀(さんやぼり)の水嵩(みずかさ)が増した。薄墨色の雲から洩れた清澄な陽射しは濁った水面(みなも)に幾片もの雲母(きら)を浮かべてみせる。

一艘(そう)の猪牙舟(ちょきぶね)が紙洗橋(かみあらいばし)を通り抜けて隅田川へ向かっている。上りの舟はまだ姿を見せない。堀端に軒を連ねた船宿も、今はまだ宵の戦(いくさ)に備えて高いびきといったところだろうか。

紙洗橋の上に立つと日本堤(にほんづつみ)が思いのほか遠くまで見わたせた。初春の川風は冷たいが、土手八丁の芝草も、待乳山(まっちやま)の緑もぐっと春めいていた。

人けのない早朝を狙ってここに立ち、今日やりたいこと、するつもりのことをぶつぶつと呪文のように唱えるのは善四郎(ぜんしろう)が幼い頃からの習い性だ。いまだ十六歳の若者にさほどすることがあるはずもないが、唱えたら実行しないと気の済まない性分が、真一文字に引き結ばれた唇と頑丈そうな顎(あご)の線に現れている。切れ長の薄い瞼は大人びた印象を与えても、眼球の動きは童子も顔負けの活気に満ちて絶えず好奇心の矛先を示した。

　昨日つい見とれてしまったのは、同い年でうちにいる見習いの繁蔵が、小刀を器用に操ってサリサリと鰹節を掻く手つきだった。見馴れたはずの光景が妙に胸をくすぐったのは、去年からしばらくわが家を離れていたせいかもしれない。

　やりたいことは何であれ、即やってしまおうと決めたのも去年である。

　天明二（一七八二）年、お盆の最中に江戸は大きな地震に見舞われた。戸障子がバタバタ倒れ、瓦がずり落ち、壁がひび割れして、善四郎は生きた心地もしなかった。だが元禄の大地震はこんなものではなかったと界隈の古老に聞かされて、この世の一寸先は闇、誰しも先のことはどうなるかわからないという気持ちが強まったのだ。

　鰹節は小さめでカンカンと軽い響きがするのを使うこと。背の身の雄節よりも腹身の雌節のほうが削りやすいと教えてくれたのは、うちに古くからいて、今や鬢に白いものが混じりはじめた料理人の源治だ。善四郎は彼の許しを得て、まだ薄暗い厨の板の間に腰をすえた。

片襷（かただすき）で右袖をたくしあげ、刃渡り三寸五分の小刀をしっかりと握る。見よう見まねで動かす手つきが最初はどうにもぎこちなかったが、一定の拍子が整うと急に刃の滑りがよくなった。

「若旦那、初めてにしちゃ、なかなか堂に入ってますぜ」

声に振り向くと土間の櫺子（れんじ）から射す陽がまともに飛び込んで、善四郎は目を細めた。

「源さん、若旦那はよしてくれ。おいらまだ水野の小僧なんだぜ」

去年、元服したばかりの善四郎が水野の屋敷へ奉公に出されたのは今でもふしぎだった。なんとも遅ればせの丁稚（でっち）奉公で、水野は母親が嫁ぐ前の奉公先とはいえ、料理とはまるで無縁な商売だから、実家の厨が何よりも懐かしくなり、昨晩たまの藪入（やぶい）りで戻るとここに入り浸りなのである。

源治は黙って、掻いたばかりの削り節を桐箱ごと取りあげた。そのまま土間の竈（かまど）に向かって、銅鍋にたっぷり滾（たぎ）った湯に投じる。と、沸き返った湯の中はたちまち枯葉が舞い散る嵐のようだ。

しばらくして猪口（ちょこ）に汲（く）まれた琥珀（こはく）色の一番出汁（だし）は、小気味のいい香りで鼻をくすぐり、すっきりした旨(うま)みで舌を満たした。

にもかかわらず、残念ながら店ではこれを使ってもらえないらしい。

「今日は正法寺(しょうほうじ)さんの御斎(おとき)で手いっぱいだぜ」

と親父に目を剝(む)かれて、善四郎は少なからずがっかりした。

ここ浅草新鳥越町(しんとりごえちょう)界隈は寺町で、店は一年の大半を仏事の仕出し料理に追われている。殺生を禁じた仏の教えに従って魚鳥を使わない精進料理となれば、本来は鰹出汁も禁物なのだ。

たとえ刺身でも、葛粉(くずこ)を溶かして冷やし固めた水蟾(すいせん)で魚肉の代用をするのが精進料理だから、手が込んでいても、一番食べ応えのあるのは粒椎茸(つぶしいたけ)といわれるほどに、食材の幅が狭いのは如何(いかん)ともしがたいのであった。

もっとも親父の店、福田屋は界隈でも御斎がいいので評判だ。何しろ料理屋を創(はじ)める前は八百屋だったので、精進の蔬菜(そさい)や乾物の仕入れはお手のものである。

八百屋の前は、今の神田が福田村と呼ばれていた大昔の百姓で、それが屋号の由来と聞かされている。

いくら御斎の評判がよくても、御斎を目当てに仏事を営む人はいないので、評判はこの界隈に限られた。おまけに精進料理では鰹の出汁さえ使えないのがつまらない、というような気持ちがつい善四郎の顔に出たのだろうか。源治がやけに真面目くさった顔で話しだした。

「そりゃ清まし汁の吸物となれば鰹の一番出汁に限るだろうが、煮炊きをする分には、干瓢でも決して馬鹿にゃできませんぜ。若旦那、これをちょいと口に入れてごらんな」

と差しだされた平皿には干瓢といっしょに煮た油揚げが寝そべっている。

油揚げをつまんで口もとに寄せると日向臭いような匂いがした。嚙めば大豆の甘みがじわじわと口中に広がって、善四郎は母親の懐に抱かれたようなほっこりした気分だ。干瓢の出汁は強い主張がなくとも、大豆の仄かな甘みを損なわずに巧く引き立てている。

いわば目立たない縁の下の力持ちが世の中を支えるようなもんだ、と善四郎は干瓢の出汁を認めた。源治はなおも説教を垂れ続けた。

「昆布にしろ、椎茸にしろ、出汁ひとつでがらっと味が変わります。世間も色んなやつがいてこそ面白くなる道理でさあ」

なるほど、料理はひとつの世界だった。そこには山もあれば海もある。選(よ)り分け切り分けした山海の幸にさまざまな出汁を染み渡らせ、塩や砂糖や醬油や酢や味噌をまとわせ、甘い鹹(から)い酸い苦い辛いの五味が調和した美味なる世界へと導くのが料理人なのだろう。

そう思うと善四郎は早く料理人になりたいのだけれど、源治は笑ってあっさりとかわした。

「まず今は橋場(はしば)のお屋敷で、立派な旦那になる修業をなさいまし」

隅田川に吾妻橋(あづまばし)が架かったのは安永(あんえい)三（一七七四）年、善四郎が七つの年である。大昔は吾妻橋よりもう少し川上に橋があって、それが橋場という町名の由来だと聞いている。

今はそこに橋の長さに負けない百間(ひゃっけん)もの黒板塀を張り巡らした、大名の下屋敷と見まごうような商家があって、主(あるじ)の名は水野平八(へいはち)。御金御用商(おかねごようしょう)という、まさしく大名相手の金貸し業をしている人物だった。

母親が福田屋へ嫁ぐ前に水野家で女中奉公をしていた縁によって、善四郎は去年の正月、黒紋付きの正装で挨拶に連れて来られた。屋敷の中は広すぎて、蜿々(えんえん)と続く廊下では迷子になりそうだった。縁側で、ずらずら並んだ土蔵を数えても途中から数がわからなくなった。庭に植わった紅梅白梅は最初から数える気にもなれなくて、ようやく辿り着いた離れの座敷に主人はいた。思ったよりも若く見え、切れ長の薄い瞼のわりには目つきに温かみが感じられた。

初対面のはずが、相手は懐かしそうな声で、

「ほう、大きくなったのう」

「親父様によく似ておりましょう」

と横の母親が面映ゆげな笑みを浮かべたのは、子心にも何やら妙な感じがした。うちの親父はぎょろっとした目玉をしていて、自分の顔とはあまり似ていないはずなのである。

その離れの座敷では床の間の前に金屏風が立てまわされて、中の一畳に緋毛氈が敷いてあった。その端にはみごとな黒蒔絵の鬢盥と白木の三方が置かれ、善四郎がいわれた通り真ん中に座ると、主人は三方に載せた剃刀を取りあげて前髪に当てた。月額をきれいに剃りあげるのは廻り髪結の手に委ねられたが、善四郎は水野平八がいわば烏帽子親となる恰好で立派な元服式を遂げたのである。

そのまま同家に留め置かれて、しばらく奉公させられることになったのもまた実に意外な成りゆきで、当座は眠れぬ夜を過ごすはめになった。

奉公始めはこの広い屋敷で雑巾がけでもさせられるのかと怖気（おぞけ）を震ったが、善四郎は主人の居室にいて来客に茶を出したり、ときどき使いにやらされる程度の軽い勤めで、わりあい気楽な日々が過ごせている。しかし源治のいう「旦那になる修業」でここの主人を見習おうとしても、そう役立つようには思えなかった。金勘定ひとつ取っても、うちとはてんで桁からして違うのである。

ただここに来て少しよかったと思うのは、侍というものをそれほど恐れなくて済むようになったことくらいだろうか。ここをよく訪れるのは諸藩の御留守居役（おるすい）といった、いずれもそこそこの年輩で堂々たる風采の侍だが、水野の主人にはみな頭の上がらぬ様子が如実に窺（うかが）えるのだった。

たまに勘違いして押し借りに来る無頼の侍もいたが、腕の立つ武芸者の食客が何人かいて、迷惑な珍客は大概玄関払いを喰わされる。大名家の御曹司といった高貴な珍客が押しかけて来た際は、向こうも半ば悪ふざけと承知の上で、主人は自らの懐からいくらかを包んで引き取らせている。

しかしながら、今日は主人がちょっと苦手とする手強い珍客が訪れていた。

「千満様にも困ったもんだ」

と主人がいつぞやぼやいたことで、善四郎はその娘の名を知った。歳は自分とあまり違わないようだが、それにしてはどうも、しっかりし過ぎているというべきか。

千満がここを訪れたきっかけは定かでない。恐らく当初は家人の誰かに頼まれたか何かしたのだろう。旗本の令嬢となればそうそう無下には扱えず、またか弱い娘を使った押し借りは町人でもあまりしない阿漕なやり方だから、逆に主人は不憫がって、初手にわずかな金を包んだのが運の尽きだと今に後悔している。

以来、千満は若党や中間をお供にせず、腰元の女中ひとりを連れたお忍びで、ここへたびたび無心に押しかけて来た。そのつど片意地な表情で粘り強く居座るので、主人も持てあましているのだ。

あんな可愛らしい顔をして、一体どこにあれだけの気の強さがあるのかと訝りつつ、善四郎は感心もしていた。自分と同い年くらいの娘が借金を申し込むという度胸にまず驚いたし、そうした気の毒な運命を甘受して懸命に生きている姿を見ると、自分もちょっとやそっとのことでめげるわけにはいかない気になるのだった。

だが今日はいつもと少し様子が違う。娘は下唇を強く噛みしめて泣き声を洩らすまいとしているようで、口角の右下を飾った愛らしいほくろが震えて見えた。円らな眼から今にも涙がこぼれ落ちようかという寸前に、幸い主人は手文庫から小判包みを取りだした。

すでに結構な時が過ぎ、土蔵や庭木の翳が畳を広く覆っていた。主人は今日もとうとうしてやられたという不機嫌な顔ながら、「お屋敷まで、そなたがお送りせよ」と善四郎にいいつけるのは忘れなかった。

水野の屋敷は裏手が隅田川に面して桟橋が設けてあり、お抱えの船頭もいて、人の送り迎えに不自由はしなかった。善四郎は自分からまず舟に乗り込んで、腰元のほうに手を伸ばす。お供を先に乗せてお嬢様の手を取らせようとしたのだが、夕風が出はじめていて川面が思ったより波立つせいか、相手はえらく尻込みをしている。

横合いからいきなりぎゅっとこちらの手をつかんだのはお嬢様のほうで、意外な力強さで手繰り寄せ、いっきに飛び込んで来た。途端に小舟が大きく揺れ、相手の躰が斜に崩れて善四郎に降りかかる。思わず胸を抱き止める恰好で、刹那、脂粉と薫物の合わさった甘酸っぱい香りが鼻孔をくすぐって、一瞬ぞくっと腰が震えた。

でいた。

善四郎にとって忘れがたいその強烈な瞬間に、千満は何喰わぬ顔で船端に座り込んでいた。

三人の腰が落ち着けば舟もさほどに揺れず、内藤采女正の屋敷がある本所中之郷へと速やかに下って行く。善四郎はまだ胸がどきどきして、ひと言も口がきけなかったが、見まいとしても、目は自ずと千満の姿に惹きつけられた。ほつれが目につく鶸色の振袖は一張羅なのかして、いつも通りだ。

着るものはいつも通りでも、いつもならもっと潑剌としているはずの顔が今日はそうでもない。千満の横顔は飴色の陽に深い翳りをつけられて、後れ毛を掻きあげながら水面に目を落とした表情がえらく沈んで見える。ややもすれば躰ごと水に沈みそうな危うさを感じた。

善四郎は相手が誰であれ、気が鬱いで見えると放っておけなくなる性分だ。竹町の桟橋で舟を降りると、身分を顧みず、つい自分のほうから声をかけてしまった。能天気なほどに朗らかな声である。

「このあたりには、ガキの時分からよく参っておりまして」

急に話しかけられた娘はびくっとして立ち止まった。

「毎朝ここに前栽市が立ちますんで」

娘のぽかんとした顔は歳相応に可愛らしく見えた。

同じ蔬菜のうちでも菜っ葉の類は青物、芋や根菜は土物、茄子や南瓜の類を前栽物というし、また多種の蔬菜でなく一種や二種に限って売り歩く者は八百屋ではなく前栽売りと呼んだりするが、この竹町河岸には主に葛西辺で穫れた蔬菜を並べて市が立つ。今は露台も片づけられてがらんとしているが、ここへはうちから吾妻橋を渡ってでも来られるし、仕入れが多い時は山谷堀へ舟を出して通うことにもなり、善四郎はよく荷下ろしの手伝いで来ていたのだ。

「そなたの家は、料理屋なのか」

相手が初めて自分に口をきいて、しかも自分のどうでもいいような身の上話を存外ちゃんと聞いてくれたことに善四郎はいたく感激し、ついまた余計な言葉が飛びだした。

「お嬢様は、何かご心配事でも……」

相手は一瞬表情を硬くしたが、

「左様な顔をしておるか」

返事は意外なほど落ち着いていた。ただ相変わらず鬱いだ表情なので、善四郎はまだ引き下がらない。粘り強さではこの娘に負けていなかった。

「思いきってお話しになれば、少しは気が晴れましょう」

傍らの腰元は呆れたような顔でこちらを睨んだが、当の娘はまだ歳が若いせいか、町人ごときに立ち入ったことを訊かれて無礼だ、というふうには思わないようである。

「父上が、お悪いのじゃ」

思いがけずあっさり打ち明けられると、却って善四郎のほうが狼狽えた。聞いたところで、こちらがどうする術もないが、千満は独り言のように話し続けている。

「すでに隠居届けはお上のほうでお聞き入れになって、家督は無事に弟が相続するであろうがのう……まだ若い身ゆえ案じられてならぬ。この先も寄合金を調えるのに苦労するであろうなあ……」

無役の旗本は小普請金や寄合金といったものを幕府に上納せねばならず、その上納金の調達で汲々としているのは善四郎が水野の屋敷に来て知ったことだ。それはどうしようもないにしろ、その前に聞いた病人の話はなんとかして差しあげたい。

「御父上様の召しあがりものに、お困りではございませんか」

千満は一瞬きょとんとした顔になり、それからこちらの身の上を想い出したのだろう、ゆっくりと肯いた。

食の細った病人の話は、水野の屋敷へ戻っても善四郎の胸から離れなかった。祖父が床に就いた時は、茹でた枸杞や五加木の葉を刻んで白粥に混ぜたものだ。病人でも、何か柔らかな実を浮かべた清まし汁なら飲めるだろう。今が旬の白魚を奮発して吸物の実にしたら、噛まなくてもほろりと身が崩れて喉越しがいい。刺身も精進仕立てで葛粉を用いた水蟾にすれば、あのつるんとした歯ごたえと舌触りが平目の縁側を想い出させるかもしれない。豆腐もよかろう。酒と醬油と水だけで煮た八杯豆腐もさっぱりとするが、自然薯を擂って豆腐の上にかければ気血の滋養になる。次から次へと瞼に浮かんで口に湧いた生唾を、善四郎はぐっと呑み込んだ。全体これでは誰のための料理かわからなかった。

果たして金貸しは人助けの一種かもしれない。水野平八という主人を間近で見ていると、そんなふうに思えなくもなかった。見るからに強欲で酷薄な子銭家という人相からはほど遠く、何しろ借り手が大名だから、催促の仕方も至って穏当である。

おまけに善四郎に対しての扱いが頗るやさしいために、当人が勘違いを起こすのは無理もなかった。

しかしながら病臥する内藤采女正に食事を調えたいと申し出たら、さすがの主人もほとほと呆れたような顔で、しばし善四郎のにきび面をじっと見すえたものだ。

「そなたは左様なことがしたいのか……氏より育ちとは、よくいったもんだのう」

あきらかに落胆の気分が滲み出ていたので、善四郎は恥ずかしさにうなだれてしまった。

ふと、この屋敷に来て間なしの頃に、古株の手代から今のようにじっと見つめられて、

「ああ、血は争えませんなあ」

と畏れ入ったふうにいわれたことが想い出された。

そもそも元服してからずっとここに留め置かれていること自体が怪しむに足る話であった。常に主人の身近におれば、時に並ならぬ縁の深さを感じたりもするが、善四郎はそれについて相手に訊くのはむろん、自身で考えることさえ知らず識らずに封じてきたのだ。

血のつながる父親が判然としたところで、子は必ずしも幸せになれるわけではない。この家には去年すでに袴着を済ませた男子がいて、その子が無事に育てば当然ながら跡取りになる。善四郎にとって、ここは生涯にわたる居場所ではないことを、当人自身も、実の父親もよく承知していた。

考えてみれば、この世すら人がずっと居続けられる場所ではないのだ。改めてそう強く思うようになったのは、うちの近所でも札付きの暴れん坊が、去年の地震で、寺の屋根から落っこちてきた瓦に当たって、あっけなく死んだと聞いた時だ。厨に押しかけてよく残り物をねだっていたあの男は、いつもあんなに旨そうに喰っていたのに、もう二度と喰うことができなくなったのである。

人は生きてこの世にある間だけ、なるべく旨い物を喰って、やりたいことをするしかないのだ。善四郎はそんなふうに妙な悟り方をしたので、内藤家の件も決して諦めようとはせず、ついには主人も折れて、感慨深げにこう呟いたものだ。

「誰に似たのかは知らんが、そなたがさほどに人助けをしたがるのは、業が深い金貸しのわしに代わって、罪滅ぼしをしてくれるのかもしれん……」

橋場と新鳥越町はひとまたぎだから、昼過ぎには福田屋の厨で源治と談判に及んでいた。善四郎は水野の主人が注文したふうに話したので、源治は早速下拵えに取りかかった。

粥の中に入れる五加木の葉は、帰途に通りかかった垣根で見つけて摘んだのを源治に手渡した。献立は概ね善四郎が想い描いた通りになりそうだったが、残念ながら白魚だけはそうすぐ手に入るものではないらしい。

源治が俎板に載せたのは白魚とは似ても似つかぬ大きな魚で、しかも赤い珍妙な顔をした方頭魚である。こんなものがどうして代用できるのかと怪しむばかりだが、出刃を立てて細かい鱗をしゃりしゃりと掻き、頭を落として三枚に下ろしたら、外見と打って変わって綺麗な光沢の白身が現れた。それがまた無惨に切り刻まれるのを見て、善四郎は勝手知ったる厨の戸棚から擂鉢を取りだしている。

「へええ、若旦那がそんなお手伝いまでして下さるたあ、槍でも降らにゃいいがねえ」

源治の冷やかしで善四郎はハッとした。所詮は要らぬお節介ではなかろうか……。

どだい先方の事情を少しくらい聞いたばかりで、料理を届けるのはどうかしている。それも本当に病人の身を案じた人助けというよりは、あの可愛らしい娘の顔を晴れやかにしたい一心なのかもしれない。むろん変な下心があるわけではない、と善四郎は自らにいいわけをした。同じ年頃だから気になるだけだと、にきび面で思い込んでいる。

源治に教わった通り、擂り粉木の先で三つ葉を描くようにして白身を潰(つぶ)している間にも、あの娘の顔が目先にちらつき、擂鉢の中身は娘の肌を想い出させて、時に手の動きが止まったり、速まったりした。

源治がそれに山芋をたっぷりと加え、さらに篩(ふるい)で丁寧に裏漉(うらご)して蒸しあげると、白魚と見まごうような喉越しのいい汁の実が仕上がった。

仏事の仕出しが多い店には、大きな切溜(きりだめ)や持ち運びのできる鍋や器も揃っている。料理を舟に積んで運ぶのも手馴れたものだった。だが山谷堀から隅田川へ出ると途端に川風が強くなり、舟は漫々たる川の流れに弄(もてあそ)ばれて、善四郎を妙に心もとない気分にさせた。もはや引き返せないあたりで舟はようやく流れに乗って速やかに滑りだし、あっという間に竹町河岸に辿り着く。そこからは、見習いの繁蔵が切溜と大きな鍋を天秤棒で肩に担ぎあげ、善四郎は小ぶりの行平(ゆきひら)鍋を胸に抱え持つ恰好で内藤家を目指した。

橋場で百間水野と呼ばれる商家の広壮な屋敷を見馴れた目には、内藤屋敷もさほどたじろぐものではなかった。とはいえ厳めしい黒鉄の金具や乳鋲を打ちつけた長屋門の前に立てば、善四郎は急に自分が今とても馬鹿げたことをしているような気がしてきた。

内藤家は旗本の名門で、屋敷にはこうした長屋もあり、そこに大勢の家来が暮らしているはずだ。にもかかわらず千満がお忍びで腰元ひとりを供に水野を訪れていたのは、家来にすら窮状を知られたくないからに違いなかった。それなのに水野の家人がのこのこと訪ねて来たのでは、さぞかし迷惑に思うであろう。ここまで来て残念は残念だけれど、このまま引き揚げたほうが無難ではないか。

ところがこうした逡巡をつゆ知らぬ繁蔵がさっさと通用門を叩きはじめ、止める間遅しで中から人が顔を覗かせては、もう万事休すである。

門番には奥からの注文だと、敢えて嘘をついた。向こうは九分九厘知らぬ存ぜぬで突っぱねるだろう。こっちはおとなしく帰ればいいだけの話だとたかを括っていたら、意外にも母屋の勝手口へ案内されて、以前にも言葉を交わしたことのある腰元と対面するはめになった。

相手はこちらの姿を見るなり、
「やっぱりお嬢様がおっしゃった通り……」
呆れた顔でも「やっぱり」というからには、自分が来ることは予期されていた。もしかしたら望まれていたのだろうか。そう思うと善四郎はがぜん気分が昂揚（こうよう）した。もっとも当のお嬢様はさすがに勝手へは姿を現さず、料理は奥に運ばれて、腰元もついて行ったきりなかなか戻っては来ない。善四郎は家人に白い目で見られながら台所の隅で待つことしばし、病床の父と娘のやりとりを瞼に想い描くしかなかった。

　ここの台所は屋敷相応に広くとも、実家の厨と違い、がらんとして物淋（ものさび）しく感じられた。おまけに柱の燭架（しょっか）もだんだんと灯りを消し、あたりは次第に闇に埋もれて、待つ身の孤独をさらに募らせてゆく。

　半刻（はんとき）がゆうに経ち、闇が一段と濃くなって、ふいに手燭（てしょく）の明かりで照らされた腰元の姿が浮かびあがった。手招きに応じて善四郎は立ちあがり、黙ってあとに従う。廊下を進むと途中から縁側になり、闇に白い斑点を滲ませた沈丁花（じんちょうげ）が鼻をついた。障子に映る影法師が見え、腰元が把手（とって）に指をかけると善四郎はその場で平伏しながら、ついまた障子よりも口が先に開いてしまう。

「殿様は、お召しあがりになりましたか」

障子が開くと一瞬の間があって、不首尾かと落胆したが、雪洞に照らされた娘の顔は臈長けて一段と美しく、とても晴れやかな表情に見える。

「父上がこうも長く箸を取られたのは久々のこと。御酒を聞こし召せぬのがご不満のご様子でした」

「ああ、それは、それは……」

善四郎は総身の力がいっきに抜けたように縁側で突っ伏した。これで無理をしてここに来た甲斐があったというものである。

「汁をおかわりなされたのは本当に初めてのこと。わらわも残りを頂戴したが、あの、春先の雪がほろほろと溶けだすような汁の実は……」

「あれは、わたしがこの手で拵えました」

善四郎はもうすっかり舞いあがっていた。相手とまともに顔を合わせ、その円らな眼や愛らしい口もとにまじまじと見入った。

「そなたがそばにおれば、毎日でもああいうものが口に入るのじゃのう」

　その娘の言葉は若い男の胸に、自身では想い描けなかった甘味な夢をもたらしている。それは汁の実のように舌の上に転がすとすぐに溶けてしまう、決して叶わぬ夢だったから、善四郎はただ黙って肯いてみせた。

「して、代金はいかほどじゃ」

　急にざんぶと冷たい水を浴びせられ、途端に顔がこわばった。

「滅相もない。こちとら料理の押し売りに参ったつもりはござんせん」

　身分を忘れて思わず強い口調になると、

「こちらも施しを受けるつもりはない」

　相手もきつい調子で返した。火影に揺らめく顔には赤みが差し、例の片意地な表情に変わっている。何もかもが台なしだった。

　胸のうちは収まらないが、善四郎は自らの非も認めざるを得なかった。お節介は度が過ぎればこうした痛い目に遭って当然なのだ。千満が怒るのは無理もない。水野から金を恵んでもらって武家の矜持はすでにさんざん傷ついており、そこの家人ごときにまで憐れみをかけられたのでは、立つ瀬があるまいと思う。

　名家に縛られ、名家を守るために悪戦苦闘している娘の姿を、善四郎が不憫に思ったのは確かだった。しかし、これは断じて施しというようなものではないことを、自身はよく承知している。では一体どういうつもりなのかと問われたら、それは自分にも答えられない。

ここへ案内した腰元も声がかけられないほど気まずい沈黙が続いたが、それを先に破ったのは千満のほうだ。

「相済まぬ。そなたの親切に、まずお礼を申さねばならなんだ」

「お礼だなんて、とんでもねえ。わたくしはただ殿様とお嬢様に気持ちよく召しあがって戴けたので本望でして」

その言葉にも嘘はなかった。善四郎は人が歓ぶ顔を見れば自分まで嬉しくなるのだ。自分と同様に人も旨い物を喰えばご機嫌になると思ってやったことに過ぎない。自分ではそう思い込もうとしていた。千満への淡い恋情は胸の奥に封じ込んでおかないと、ややこしいどころか物騒な話にもなりかねない。何しろ相手は旗本の名門、内藤家のお嬢様なのである。

あの料理で歓んでもらえたのならまた近々に、くらいはいいたいところだが、さすがにそれはいえなかった。今度は何とかなったものの、奉公人の身でたびたびのわがままは許されない。そう思えば自ずと曇るこちらの表情を見て取ったように、相手が湿っぽい声を聞かせた。

「あのお椀の味わいは格別。父上にも、わらわにも、良き想い出になりました」

それはいくらなんでもいい過ぎではないか。

「想い出なぞとおっしゃらずとも、お声をかけてくださいまし。いつでも馳せ参じましょう」

即座に訴えたが返事はなく、長い睫毛は堅く塞がれたままだ。先ほどより短くなった雪洞の蠟燭が娘の白い横顔にさまざまな翳を落としていた。黙って閉じられた瞼には寂寥の色が滲んでいる。采女正の容態は、ひょっとしたら千満がいうほどには芳しからず、もはや快復の目処は立たないのかもしれなかった。

とにかくやれるだけのことはしたという一応の満足を得て、善四郎は内藤邸をあとにした。しかしその満足は長続きしなかった。なまじ対面して話ができたせいか、時折ふと艶めかしい沈丁花の匂いが鼻をつくように千満の顔が目に浮かんで、橋場に訪れてくれるのを待ちわびる日々が始まった。

隅田堤の花がちらほらと咲き初めても、川縁が一面の桜色に染まっても、千満の訪れはなかった。それは別段ふしぎがるようなことでなく、今までもそんなにしょっちゅう無心に来ていたわけではないのに、善四郎はなぜか妙に胸が騒いだ。外へ使いに出されて近所まで来ると、つい門前を通りたくなるのだが、この日は本所にある佐竹家の下屋敷へ使いに出た帰りに寄り道をしている。

内藤家の表門は例のごとくひっそりと閉じられ、土塀の内側は以前にまして寂寞(せきばく)として感じられた。手ぶらで来てはご機嫌伺いもならず、さりとて門前にただじっと佇(たたず)むのも芸がない話だ。

ひとたび門をくぐって度胸がついた善四郎は速やかに門番を呼びだすも、お嬢様の御用と告げれば不審の表情が露(あら)わである。腰元の名をなんとか想い出して呼びだしてもらったが、通用口に出てきた相手はまたしても呆れた顔でこちらを見て、疎(うと)ましげな声を浴びせた。

「お嬢様は、おいでにならぬ」

「お出かけで、ござりましょうか」

「もう二度と、ここにはお戻りあそばさぬ」

断固たる口調に善四郎は呆然(ぼうぜん)としている。

千満は嫁いだということなのだろうか。もしそうだとしたらなんとも急な話で、善四郎の淡い恋心はあの汁の実のようにほろりと崩されたことになる。だが二度とここに戻らないとは、実におかしな話ではないか。里帰りもできないというのだろうか。

病床の殿様は如何(どう)されたのか。まさか千満まで病に冒されて……と次第に不安が広がるなかで声がうわずった。

「もしや、お嬢様の身に何か」

大きな声に慌てて相手は袖を強く引いた。

「高(たこ)うはいわれぬが、御城(おしろ)に上がられたのじゃ。それゆえ、もうお戻りにはなれぬ」

耳もとで囁(ささや)かれた声が巧く聞き取れないほど善四郎は気が動転し、最初はまるで意味がつかめなかった。相手に嫌がられるのを承知で根掘り葉掘り訊いて、まずわかったのは采女正があれからほどなくして世を去り、内藤家の家督は無事に千満の弟が相続したことである。

新たな当主は若年で役付きが叶わず、親族にも有力な後押しが得られないため、千満が出仕して陰ながら弟の出世に尽力することを父の生前に約束していたらしい。四十九日を済ませてすぐに御城の大奥へ上がったのだという。そこはいったん足を踏み入れたが最後、よほどのことがない限り外へは出られぬ場所と聞かされた。

「お嬢様は、それであのお椀を……」

いい想い出だといった理由が、善四郎は今やっと呑み込めて、目に熱いものがじわじわと押し寄せる。名家に縛られ続けた娘の悲運を思い、腰元がいなければ危うく声をあげて泣き出すところだった。

*

このところ善四郎は腹に大きな風穴が開いたようで、何をするにも力が入らない。こんなに応えるほどのことでもないはずなのに、我ながら情けないと思っても、ともすれば千満の可愛らしい顔が瞼に浮かんでくるのだ。今や実家を離れて御殿奉公をする身の上では日々さぞかし気苦労が絶えぬであろう、などと心配しながら、時にはわざと片意地な表情を目に浮かべて、あの娘ならどこでもしっかりやっていけるだろうと思い直すのだった。

あの娘も奉公先で苦労しているのだから、自分も負けてはいられないと思うが、実のところ善四郎は水野の屋敷でさほどの苦労をさせられているわけでもない。実家にいるほうが店の仕事でもっとこき使われるだろう。

ここの主な仕事は莫大な金勘定と貸借の談合（だんこう）で、いずれも小僧の出る幕はなかった。

したがって、ここでは何を見習えばいいのかもわからぬままで、奉公の理由がいまだにさっぱり呑み込めないのである。

思えば元服の日に、親父は例のぎょろっとした眼でじいっとこちらを見ながら、妙な言葉で送り出したのだった。

「お前さんは大切（だいじ）な預かりもんだから、たまにはお返しをしねえとなあ」

「父つぁん、預かりもんとは何のことだ？」

と、あの時あっさり訊いておけばよかったと、今になって後悔している。

新鳥越町で料理屋を営む親父は容赦（ようしゃ）なく倅（せがれ）を叱りつけ、何くれとなく用事をいいつけてこき使った。倅も親父にしょっちゅう小遣いをせびっては、時に喧嘩をし、悪さをした。互いに遠慮というようなものは微塵もなかったはずなのに、ここに来てからはたまに実家に戻っても、親父とは妙に顔が合わせづらくなっていた。

善四郎はあれこれと悩んだ末に、そうだ、俺には親父がふたりいると思えばいい、と決めた。つまり他人様より得をしているのだから、その分、他人様に何かお返しをしなくてはならない、なぞと妙に考えるようにもなったのである。

たまに主人の肩を揉んでいると、相手はねぎらいでなく、詫び言のようにしみじみというのだった。

「そなたには、いかい苦労をかけるのう」

苦労といわれても、ここでは本当に苦労と呼べそうなものがなかった。むしろ主人のほうが、肩の凝り具合からしても、よほど苦労をしているように見える。

夜は他の奉公人と雑魚寝をし、朝晩の食事も皆といっしょに台所の隅で手っ取り早く済ませるが、善四郎はそれが別段苦にはならなかった。夕餉でも飯と汁に煮染めと沢庵二切れなのは食べ盛りの身でいささか淋しいとはいえ、時には主人のお供で頗るいい思いをさせられている。

諸大名家の留守居役らを接待する場として、主人はよく料理茶屋を使った。善四郎が最初にお供したのは隅田川を少し下った先の、紺暖簾（こんのれん）に「葛西太郎（かさいたろう）」と染め抜いた店である。主人が留守居役と密談をするあいだに、善四郎は控えの間でここの名物料理をお相伴した。実家で味わえなかった初物もあったので、帰り道ではついつい余計なおしゃべりが出た。

「鯉（こい）の洗いは、食べ始めはちと泥臭い気がしましたが、味はいなだに似ていかにも涼しげで、味わううちにだんだんと清々（すがすが）しい香りになりました。甘い味噌仕立ての濃漿（こくしょう）でも香りが失（う）せぬのはみごとで、さすがに鯉だけのことはございます」

小僧からそう聞かされた主人は呆れたように笑っていたが、以来、善四郎が料理茶屋にお供をさせられる回数が増した。

主人が三日にあげず出向くのは橋場に近い真崎（まさき）の甲子屋（きのえねや）で、そこの二階から見た隅田川縁の眺めは素晴らしくて、それもまた料理茶屋の大きな売り物とみえた。日本橋中洲（なかす）の四季庵（しきあん）や、伊勢町河岸（いせちょうがし）の百川（ももかわ）にも主人はちょくちょく足を運んでいるが、一番近くにある善四郎の実家の福田屋は、残念なことに接待の場としての出番はないようだった。

水野家の数ある法要には欠かせない福田屋も、大名家の留守居役を招いて接待するほどの店ではないらしいのが善四郎は残念だった。御斎の精進料理は所詮その場かぎりの賞翫に終わって広く世間の評判に上ることはないのだろうし、うちには売り物になるような眺めもなかった。

片や評判の店には、人はいくら遠くてもわざわざ足を運ぶのである。一番遠い店は深川の洲崎にあって、そこは大海原に面した二階座敷の眺望が料理の味をいっそう引き立てるとの評判だった。

沖合に上総国望陀郡、木更津辺が見渡せるこの店には「望陀覧」という文字を鋳物で記した扁額が大広間に掲げてある。額のほうは望陀と書いて「ぼうだ」と読ませるらしく、すなわち酔いどれ仲間をぼうだら組と呼ぶのにちなんだ恰好だ。

その文字を書き与えたのは去年初冬に他界した出雲松江藩先代藩主の松平南海公で、早くに隠居し道楽大名として名を馳せた人物である。彼の次男に生まれた現藩主もまた茶の湯の道楽で知られて、後に松平不昧公を称するようになった。

「望陀覧」の扁額とは別に、店の表を飾る藍染の暖簾には「升屋」の名が染め抜かれていた。

亭主の升屋宗助はすでに剃髪し、今は祝阿弥を名乗っているが、阿弥号を持つ人ながら殺生をしないというわけではなくて、いまだ包丁を握らせたら天下一の腕前で大勢の賓客を惹きつけている。

　今日は珍しく片襷をしたまま先に座敷へ顔を出して、柔和な笑みを浮かべながら挨拶代わりに陽春の献立を述べたてた。

「初めの吸物は変わり映えもいたさぬ鯛の切身でございますが、二椀目は赤魚を潮仕立てで。次は馬刀貝を薄味噌仕立ての吸物に。硯蓋の口取り肴には伊勢海老をご用意しております。向付は猿頬貝にたらこを付けてお召しあがりを。煮物は鴨と蒟蒻を煎鳥にして、焼物は甘鯛の焙烙焼き、ほかにも塩鯛やさよりなど酒の肴を何かと取り揃えております」

　善四郎はその献立を聞いて、さすがに目の前が海だからと感心するほかなかった。ただ魚介の種類が豊富なわりに手の込んだ料理は意外に少ない気がしたが、その一部でも主人のおかげで口にできるのは有り難い話である。

　控えの間で主人を待つ善四郎に用意された吸物に入っていたのは、しかし鯛の切身ではなく、頭であった。汁をひと口飲めば脂の甘みと絶妙の塩加減が舌を喜ばせ、目の下の皮をぺろりと剝げば、鯛の中でも一番の好物が現れた。ふうわりとした頬肉や眼肉の身を丹念にせせり続け、どろりとした目玉までずるっと啜って善四郎は大いに満足した。よほど新鮮な鯛でないとこうはいかない。やはり江戸一番の潮汁というべきか。ただし他の皿には鴨の煎鳥が申しわけ程度に添えられただけだから、香の物とご飯は早喰いの習い性で、あっという間に食べ尽くしてしまった。

　手持ち無沙汰に障子を開けると、潮騒に誘われるようにして廊下へ出ていた。欄干越しに見えるのは波穏やかな晩春の海。入り日間近の水面が鴇色に燦めいている。

　砂浜が風除けの松並木で仕切られ、青松の内側をさらに竹垣で囲った風雅な庭には趣のある庭石が面白く配置され、そこに泉水まで廻らして、瀟洒な数寄屋が二軒もあった。

　小高い築山の横は、まだ貧弱な若木を四隅に植えた三間四方の砂場になっており、そこでふしぎな動作をしている人影が見える。善四郎はそぞろ気になって廊下に足を進めた。ちょうど斜め上から見おろすあたりで腰をおろした途端に、何かが欄干を飛び越えて目の前にポンと音を立てて落ちた。

　一瞬びっくりしたが、落ち着いて見れば白くて丸い毬で、手に取ると柔らかな鞣し革に触れた。

下の方にざわめきが聞こえ、欄干の隙間から覗くと、誰かがこちらを見あげてさかんに手招きをしている。光沢のある小袖に括り袴を着けた、どうやら身分の高そうな人だから、毬を上から放り投げるのも憚られ、

「はい、はい。ただいま」

善四郎は二階から急いで段梯子を駆け降りたところで、その人にぶつかった。

髻を高く刷毛先をぴんと反らせた流行りの本多髷に結った若い侍のようで、浅紫と萌葱色を片身替わりに仕立てた大胆な意匠の小袖には、剣方喰の紋が刺繍してある。紺地の括り袴に差した小脇差は白鮫に金無垢の柄頭だ。眉目も整い、鼻梁のすっきり通った気品のある面差しで、髭の剃り跡も鮮やかな好男子だが、

「遅い、遅い、もそっと遅ければ余が駆け上がるところだった」

見かけによらぬせかせかした口調で、毬をひったくるように取りあげられて憮然とするも、相手の目は笑っているから善四郎も気が楽だ。

位が高い武士とは承知の上で、ついまた余計な口をきいてしまう。

「その白い毬を、いかがなさるのでございましょう?」

「これか、これは、こうするものだ」

　相手は毬を足の爪先でポンと蹴る。高く弾んだ毬の行方を目で追いながらまたせかせかと歩きだし、急にくるりと振り返って莞爾（にっこり）とした。

「すまん、礼をいい忘れた。かたじけない」

「とんでもない。わたくしはただ……」

　こちらが話す間ももどかしそうに相手は再び慌ただしく遠ざかってゆく。善四郎は狐につままれたような面もちでふらふらと後について行った。

　そこはまさしく狐の溜まり場だった。青松からこぼれる赤い陽射しの中で白い毬が狐火のようにふわふわ飛んでいた。周りには美しく着飾った狐たちが足を高く上げながらぴょんぴょん跳びはねている。黄昏時（たそがれどき）のなんとも妖しげな光景に、善四郎は足がすくんだように動けなくなった。

　ふいに横で低い声が聞こえた。

「酒井の若殿は何をさせても器用なもんだ」

　別に感心するのでもなく、揶揄（やゆ）するのでもない、ただただ傍観する人の声であった。

　振り向くとすぐそばにまた侍がいた。こちらはそこそこの年輩だが、身分がさほど高いようには見えない。顔は陽に灼けて鞣し革のような色をしている。着物の襟はくたびれ、袴も膝のあたりがすり切れているのに、羽織だけは黒縮緬の、どうやら新調らしく、同じ黒でも脇差の柄巻はえらく色褪せてどうにもちぐはぐな感じだ。

ついじろじろ見てしまったせいか、相手がこちらにきょろりと眼を向けた。眼は張りがあって外見に似合わず若々しい輝きを放ち、表情にも不屈の覇気のようなものが見え隠れする。

先ほどの若侍が姿も美々しく大海を泳ぎ渡る鯛とすれば、こちらは泥中に香気を放って今にも滝を登らんとする鯉であろうか。

「小僧、何か用か」

「いいえ、別に……」

相手はこちらの足もとをちらっと見た。

「庭下駄くらい履いておけ」

「あっ、こいつァどうも……」

相手のいい方に親しみが持てたので、善四郎は彼方を指さしながら思いきって尋ねてみた。

「あのう……あれは何をなさっておるのでございましょうか」

「ああ、蹴鞠という古くからある遊戯だが、今ではなさるのも京のお公家衆かお大名方ばかりだろうに。毬場まで設けるとは、さすがに名代の料理茶屋だのう」

「左様ならば、先ほどわたくしから毬を受け取って行かれた若いお侍も……ああ、あのお方でございますが」

と毬場の人を指させば即座に答えが返ってきた。

「おお、あれは酒井雅楽頭様のご舎弟だ」

「へええ、あのお方が……」

元服したばかりの善四郎とて、徳川譜代の筆頭と目される名門中の名門で、姫路藩十五万石を領する酒井雅楽頭家がどれほどのものかは承知していた。

前松江藩主から「望陀覧」の別称を頂戴した料理茶屋には大名家の訪れがあってもふしぎはない。とはいえ商家の小僧が酒井家の若殿と直に対面して口がきけたのは滅多とない僥倖ではなかろうか。善四郎は根っからあまり人怖じをしない性分だが、水野の屋敷に来てからはさらにそれが鍛えられ、磨きがかかったようである。

しかし世の中、上には上があって、

「どうだ小僧、あのお方はああ見えて存外せっかちだったろう。ハハハ、まさしく尻が焼けた猿のように腰が落ち着かん人だ」

　大胆な放言に善四郎はごくりと唾を呑み込んだ。一体この侍は何者だろうかと訝っていたら、急にあたりが騒々しくなった。

「ああ、先生、ここにおいででしたか」

　身なりのいい裕福そうな町人が侍の周りにぞろぞろと押し寄せている。

「土山(つちやま)様も先生をお捜しでございましたぞ」

　そう聞くなり侍はちょっと慌てた様子で立ち去ろうとする。つられたように善四郎は慌てて声をかけてしまった。

「あの、あなた様のお名前は？」

「俺か、俺は直参(じきさん)の大田直次郎(おおたなおじろう)だ。小僧、縁あらば、また会おう」

　侍が鮮やかに立ち去ったあとは日没と重なって、あたりは急に薄暗くなった。気がつけば毬場の人影も消えてひっそりとしている。善四郎はしばしぼんやりとその場に佇んで、ふしぎな邂逅(かいこう)の余韻に浸っていた。

　酒井家の若殿にしろ、彼をせっかち呼ばわりした侍にしろ、この店では皆が身分というものに余り囚(とら)われていないようで、ここが人を惹きつける理由はそこにもありそうだった。

　帰りの舟の中で善四郎は今日の出来事をひとまず主人に報告したところ、相手は思いのほか熱心に耳を傾けて、ついには感慨深げにこういった。

「人は会おうとしてもなかなか思い通りに会えるもんではないが、ほんのわずかの隙に、そなたは随分と面白い出会いをしたのだのう。生まれもって人を引き寄せる神通力のようなものが備わっておるのかもしれん」

　帰宅早々に今度は居室の手文庫から一冊の本を取りだして畳の前に置いた。

「これはこの春に出たもんだ」

　薄い冊子で茶色い表紙には『萬載(まんざい)狂歌集』と記した題簽(だいせん)が貼られている。

　主人はぱらぱらと冊子の丁(ちょう)を繰って、

「そなたが見たのはたぶん、この男だ」

と指さした箇所には「四方赤良(よものあから)」と名が記され、その横に和歌らしきものが書かれている。

世の中はいつも月夜に米の飯
　さてまた申し金の欲しさよ

「ハハハ、これはまたなんとも正直な」

善四郎は思わず笑ってしまったが、この本が出たおかげで世間には今こうした狂歌というものが大いに流行りだしたらしい。

升屋の庭で見かけた侍はこの本の撰者で、大田南畝（なんぽ）という筆名でも知られた文人なのだと聞かされた。

さすがに江戸一番の料理屋にはさまざまな人が出入りするものだと感心する一方で、肝腎（かんじん）の料理はどうだったかと主人に訊かれて、善四郎は正直に答えた。

「鯛の潮汁はたしかに天下一品でございました。ただ亭主の包丁捌（さば）きが売り物の店と伺っておりましたのに、わたくしのほうにはそうした料理が一向に出て参りませんで……」

別に不平をいったつもりはなく、幸い主人もそうは受け取らなかったようである。

とはいえ月が替わらぬ内に再び升屋へお供する機会に恵まれて、亭主の祝阿弥と

直に対面が叶い、

「この者に、包丁の腕を見せてやってはもらえぬか」

と主人が頼んでくれたのは望外の成りゆきだった。

「お安いご用でございます。まあ、わしについてらっしゃい」

善四郎は導かれるままに段梯子を降りて、長い廊下を経巡った末に辿り着いた厨は、あっと声をあげたくなるほどの広さだった。

板の間だけでも五十畳敷きほどはあるだろうか。向こうの土間も板の間の半分はゆうにありそうだ。三方の棚に膳や食器がずらりと並ぶのは実家も同様ながら、規模が違って圧倒された。土間に並んだ竈の数も桁違いである。無数の鍋釜がぐつぐつと煮えたぎって得もいわれぬ匂いを醸しだし、そこかしこにいる料理人が湯気で白く霞んで見えた。

升屋の亭主宗助が剃髪して祝阿弥を名乗ったのは、京の円山に古くから六軒ある料理茶屋の亭主がいずれも妻帯した僧侶で阿弥号を称し、自身もそこで修業していたからだといわれている。

京の都では古来さまざまな料理の技が芽を出し、葉を茂らせ、枝分かれして伸張し、専（もっぱ）ら僧家が世に広めてきた。江戸の升屋は京に肖（あやか）る形とはいえ、京にはとても真似できないものが二つある。それは座敷に居ながらにして望める大海原の絶景と、新鮮な海魚だった。

　厨の裏手には太い青竹を使って海水を引き込んだ生（い）け簀（す）まであることに、善四郎はほとほと驚かされた。海に面したこの店ならではの工夫で、他の店が真似しようとしても到底できない仕組みである。

　生け簀で泳ぐ大きな鯛が一尾、亭主の網に掬（すく）われて土間に連れて来られ、白木の俎板に載せられてもまだぴちぴちと跳ねまわっているが、亭主は手拭いを使ってその頭をがっちりと押さえつけた。

　出刃包丁の峰でカツンと強く頭を打たれた鯛は、一瞬にして気を喪（うしな）ったようにじっとした。次いで頭の付け根に出刃がザックリと打ち込まれ、断末魔を迎えた鯛は胸びれをばたつかせる。亭主はさらに尾の付け根にも刃を入れて、尾からぶら下げられた鯛は白い俎板が一面真っ赤に染まるほどの鮮血を迸（ほとばし）らせた。それは魚の捌き方に馴れた目にも電光石火の早技と見え、またいささか残酷な光景とも映じた。

「鯛の骨は並外れて硬いがゆえに、人の首を刎（は）ねるほどの思いきりが肝腎」

淡々とした口調で、亭主は血に染まった手を桶の水で洗い流した。

「すべからく生き物の命は迅速に絶つべし。ぐずぐずすれば苦しみがいや増すばかりで、総身に苦汁がまわって不味（まず）くなる」

なるほど、そういうことか、と善四郎は合点した。

「こうして敢えなく命を落とした鯛も、我らが旨しと喰うてやれば、それが良き供養となる。ただ日ごと夜ごとに生き物の命を絶つのは誠に因果な気がして、わしは頭を丸めましたのじゃ」

思わぬ告白は、包丁の妙技にも勝って善四郎の胸に強く響いた。

朱に染まった俎板は桶たっぷりの水できれいに洗い流され、再びそこに載った鯛は出刃先で丁寧に鱗を掻かれ、たちまち三枚におろされてゆく。亭主は片身を握って素早く皮を引き、皮の先が俎板にピシャッと小気味のいい音を立てた。

包丁の入れ方次第で鯛の身は面白いように姿を変え、味を変える。繊維（すじ）に沿って鮮やかな切り口を見せるのと、繊維を断つように削ぎ切りにしたのとでは、同じ魚とは思えないくらい歯ごたえも舌触りも全く違うのだと亭主はいう。

亭主は途中から包丁を荒っぽく使いだして、骨から掻き取るようにした鯛の身を素早く煎酒にからめた。その鯛膾（たいなます）は当然ながら見た目が悪かったが、亭主に喰ってみろといわれて口にしたら、煎酒が身にしっかりとからんで、今までになく味わい深い膾であった。

煎酒の作り方は酒に梅干しと鰹節を加えて煮詰めるという、福田屋とほぼいっしょだから、どうやら鯛の切り口をわざとざらつかせたところがミソらしい。さすがに江戸一の庖丁人（ほうちょうにん）といわれる男は包丁の技だけでもさまざまな味が創りだせるのだった。

善四郎は包丁捌きに感心する一方で、そのつど何かと亭主に訊いていた。亭主のほうも存外ただの素人ではないとみたようで、時には包丁を手に取らせて指南らしきことをしてくれた。それは水野の主人が頼んでくれたからこその親切だが、亭主自身が若者の熱意にほだされたところも多分にあったのだろう。思わぬ長い時が流れたらしい。

「旦那、さっきからウツボが来て、ずっと待っておりやすぜ」

堪（たま）りかねたような声に、善四郎はハッとした。亭主も顔色を変えて片襷を外しかけた途端、厨の裏口からぬうっと顔を出した男がいる。

額が広く口もとが突き出した三白眼の怖い人相で、これぞウツボの顔に間違いないとみたが、どうやら本名もそれらしく、

「宇津野様、お待たせを致しまして申しわけございません」

と亭主は尋常に頭を垂れていた。

宇津野は黒羽織に脇差を帯びた立派な武士の装いながら、厨を覗きに来たのだろうか、庭下駄履きで土間をぐるっと一巡し、俎板の上や竈にかかった鍋の中までじろじろ見て、また裏口を出て行った。

亭主は慌ててその後を追い、善四郎もそれにつられた恰好で、再び裏手の生け簀に出ていた。

「ほう、あるところには、随分と活きのいい魚があるもんだ。お上の台所とはえらい違いじゃのう」

嫌みな声音もさることながら、耳についたのはお上の台所という文句である。

一体このウツボ侍は何者なのだろうか、と訝しさが増せば増すほどに善四郎は立ち去れなくなっている。

「まだ初鰹は手に入らんようだのう。ならばこの鯛でも貰ってゆくか」

ウツボ侍は本気とも冗談ともつかぬ口ぶりで、亭主は声で笑いながらも顔は苦りきった表情だ。

「宇津野様には、鯛よりもお持ち帰りになりやすい手土産をご用意いたしますので、どうぞお座敷でお待ちあそばしませ」

途端にウツボ侍はにんまりとして、すぐにその場から消えた。亭主がまたあたふたと戻るのを善四郎はうっかり見送ってしまい、この店が何やら取り込んでいる最中に厨へひとりでのこのこ入って行く勇気はなかった。

ただ厨を通らなくても庭伝いに戻れる気がしたのは誤りで、升屋の敷地は善四郎が想ったよりもはるかに広いようである。海水を引いた生け簀があるほうと、泉水を廻らした庭とはかなり離れているらしい。それにしてもいい目印になるはずの築山すら見えないのは、前に数寄屋が建ち塞がって見通しが悪いせいだ。

こうなるともう引き返すしかないとしたところで、庭木の陰からふいに救いの神ともいうべき見知った顔が現れた。

「ああ、大田様、よいところで」

「……おお、いつぞやの小僧か。おぬしは、ここの小僧だったのか？」

と大田直次郎が訝るのは無理もなかった。善四郎のほうもまた相手の身なりを訝っている。

黒い紗（しゃ）の生地を無双仕立てにして、源氏香（げんじこう）を透かし模様にした羽織は贅沢（ぜいたく）な上にいささか洒落（しゃれ）すぎていてちっとも武士らしくない。だが江戸中に狂歌を流行らせた文人としては当然の装いかもしれなかった。

「どうした小僧、また庭でうろうろしおって、今度は俺に何が訊きたい？」

「それが、その……」

善四郎はこれまでの経緯（いきさつ）を語って、気になっている一番の疑問を口にした。

「宇津野様というお侍が、生け簀の鯛をもらってゆくとおっしゃったのはどういった意味（わけ）でございましょうか」

「亭主は鯛より持ち帰りやすい手土産を用意すると申したのだな……なるほど、そういうことか」

直次郎は片頬に皮肉な笑みを浮かべた。

「宇津野というのは、たぶん賄方（まかないかた）の役人だろう。ひょっとしたら賄頭（まかないがしら）かもしれん。どこかで聞いた名だ」

「賄方……お上の、でございますか？」

「左様。上様の御膳を調える役人だ」

　お上の御膳を調える役人が、なぜ町方の料理茶屋に来て生け簀の鯛を奪おうとしたのだろうか。

「鯛より持ち帰りやすい手土産とは何だったのでございましょう？」

「左様、賄賂(わいろ)だろう。まいないともいう。もっとわかりやすくいえば袖の下だ」

　江戸城の台所で用いる食品食材の出納はすべて賄方の管轄とされ、賄頭の配下には吟味役や勘定役ら大勢の役人がいた。

　一方で東照神君家康公(とうしょうしんくんいえやすこう)入国以来の由緒を誇る日本橋の魚河岸は、幕府の庇護と引き替えに魚上納の義務を果たしてきた。上納分の支払いは半年か一年後、しかも目の下一尺の鯛ですら四百文というお話にならない廉価で取り引きされたら、魚河岸が負担に思いだすのは当然だろう。

　諸大名家は市価で仕入れているから、そちらにまわすほうが得なのはいうまでもなく、魚河岸はしだいに上納を渋って魚を隠匿するようになった。そのことを知った賄方の役人は摘発を厳しくし、魚河岸側がお目こぼしを願って金品を渡しはじめた途端、役人らは図に乗ってそれが当然のように見なし、今では市中の棒手振りにまで目をつけ、盤台の中を覗くような嫌がらせまでしているという。

ウツボとあだ名された宇津野も恐らくは賄方の役人で、鮮魚に恵まれた升屋にたびたび強請同然の嫌がらせをしに来るのではないかと、大田直次郎は推量した。

「この店にまで目をつけるのは下っ端の役人ではあるまい。賄頭であってもおかしくはない」

善四郎は苦い溜息が出た。ウツボは漁師が最も恐れる魚だと聞いている。噛まれたら指がちぎれるか、傷痕が膿んで腐るという。あれだけの包丁の腕を持つ升屋の亭主が、お上のご威光を笠に着たウツボ侍に噛まれた痕が腐ったように、袖の下を使ったらしいことが頗る残念だった。

大田直次郎はもっと苦々しい声を聞かせている。

「今はいずこも同じ。下が下なら、上も上だ。いや、あべこべに上が下に乱れを及ぼすのかもしれん」

それはきっと役人の間で袖の下が横行するのをいうのだろうと、善四郎にも察しがついた。まだ元服したばかりの若者でも、水野の屋敷におれば世相の耳学問には事欠かない。

「人の世が乱れると、いずれ天の怒りを買うことにもなる。まあ、俺も他人(ひと)のことはいえん。土山殿のお座敷で太鼓持ちをしておるようではのう」

大田直次郎は多分に自嘲じみた笑い声を聞かせたが、表情は意外に澄ましたものである。

「今日もその、土山様というお方とごいっしょでございますか？」

善四郎がおずおず訊いたら、きょろりと眼を剝いた。

「あの方はあの方で、何かとご苦労なことさ。聡明にして忠勤に励み、且(か)つお遊びもご壮(さか)んで、よく躰が保(も)つもんだ……」

土山という人物が何者なのかはわからないまま、善四郎はたまたま二度も聞いたその名が耳に残った。

直次郎は急にくるりと踵(きびす)を返し、戻る先は立派な普請(ふしん)がしてある数寄屋だ。その中がえらく賑(にぎ)わう様子は離れた場所からも感じられたが、そこに入って行く男の姿は場違いにも悄然(しょうぜん)としていた。それを見ていたら、善四郎は自分もまたおとなしく元来た道を戻るしかないように思えた。

*

朝起きたら一面の雪景色である。それが七夕（たなばた）の日だから仰天した。

空は冬曇りのように薄暗い。積もった雪に手で触れたら、さらさらと宙に舞い、雪ではなく白い灰だと知れた。

昨晩は星ひとつ見えず、真夜中は低い遠雷のような響きを何度か耳にして、今宵（こよい）の七夕を案じながら眠りに就いたのだった。

この日は七夕どころか家中こぞって白くなった屋根や溝（どぶ）の灰浚（はいさら）いに追われた。一日では到底片づかず、夜空はまたもや真っ暗となり、ついに地獄の釜の蓋が開いたような不気味な音が遠くに響いて善四郎は恐怖に戦（おのの）きながら、今年の春に洲崎の升屋で出会った大田直次郎という侍の言葉がふと想い出された。「人の世が乱れると、いずれ天の怒りを買うことにもなる」と大田はいった。去年のお盆は大きな地震が起きたが、今年はお盆を待たずにもっと恐ろしい椿事（ちんじ）が起きたのだった。

夜が明けると雲ひとつない青空が広がっていた。何もかもが嘘のようで、屋根の修理や壁の塗り替えで大わらわだった去年と比べたらまだ有り難いとは思ったものの、今年は天の怒りが江戸よりも信州と上州に強く向けられたらしい。

信州の浅間山(あさまやま)で先月から山鳴りが激しくなっているという噂(うわさ)はあった。陽が落ちて待乳山に登ると、西北の夜空に稲妻のような閃光が走る話も聞いた。それがまさか江戸に大雪ほどの降灰をもたらし、信州や上州で大勢の死者を出して、その亡骸(なきがら)が吾妻川から江戸川を経て行徳河岸(ぎょうとくがし)まで流れ着いたという噂を耳にするとまでは思わなかった。

人や牛馬の骸(むくろ)ばかりでなく、硫黄の混じった茶色い泥水が江戸川にどっと流れ込んで海を濁らせたから、芝浦や築地鉄砲洲(てっぽうず)のあたりでは今にも津波が押し寄せると大騒ぎだったようだ。魚も当分漁(と)れなくなったので、洲崎の升屋がさぞかし困っているだろうと善四郎は案じていた。

しかしながらお盆の藪入りで実家に戻ると、よそ様の商売を心配している場合ではなかった。例年通り法要の多い稼ぎ時に、親父と源治は渋い顔を突き合わせている。

「浅間の山焼けで芋畑が随分やられた上に、雨降り続きで瓜(うり)や茄子も穫れてねえぞうで、この分だと冬の青物もどうですかねえ」

と源治は暗い声を聞かせた。

たしかに江戸はお盆の前から早くも秋霖の始まったような降り方だった。朝晩が冷え冷えとして、お盆が過ぎると単衣ではもう寒くて袷に着替えるといった、頗る異様な天候だったのだ。

奉公人の食事は朝晩一汁一菜と決まっているから、二切れあった香の物が一切れになっただけでも大事で、近ごろは飯の量も減ったと水野の屋敷では皆のぼやきが絶えない。善四郎も料理茶屋のお相伴がとんと絶えて、寒空に空きっ腹を抱えて過ごす毎日だったが、それで文句をいったら罰が当たりそうな話を今宵は主人から諄々と聞かされている。

主人の水野平八は大名貸しの商売柄、貸金の目安となる米の作付けや豊凶にはもともと詳しいのだった。

「奥州筋は未曽有の飢饉で木の皮までも喰らうそうじゃ。ことに津軽は酷く、餓え死にが大勢出たらしい。道ばたに骸がごろごろして目も当てられぬありさまじゃという」

今は米どころか稗の粥すら口にできない者が広い世の中には大勢いるらしいと聞かされても、善四郎はまだ身に沁みて感じるところが少なかった。何しろつい半年前に、洲崎の升屋はあんなに豪勢な料理を出して、小僧でさえ鯛の潮汁や鴨の煎鳥に舌鼓を打っていたのである。けれど江戸でも今後はもうそれほど暢気に構えておられなくなるようで、主人は今までになく厳しい顔つきで話すのだった。

「この秋は奥州のみならず関東も大凶作で、米の値が一段と吊り上がっておる」

凶作は何も今年に始まったことではない。天明元（一七八一）年の丑年から三年立て続けの凶作だけに、

「来年は豊作になればよいが、もしまた凶作が続けば江戸も大変なことになる」

「わたくしどもも餓え死にをするのでござりますか」

と真顔で訊いた善四郎に、主人はふっと苦笑いをした。

「そこまで案ずるには及ばんが、ここにおれば奉公人と同じ扱いで、そなたはひもじい思いをせねばならん。されば年明けにはもう実家へ戻るがよい。あそこなら、まず食べ物に不自由をすることはあるまい」

百間水野と呼ばれる屋敷の主にして日々の食事を心配するほどの年に、かくして

善四郎はめでたく奉公の年季明けを迎えたのである。

　二年でも他家で飯を喰った跡取り息子は一人前に扱われてもおかしくないはずだから、善四郎は親父と源治の相談にも今や堂々と顔を出した。

　水野の主人が心配した通り、この春から米価は著しく騰貴している。一両一石が相場のはずが三斗三升しか買えず、すなわち値段が三倍に吊り上がったのだから料理屋もそれなりの値上げをしないと立ち行かない。さりとて料理を三倍に値上げしても注文をしてくれる客は、それほど多くないはずだった。

「仕入れをもっと安くできねえかなあ。向こうのいい値で買ってりゃ儲けは出ねえよ」

　と善四郎がうっかり口を滑らせたら、親父はぎょろっと眼を剥いて、大きな口をへの字に曲げた。珍しくあからさまに不愉快な表情である。

「そう思うなら手前(てめえ)でやってみるがいいさ。いっとくが、この商売は水野ん家(ち)のように儲けだけを考えて算盤(そろばん)と睨めっこすりゃ済むもんじゃねえぜ」

　親父のいう理屈には妙な対抗心のようなものが匂った。それは水野の主人に向けたものであっても、聞かされた息子は自らが試されていると受け取らざるを得なかった。

　蔬菜の仕入れは大半が神田の八辻が原頼みである。福田屋は元が神田の八百屋だったからそこに親類や知り合いが多くて、今でも十分顔がきくほうだが、それでも近頃は思うような仕入れができないのだ。そこで善四郎は遠く千住河原や駒込の浅嘉町あたりまで乗り込んだあげく、ただ足を棒にするだけの日が続いた。そもそも畑の収穫自体が悪いのだから、手の打ちようもないのである。

　善四郎がわが家に戻った年も米は不作に終わった。年が替わると打って変わって晴れ続きとなり、夏は猛暑だった。それゆえ今年こそはと豊作が期待されながら、今度は日照り続きでまたもや凶作に泣き、「お天道様も意地が悪いや」と親父はぼやくことしきりだった。

　翌る天明六（一七八六）年は元日の真昼時が日蝕に当たって家の中が真っ暗になるという、不吉を絵に描いたような年の始まりだった。丙午の年らしく、正月は西北風が激しく吹き荒れて処々方々で大火が起き、早春から初夏にかけては雨が降らなかったため、人びとは火災を恐れて夜もおちおち寝ていられなかった。ところが梅雨に入ると今度は一日置きに大雨が降るような塩梅で、雨が少なければ少ないで気になるし、多ければ多いで文句をたれるのは世の人の常とはいえ、入梅してふた月たってもまだ明ける気配がないのは困ったものである。

　善四郎はこのところ毎朝紙洗橋へ出て山谷堀の水嵩を目測している。鼠色をした濁流は今や紙ならぬ橋桁を洗いそうになっていて、両岸に山と積まれた土嚢は却って不安を煽るものと見えた。道はどこもかしこもひどくぬかるんで、外歩きもままならないから商売はいずこもあがったりだ。おまけに福田屋は仕入れにも不自由して、開店休業のありさまが続いた。

「明日からは例年通りお盆の注文があるんで、なんとか恰好ぐらいはつくように仕入れておいた。みんな久々の仕事だから気張ってくれよ。したが、この降りでは法事に集うのも大変だぜ」

　と親父が店で話したのは七月十二日の夕方だ。朝からの強い降りが夜になっても収まらず、二階は天井のところどころで雨漏りがしはじめ、雨樋が破れんばかりの音を立てて水を溢れさせていた。

　屋根を打つ雨音の激しさで善四郎は真夜中に何度も目を覚ました。目覚めるつど四年前のお盆を襲った地震や、三年前の七夕に江戸の町が白く染まったことが瞼に浮かんで胸苦しくなる。安眠を妨げる凄(すさ)まじい雨音もまた、いつぞや升屋で会った侍から聞いた「天の怒り」という言葉を想い出させた。

天の怒りをなだめるには夜が短すぎて、払暁(ふつぎょう)にはもはやお盆の支度(したく)どころではないことが誰の目にも明らかだった。

「おい、裏に舟があるか見て来いっ」

と親父が切迫した声で怒鳴った理由も呑み込めないまま、善四郎は裏庭に出て、そこで激しい雨に打たれる小舟を見た。近年は仕入れや出前に使うこともないから山谷堀に舫(もや)われず、長らくここで眠っていた舟を親父はどうしようというのだろうか。

ほどなくしてそれは「堤が切れたぞー」という声で明らかになった。日本堤か隅田堤か、はたまた双方がいっきに、あるいは次々と切れたのかも定かでなく、気がつけば褐色の泥水が脛(すね)から膝に這い上がり、膝から腰へひたひたと押し寄せている。

「早く二階へっ」と口々に叫んで皆が段梯子にすがりつき、善四郎は目の前の舟に飛び込んでいた。中の竿(さお)をしっかり握りはしたものの、激しい風雨に叩き伏せられ立つこともままならず、波に揉まれて漂う舟にしばし身を委ねるしかない。

波はどこから来るとも知れず、時折強い風が吹きつけ、舟は木の葉のようにくるくる舞ってしだいにわが家から遠ざかってゆく。とてつもない恐怖が胸を締めつけ、ずぶ濡れになった躰は震えが止まらなかった。

半刻ほど経つと、雨の勢いは変わらなかったが、波が収まってようやく人心地がつき、善四郎は首を伸ばしてゆっくり巡らした。

舳先(へさき)の正面は遠くのほうまで空と同じ鉛色をした渺々(びょうびょう)たる海で、思わず茫然(ぼうぜん)と見とれてしまう。ふいに叫び声が耳に飛び込んで横を見れば、屋根の上に男がいて手招きするが、その手前がちょうど一間幅ほどの急な流れだから、うかつに竿が差せない。

他にも屋根や二階屋がぽつぽつと見え、少し先のほうには大きな緑の森が目についた。そこには人が大勢いるようだから取り敢えず向かおうとしたところで、待乳山だと気づいてすぐに竿を持ち替えた。これで方角の見当が大方ついたので、あとは何としても陽のあるうちに帰り着かねばならなかった。

ぷかぷかと漂ってくるのは箪笥(たんす)や長持ばかりではない。壊れた家の残骸は素早く竿を差して除(よ)けねばならず、水死人は合掌して見送り、屋根で手を振る人には涙を呑んで別れを告げ、善四郎は一心に舟を進ませた。ようやくわが家の二階屋らしき窓に知った顔を見つけた時は、声も言葉にならず、ただワーッと叫んで竿の先を櫺子に差し込んだ。

天明六年七月の豪雨は十二日から延々と降り続いて十九日にようやく天は晴れ間を見せた。この間に山の手は小石川(こいしかわ)の洪水が激しく、江戸川の橋々が流失し、目白(めじろ)は崖崩れに見舞われて、神田上水(かんだじょうすい)は丸ひと月以上も途絶えるはめとなった。下町の被害はさらに甚大で隅田堤が二カ所で決壊し、本所深川辺は水嵩が一丈を超え、多くの家屋が浸水というよりも水没に近い形だった。浅草辺は一面泥の海と化し、水が引きはじめてからも数日は舟での往来を余儀なくされた。

水が引くと惨状が却って露わになり、耐え難い臭気が人を腐らせた。それでも人びとが真剣にならざるを得ないのは、眠る場所の確保と今日明日をいかに喰いつなぐかである。

両国広小路(りょうごくひろこうじ)に設けられた御救小屋(おすくいごや)には粥を求める長蛇の列ができて、そこに辿り着けない人びとは道ばたに座り込んで施しを乞う。疫病の患いもあって行き倒れになった亡骸がそこかしこで目につき、たった三年で嘘のように変わり果てた無惨な光景が江戸中に広がっていた。

豪雨に見舞われたのは江戸ばかりではない。関八州の田畑がほとんど水浸しとなり、穫り入れ寸前の稲はことに被害が深刻で、奥州の飢饉と相俟って米は尋常ならざる騰貴を示した。

「まさか、あれが見納めになるとはねえ」

と口惜しそうにぼやくのは繁蔵である。このひょろりとした若者も今や立派に源治の片腕が務まるが、その腕が振るえたのもあのお盆の御斎が最後になるのかもしれない。あれが文字通り水泡と消えた今、残り物で食べ飽きた粒椎茸の煮染めすら結構なご馳走だったという。

善四郎も水野の相伴に与った数々のご馳走が瞼に浮かんで、時に升屋の潮汁が夢のような風味として蘇るのだった。

もっとも近頃は白米の飯ほどのご馳走はあるまいと思う。玄米すら手に入りにくくなって混ぜ込む割麦が増したので、米の味を忘れそうだとうっかり愚痴ったら、

「ご近所さんの罰が当たるぞ」と親父にさんざん叱られた。

「こいつァ精がつくぜ」と親父がある日手に取ったのは、馴染みの前栽売りが持って来た堂々たる自然薯だ。山里にはまだこうした立派な芋があって、わが家は昔からの取り引きで、米も蔬菜も少しは手に入るだけましなほうなのである。しかし未曽有の大洪水に見舞われた関八州の田畑がすぐに復旧する見込みはないから、それだっていつまで続くかわからないのだ。

にもかかわらず、親父は目玉が飛び出るほどの値で手に入れたその自然薯を豪儀にも、

「これを擂って、ちっとずつでもご近所さんへお配りしろ」

と命じたのであった。

「他人様が喰うに困った時に、手前だけがおいしい思いをしちゃいけねえ。そんなことしようとするやつは江戸っ子の風上にも置けねえ、鼻つまみだぜ。とりわけ、うちは用心しなくちゃならねえよ」

と親父はよくたしなめるようになった。それはわかったが、

「いいか、うちのような商売はな、いうなればアクみてえなもんだ」

といわれた時は善四郎も首をかしげずにはいられなかった。

「アク……あの鍋に湧いて出てくるアクのことかい？」

「ああ、そうだ。江戸という、諸国から大勢の人が押し寄せるでっけえ鍋に湧いたアクなんだ。どんなに繁盛をしても所詮は徒花(あだばな)で、決してなくてはならぬという稼業じゃねえ。肩身の狭い商売さ。それが人並みに大きな顔でのさばって、喰いもんに不自由もしてなけりゃ、世間様のやっかみを買っちまうよ」

料理屋という稼業がまさか世間のやっかみを恐れる商売になろうとは思いも寄らなかった善四郎だが、むろん喰い物の意趣遺恨が何よりも怖いことは知っている。

それにしても、

「正法寺さんで施粥(せがゆ)をしようと思うが、いつがいい？」

だしぬけに訊かれて、あっけにとられた。

施粥はもっぱらお上がなさるものだったが、親父はある日たまたま近所で話を聞いて来て、

「世の中には偉い先生がおいでになるんだねえ」

と感心したことがあった。

その偉い先生とは亀田鵬斎(かめだぼうさい)という儒学者で、駿河台(するがだい)に私塾を構え、門弟には町人

も少なくないが、専ら江戸屋敷に詰める諸国の武士に人気が高く、旗本や御家人もそこに通って、数はなんと千人を超すらしい。今や江戸で最もよく知られたといってもいいこの学者は、人びとの餓えを見るに見かねて貴重な蔵書を売却し、そのお金で施粥をしたという評判が江戸中を駆け巡ったのである。

以来、町家でも裕福な日本橋界隈の大店では持ち寄りで施粥をしたらしいと話には聞くけれど、とてもうちがするようなこととは思えなかった。

それを親父はこともなげにこういうのだった。

「俺が水野の旦那に話して、お勧めしたんだよ。こうした時こそ、世間様に恩を売っといて、損はないとなあ。旦那も賢い方だから、二つ返事で承知をなすった。米は水野の蔵から出るとして、粥を作るのがうちなら、ちったァ工夫がありそうなもんだ」

食はただ胃の腑を満たすばかりでなく気血を整え滋養になるものがいい。さらに味がよければ申し分ないが、今時そんな贅沢は望むべくもなかった。米どころか稗粟の粥ですら喉を通ればいいほうなのである。乾物の貯えがあった福田屋も厨と納屋が浸水し、かろうじて土蔵の二階に置いてあったものが助かったに過ぎない。

「そうだ、まだ干葉があったじゃねえか」

と思いついて善四郎は笑みがこぼれた。

納屋がやられて漬物はすべて駄目になったが、蔵の天井に吊して陰干しをしていた大根の葉は無事だったのだ。ふつうは冬場の大根でするが、近年は凶作続きで何も無駄にしないという日頃の心がけが、辛みのある夏大根の葉も捨てさせずにいた。

干葉は柔らかいものでも手で丹念に揉んで筋を取るが、夏大根のそれは猛々しいばかりに硬くて閉口した。それでもただの薄い白粥より作り甲斐があると思われたのは、干葉を湯で戻して粥に入れると、ほのかにでも料理らしい香りがしたおかげだ。

正法寺からは庫裡で使う大きな釜を借りて境内の中央に据え、夜明には釜の下の薪に火を点じた。やがて胃の腑に響く香りに導かれるようにして、老若男女の群れがいつしか十重二十重に門前を取りまいている。

どこから湧いて出たかと思うような大人数が引きも切らず、善四郎は粥が足りなくなった時の騒ぎを心配したが、

「案ずることはねえ。なるようになるさ」

と親父は相変わらず豪儀な構えだ。

「ただ用心して見てなよ。何度も並ぶやつがいるのは気に喰わねえ」

おまけにご近所でもそこそこ裕福な一家が列に並んでいるのは解せない。

「あのう……これは、お困りの方にお配りをしてますんで」

善四郎が傍に寄ってやんわりとたしなめたら、相手は照れ笑いでごまかした。

「いや、どうも、福田屋さんの施粥はやっぱり格別の味だという評判を聞きましてなあ」

こうしたおどけ者も中には混じっているが、大方は今日明日の命をつなごうとする界隈の窮民で、それが想った以上に多いのを善四郎は痛感している。飢饉によって奥州の国元を離れた流民がここ三年でうんと数を増していた。

水害で何もかも流されて、立ち直る気力をなくした人も確かにある。だがもともと立ち売りや行商のその日暮らしが多かったし、日雇いや口減らしで暇を出された奉公人の数がまたばかにならない。皆あれ以来ほとんど着の身着のままのようで、今日は小春日和でまだましなほうとはいえ、この寒空にぼろ雑巾のような人びとの群れが延々と続いた。

母親が昨夜遅くまで箪笥や葛籠の底を浚って取りだした古着は、水野から出た分と併せて境内にひとまとめで置いてあったが、あっという間にきれいに片づいてしまった。

焼け石に水なのは施粥も同様、ひとり一杯では半日の空腹すらまぎらせない。それでもきちんと礼をいって受け取る人がいるのはふしぎなくらいだ。もっとも多くは黙って力なく椀を差しだすばかりだし、中には「なんだこれっぽちかよ」と毒づく手合いや、椀に粥を注ぐこちらの顔を逆恨みしたように睨みつける目もあるからやりきれない。怨嗟の眼差しは、いつどこに向けられるかわかったものではなかった。

ただし、釜が空になった時の騒ぎを心配したのは取り越し苦労だったようで、意外に皆あっさりと引き揚げてくれた。

陽が翳りだした境内に残るのは僧侶と施主側のみ。水野平八が福田屋にねぎらいの言葉を述べはじめたら、突如、大きな泣き声がして一同が顔を見合わせるはめになった。

境内に響き渡った赤子の泣き声はすぐに出所が判明した。さらにそれが捨て子であることも、皆いわずのうちに了解している。

「まあ、まだひとりで助かったじゃねえか。両国の広小路じゃ捨て子が日に十人じゃきかねえもんで、町役人（ちょうやくにん）もたいそう困ってるてえ話だぜ」

と親父は妙に明るくいい放って、暗然とした表情の一同を見まわした。

親切がこうした形で報われるとは思いも寄らなかった善四郎だが、行列の中にはまさに地獄絵で見る餓鬼さながらの子連れがいた。粥を旨そうに飲み干した母親が「ああ、いっそここん家（ち）の子にしてもらうがいいよ」と切ない戯れ言（ざれごと）をわが子に聞かせていたのも想い出された。捨て子にしたのは、むしろ親の情けだったのかもしれない。

「はてさて、どうしたもんかのう。取り敢えず自身番に届け出るか、それともこちらの和尚様にお預けするか」

水野平八は落ち着いた表情で親父のほうを見ている。顔は色白で端整にして、切れ長の細い眼は喜怒哀楽の波立ちに乏しく、つまりは何事にもあまり動じない人相だ。片や福田屋の親父はぎょろっとした目玉をよく動かしながら、大口を開けてよく笑い、よく怒鳴り、常に表情が豊かである。今も眼を斜（はす）に大きく動かして水野と住職の顔を交互に見くらべながら、温みのあるしゃがれ声を聞かせた。

「旦那、お寺さんもどうやらお困りのようだし、今時は自身番に預けたところで気持ちよく世話してくれる者もござんすまい。いっそのこと、うちで引き取りやしょう」

　これにはさすがに母親が慌てた様子で、

「お前さん、そんな後先（あとさき）も見ずに……」

　といわせも果てず、

「手前（てめえ）はすっこんでろい」

　と怒鳴りつけた。

「いいか、子は天からの授かりもんだ。俺は誰の子だなんて、ちっとも気にしやしねえんだ。福田屋に授かった子は皆わが子として立派に育ててみせるさ」

　親父はただ真実を虚心坦懐に述べたようだった。だが母親はたちまち顔を真っ赤にし、掌（てのひら）で口を覆いながらうなだれてしまった。

　水野もまた滅多に動じないはずの顔にうっすらと赤みが差して、何とも慚愧（ざんき）に堪えないといった表情を浮かべている。

この場の勝負はどちらに軍配が揚げられるのか、ふたりの父を持つ善四郎の目には明らかだった。

正法寺の施粥で授かった赤子は親父の徳で命をつないだのがそのままに「お徳(とく)」と名づけられたものの、小猿の干物のように痩せ細った躰は本当の年齢を知らせず、何歳まで生きながらえるのかもわからなかった。

だが大人でさえまともな喰い物にありつくのが困難な日々に、母親は釜にこびりついた飯粒でせっせと重湯(おもゆ)を作って与え続け、おかげで年が替わると少しは女児らしい姿になったのが嬉しそうだった。

「お前が早く孫を拵えてくれたらいいんだけどねえ。こうしたご時世じゃ何事もままならなくて、今の若い者は気の毒だよ」

と母親に同情されながら、善四郎は今年めでたく二十歳(はたち)を迎えた。本来なら嫁を迎えてもおかしくない年齢だが、そこまではとても手がまわらないありさまだ。

もっとも若い身空なので、よく幼馴染みの繁蔵と連れ立って、つい目と鼻の先にある吉原の小見世(こみせ)を覗いたりしている。今時は銭をばら撒(ま)くよりも芋の煮転(にころ)ばしや漬物を持っていったほうが女に歓迎されて、もてるのだった。

　地廻りの連中とも顔馴染みで、不景気な話をよく聞かされた。吉原に売られて来る女の数は年々増す一方、客は深川の岡場所に取られる一方だから、五明楼（ごめいろう）扇屋や松葉館（しょうようかん）松葉屋といった大見世（おおみせ）あたりでも女たちの待遇が随分と悪くなった。それでも女たちは白いおまんまが喰えるだけ郷里よりはるかにましだと思うらしい。そういう話を聞くと、若い善四郎は妙な義憤のようなものを覚えた。

　お天道様にえこひいきはないはずだが、世の中にはたしかに日向と日陰があるのだろう。今はその差があり過ぎるようで、いわばおいしい皿や小鉢が一方に片寄り過ぎて、いつか膳ごとひっくり返りそうな不安を感じた。

　その不安が現実のものとなるのはそう遠い話ではなかった。

　例年、八月に穫れた新米は翌年の秋まで保たせるようにするが、近年は凶作続きで、春を過ぎるといずこの蔵も底がつきだして早くも新米を待ちわびるありさまだ。

　天明七（一七八七）年五月はそれが顕著で、米は高騰するどころか、とうとう出まわらなくなってしまった。

　米屋は百文につき一升売りが相場だから、それが三合も売ってくれないとなれば客が怒りだすのも無理はない。店頭で揉め事が絶えなくなって、五月に入ると市中の米屋は次々に閉店しはじめ、江戸八百八町に怨嗟の怒号が渦巻いている。

　五月半ばの今宵、善四郎は吉原の大門口で地廻りの顔役に声をかけられた。梅雨時には珍しく雲間から綺麗な満月が覗き、相手の顔は月影に隈取られていっそうの怖面に見える。

「福田屋の亭主は気前がいいという評判だ。手前も女郎にやさしいとかで、廓の評判はまずまずだから大丈夫だろうが、念のために用心しとけよ」

「用心って、何を……」

　急な話にぼんやり応じてしまい、相手はチッと舌を鳴らした。

「大坂あたりじゃ相当に暴れたってえ話だ。江戸も無事じゃ済むめえ。若えのが手ぐすねを引いてる。この界隈も、怪しい話がちらほら耳に入ってくるんだ」

　大坂で米屋の襲撃が相次いで、一昼夜のうちに二百軒もの店が打ち壊しに遭ったという噂は、すでに善四郎の耳にも入っていた。しかし、このお膝元には将軍家の直参ばかりか諸藩の武士が大勢いるから、まさかそんな大それた騒ぎを起こせるわけがないと思っていたが、

「そもそも人が辛い我慢もすりゃ、へいこら人に頭を下げるのは、すべてこれ喰い扶持のためじゃねえか。それがまるで喰えなくなって、あとは死ぬのを待つばかりなら、もう怖えもんなしさ。何をやらかすか知れん。とにかく用心するに越したことはねえぞ」

顔役はあくまで念を押すようにいった。それが三日もたてば本当になったのである。

本所深川あたりでちょっとした騒動が起きたのを耳にしたのもつかの間、武家屋敷の多い青山、赤坂、麴町でも米屋が軒並みやられたという噂には、山谷堀界隈の町役人も気が気でなくなったらしい。とうとう二十日の夜には今後の相談を福田屋でしたいという申し入れがあって、親父はいささか渋い顔を見せていた。

「うちが変に目をつけられちゃかなわねえから、断っちまいてえがなあ」

とぼやきつつも提供した広間には、町役人を筆頭に家持の町人がずらりと雁首を揃えたものだ。ただ戦々恐々と寄り集まるだけで文殊の知恵が出たら誰も苦労はないが、とにかく何かできる手を打つしかないのである。

風がまともに吹きつければ横を向き、嵐になれば首を引っ込めて通り過ぎるのを待つだけ。逆らっても無駄だというのは承知しながら、町内では若い連中がめいめい竹槍(たけやり)を持ち、夜間に火の用心を触れ歩くことになった。こうした自警団ともいうべき若者組が江戸の町々に現れ、昼間は自身番に立ち寄ってさまざまな噂を耳に入れている。

　打ち壊しに遭った米屋は八百八町で早くも千軒近いといわれているが、今や狙われるのは米屋ばかりではなかった。蔵前の札差(ふださし)が軒並みやられ、日本橋界隈が次々と襲われた噂も聞く。ただしやられたのは大店ばかりで、それも狙われた店と、見逃された店があるらしい。

「憎まれっ子世にはばかるを絵に描(か)いたような連中が、この時とばかりに退治されるんだぜ」

　という穿(うが)った見方もある。

　善四郎はそれを聞いて正法寺での施粥を想い出したものだ。こういう時こそ世間に恩を売って損はないと福田屋の親父に口説かれた水野平八が、自ら境内に立って粥をよそっていたのもまんざら無駄ではなかったのかもしれない。

　ともあれ四里四方と広い御府内(ごふない)の離れた町々で、ほぼ一斉に烽火(のろし)があがったのは実にふしぎだった。打ち壊しに遭う家と遭わない家が分かれたのもまたそこに何らかの裁量が働くことを窺わせるが、さりとて大江戸中に指図のできる者が突如として出現したとは思いにくい。それぞれの町で騒動を企てた者が互いに何かと報（しら）せ合って動くのだろうか。

町奉行所の役人が駆けつけたら、いつも時すでに遅しで、無惨に壊された雨戸の中で家人が震えるありさまらしい。おまけに次々と起きるから到底手がまわらず、各町内で自衛に努めるしかないのである。

善四郎がこの夜の見廻りを終えて帰宅したのは四ツ（十時）過ぎで、すぐ床に就いたものの目が冴えて当分は眠れそうになかった。有明行灯（ありあけあんどん）のぼんやりした光が却って気持ちを落ち着かなくさせている。

急に表が何やらざわざわしはじめたのは空耳でもなさそうだ。突如ドンと近くに大きな物音が響いて、甲高い悲鳴があがった。

いよいよこの町内でも打ち壊しが始まったらしい。善四郎は膝がガクガク震えて段梯子を降りるのもままならないが、それでもなんとか家人を起こしてまわって奥の一間に寄せ集めた。自らは繁蔵と雨戸に貼りついて表の様子を窺っている。

外にはかなりの人数がいるらしい。口々に何か叫んでがやがやしている。陽気な声があがると吉原帰りの騒めきかと思えるくらいだが、一方では女の悲鳴と男の怒号が交錯し、激しい物音が間断なく聞こえた。

「火の元には十分気をつけろよ。一軒でも燃やしちゃならねえぞ」

と叫んだ男の声にはどうやら聞き覚えがある。

そうだ、あれは辻立の読売屋ではないか。浅間山噴火の絵草紙もあの塩から声で売っていた。と思う間もなく別の大声があがって、繁蔵が素早く耳打ちする。

「ありゃ芳公だ。あの髪結いの芳三ですぜ」

雨戸の臆病窓を細めに開けても、外は真っ暗闇で黒いかたまりが蠢くばかり、どんなに目を凝らしても人の姿は判然としない。ただ顔見知りが混じっている疑いは濃厚で、雨戸を強く叩かれた刹那、「よせっ。そこは福田屋だ」と鋭く止めた声にはその顔がはっきりと浮かんだ。

大勢の人間が家の前をぞろぞろ通り過ぎる気配を察して、善四郎はほっと安堵の吐息を洩らすも、全身に震えが来た。

今の世の中はどうかしている。人も狂っている。単に餓えた者が暴れまわっているのではない。本当に餓えていたらそんな気力もないだろう。昼間は調子よく近所付き合いをして、夜は面白半分に他人の家を打ち壊してまわる輩が現れたのだ。

ひょっとしたら自分も誘われていたかもしれないほどの身近な人間が、あの場にいたことに善四郎は愕然とした。親父が日頃から気前よく振る舞っていなければ、この福田屋も無事では済まなかったと思うにつけ、他人のちょっとしたやっかみや恨みめいたものが心底恐ろしくなった。

どこの町でもそうしたものが積もりに積もって、思いも寄らない此度の大騒動を引き起こしたのではないか。お膳の一方においしい料理を片寄せたら、いつかはお膳ごとひっくり返ってしまうという、ただ当たり前のことが起きたに過ぎないのかもしれない。

江戸の打ち壊し騒動は三日三晩続いて、五月二十三日にようやく鎮静した。

まずは窮民の御救い金として二万両が下賜され、六月に入ると玄米や麦が配られて、大豆も安価に出まわり、庶人の暮らしは一応の落ち着きを見せた。あとは騒動の後始末がどうなるかを世間が固唾を呑んで見守っていた。

打ち壊しに加担した者を町奉行所へ訴人したら、褒美の金が出るというお触れは町内を騒然とさせた。襲われた家の者は気が動転し却ってわからなかったようだが、善四郎と繁蔵は誰それと疑える者が指で数えられた。

「褒美はともかく、あんな悪さをした野郎がお咎（とが）めもなしに、何喰わぬ顔で町に居座ってるとなっちゃえれえ迷惑ですぜ。道でばったり出くわしたら、こっちのほうが一体（いってえ）どんな顔をしたらいいかわかりゃしねえ」

と繁蔵は毒づいたが、善四郎は訴人するつもりなぞ毛頭なく、

「まあ、つい出来心でしたんだろうから、何もかも腹に収めておくさ」

親父の口ぶりを真似たようないい方になったのはいささか面映ゆかった。

出来心で主人に手を付けられて妊（はら）んだ女中を、胎内の子もひっくるめて、親父は自分の腹に収めてくれたのだった。善四郎はそれを恩義に感じるのではない、自分は育ててくれた親父の子に間違いないと思うからこそ、

「やっぱり若旦那は親父さんに似て、太（ふと）っ腹（ぱら）なとこがいいや」

と繁蔵にいわれたのが無性に嬉しかった。

八百八町では多少の訴人があっても、打ち壊しの首謀者は知れぬまま、その責めは騒動を起こした側より、むしろ起こされた側が負わされることになった。

騒動のきっかけは、米の隠匿を摘発するよう北町奉行所に訴え出た町人が「喰えなければ犬でも喰え」と放言されたことだと噂され、奉行の曲淵甲斐守は舌禍によって六月一日付で罷免となった。

そもそも天災が相次ぐなかで物価の異常騰貴を招いた失政が問われたのは時の老中首座、田沼意次である。天災を招いたのも田沼の不徳とする見方で、昨年すでに老中を罷免された彼が、この十月さらに全所領を没収されて閉門蟄居になるという追罰を被った。

かくして憤懣の黒雲に覆われた民心をみごとに晴らしたのは、新たに老中首座となった白河侯松平定信である。八代将軍吉宗の孫という毛並みのよさと、白河藩の善政でよく知られ、町人の間に評判が高かったこの人物は、まず世直しの手始めに徹底した不正追及で民心をさらに掌握しようとした。

師走の風がそぞろ身に染むある日のこと。紙洗橋の袂には熱気に満ちた一角ができ、その人垣の中に立つのは絵草紙を片手にした読売の男だ。編笠をかぶって顔は見えないものの、その塩から声には聞き覚えがあった。あの騒動以来ここらはとんとご無沙汰だったが、ほとぼりが冷めた頃を見計らって舞い戻ったらしい。

「あの野郎、よくぞまあぬけぬけと」

傍らの繁蔵がこちらの心を代弁したが、それでも善四郎は素通りができなかった。

絵草紙の束を一本箸で叩きながら、

「さあ、さあ、ついに田沼の大番頭が死罪になった。ざまあみろと唾を吐きてえお方は、どうぞこの紙をお使いなせえ」

と男は言葉巧みに絵草紙を売りつけている。

人垣の誰かがその名前を訊いたのかして、

「勘定組頭の土山という野郎だ」

という塩から声が大きく響いた。善四郎は思わず人垣を割って入り「若旦那も物好きだねえ」と繁蔵に笑われるはめになった。

土山……土山という名には何かひっかかるものがある……。

絵草紙の半面は刑場の土壇場で頭のない首から血がどっと噴きだす様子だ。どぎつい絵のわりにわざわざ買って読むほどの文面ではなかったが、勘定組頭の土山宗次郎が「公より出たる処の金子を私に融通して五百両を貪り」と罪状がはっきり記されていた。

切腹と違い、死罪は試し斬りにも遭うから、武士に科せられた例は少ない。まして勘定組頭まで務めた役人には、この上もない恥辱を伴う酷刑であった。

「これぞ、お天道様は決して悪事を見逃さねえ証拠だよ」

と塩から声が得々と響くのは片腹痛かった。読売の男は近所の打ち壊しに加わっていながら、お天道様に見逃された口なのである。善四郎は図らずも自分が皮切りとなって絵草紙が飛ぶように売れだしたのを、なんとも苦々しい目で見ていた。

土山の名は初め水野の屋敷で聞いたのかと思ったが、実は洲崎の升屋で大田直次郎という侍から聞いたのだった。後でそれが狂歌の名人だと教えられたせいか、ふしぎと忘れられない人物だし、話したことまでよく憶えている。土山某と親しくしていたあの侍は無事なのかどうかも気になるけれど、毬場まで設けた豪壮な料理茶屋が懐かしく想い出されて、今あそこはどうなっているかが切に知りたかった。

先年の打ち壊し騒動以来、いや、その前の洪水で何もかもが水浸しになったせいか、近頃の江戸では湿気た話ばかり聞くようになった。田沼一党の退治が済むと、人心を沸き立たせるものがなくなって、皆一様に気が抜けた顔をしている。あれほどの大騒動を起こした町々が妙に沈み込んで活気を喪い、巷で流行るのは神仏の信心と社寺参詣ばかりというありさまだ。

　福田屋も相変わらずお盆とお彼岸だけの繁盛で、ふだんは閑古鳥の鳴く日が多くなっている。白いおまんまにさえありつけぬ人が大勢いるのに、料理屋で宴を張ったり仕出しを取るのは贅沢すぎて罰が当たる、というような空気がいつの間にか広がっていた。

「懐の温けえのが悪いようにして皆が出し渋るから、金まわりも悪くなるのは当たり前だ」

　と親父はぼやきつつ、自信たっぷりにこうもいった。

「料理は仕込みに金をかけるばかりが能じゃねえ、腕と工夫さえありゃ旨えものは作れるのさ」

　この日は竹町河岸で安く仕入れた白瓜を、目新しい香の物にすると意気込んだ。香の物にさほど工夫があるとも思えず、そのまま塩漬けか味噌漬けに、せいぜい粕漬けや麹漬けにするくらいだろう。ところが親父は俎板に置いた瓜の両端を切ると、意表を突いて束ねた箸を中に突き刺し、種の周りの柔らかな身をせっせとほじくり出した。そうして中をきれいに刳り貫くと、千切りにした若生姜と紫蘇の葉、蓼の紅い花穂、青唐辛子をそこに詰めて甘塩に漬け込んだ。

樽には常より大きめの重石を載せ、七日も置くと、取りだした瓜は平たくひしゃげている。それを輪切りにすれば、真ん中が色とりどりで見た目の美しい漬物ができあがった。

「この切り口は何かに似てるなあ。そうだ、印籠の蓋を取るとこんなふうじゃねえか」

と親父は鼻高々だ。

ひと切れ頬張るとしゃきしゃきした瓜からぴりっとしたものが舌を刺し、清々しい香りがつんと鼻に抜けて、肌の汗がいっきにひくような実に爽やかな食べ心地である。たかが香の物と侮ってはなるまい。蔬菜は薬味との組み合わせでかくも奥深い味わいになるのかと善四郎は感心しきりだ。

この印籠漬けはうちの名物になる。自分も乏しい材料で何かと工夫して福田屋の名物を拵えたい。善四郎はそう思う一方で、洲崎の升屋が披露した豪華な鮮魚の料理にも少なからず心惹かれていたのである。

近頃は町を歩けば木魚を叩く人びとの行列とよくすれ違う。いずれも口々にオン、アボキャ、ベイロシャノウ……と舌を嚙みそうな光明真言の呪文を唱え、さまざまな災難で逝った人びとの成仏を願っている。浅草の界隈は寺町だけにそうふしぎでもなかったが、善四郎はまさかこの海辺にまで来てすれ違うとは思わなかった。

風除けの松並木を透かして見える初夏の海は蒼く燦めき、穏やかな白波が砂浜を洗うのはまるで嘘のように昔通りだから、逆に浅草一帯が泥の海に変じた無残な光景を重ねてしまう。よくぞあれを乗り切って生き延びられたものだと神仏に礼を述べ、ついでに自らをねぎらいたくもなるのだった。

枝折門はどうやら新たに建て替えたらしいが、以前よりちゃちな造りに見えるのは気のせいだろうか。「升屋」と染め抜かれた紺暖簾はあきらかに色褪せていた。

この間に何かとあり過ぎたせいで、はるか遠い昔にも感じられるが、それはまた昨日の出来事のように鮮明な想い出でもあった。

升屋の亭主、祝阿弥の鮮やかな包丁捌きを拝見させてもらいながら、とんだウッボ侍の闖入に邪魔されて、その場できちんとした礼をいえずに別れたのが却って幸いし、後で改めてきちんと挨拶に訪れたのが功を奏したのだろう、相手は善四郎の

姿をひと目見るなり、

「おお、いつぞやの……」

やさしげな笑顔に変わった。

「憶えていてくださいましたか」

「随分と立派になられたものじゃ」

五年の歳月は若者をとみに成長させたが、祝阿弥のほうはめっきり老け込んで、丸めた頭は相変わらずでも、顔は頬骨と皺が目立つようになった。

さまざまな天災や騒動のさなかに、これだけの店を守り続ける苦労は並大抵ではなかっただろう。店が大きければ常費も馬鹿にならない。水害の修理費も嵩んだはずだし、打ち壊し騒動では、ここに吹きつける海風よりも世間の風当たりが強かったに違いない。今もまだ客足が旧(もと)に復したわけではなさそうで、玄関に立っていても閑散とした空気が伝わってくる。

後でお礼に訪れた際、善四郎は自らの身の上を話したが、相手はそれもしっかり憶えていたようで、

「また魚の捌きようを習いに参られたのか」

と先にいって嬉しそうな顔をした。

すぐに厨へ案内されたが、そこは以前とすっかり様変わりして、活気というものが微塵もなかった。料理人も目立って数を減らしている。火を入れていない竈も多く、こうなるとなまじ広いから余計にがらんとした感じだ。残念ながら往年の面影はそこに見いだせず、それがわずか五年前とはとても信じられない。たった五年で世の中が恐ろしく変わったのを見せつけられる思いがした。

亭主は存外屈託がなさそうに土間へ降り立つと、隅にある井戸の脇に置いた籠から一尾を打鉤（うちかぎ）で取りあげた。

「今の時季は鯛よりも、これじゃ」

俎板に載せたのは大きな鱸（すずき）で、すでに活き締めにして血抜きしたものか、びくともしない。

「鱸はあらゆる魚を捌く手本になる。ご自分でなさってみられんか。わしがここで見ておりましょう」

善四郎は勇んで包丁を握りはしたものの、名人の前ではさすがに気後れした。前に鯛の血抜きを見せられた時に「人の首を刎ねるほどの思いきりが肝腎」といわれたのをふと想い出して、急にあのおぞましい絵草紙が目に浮かんだ。

　死罪になった男と親しくしていた大田直次郎という侍や、酒井雅楽頭家の若殿と出会ったことまで懐かしく想い出されて、あの毬場は今もあるのかどうか気になったが、それはなぜか訊けなかった。

「鱸だけは必ず頭のほうからおろしなさいよ」

と親切に教えてくれる相手には、料理のことだけを訊けばいいのである。

わが手で捌いた鱸を、亭主はすぐに料理して喰わせてくれる。善四郎はその親切に恐縮しつつ、何かと話を訊くには願ってもない好機とみた。

潮汁の塩加減には以前と同じく感じ入ったが、鱸の切り身の他に白い真田紐のようなものが椀の中に浮かんで見えるのは解せない。

「この吸物には、干瓢の出汁もお使いで？」

　亭主はそっと首をかしげた。

「干瓢？……ああ、その白いのは干瓢ではない。昆布なんじゃよ」

「昆布……あの海の黒い……」

「左様。昆布の芯を薄く短冊切りにしたものじゃ。鱸は鯛に比べるとどうも出汁が物足りんので、それを使います。海魚には干瓢でのうて、やはり海の出汁を合わせませんとな」

芯を切ってこれなら元は相当大きな昆布とおぼしい。海産物の仕入れと調理の工夫にかけては、いまだ天下無双の店であるに違いなかった。

皮がぱりっと香ばしく焼きあがった鱸もまた鯛とは違う旨みがあった。塩加減は程よくて文句のつけようがないが、かすかに川魚のような泥臭さが鼻をつくのは玉にきずというべきか。

打ち壊し騒動の前に善四郎はしばらく食を絶つはめになったが、以来、舌や鼻は却って研ぎ澄まされたようなところがある。今もほんの一瞬、思わず顔を曇らせたのが、亭主の目に留まったようだ。

「鱸は川にも上る魚だけに、鯛ほど風味が芳しうないかもしれんのう」

と弁解するようにいうのを聞いて、善四郎は自ずと思案した。

「そうだ薑を。今なら焼肴には葉生姜を添えたらいかがでしょう。あれなら毒消しにも、臭い消しにもなります。木の芽はもう無理だとして、煮山椒をほんの数粒でも添えれば香りが引き立つかと」

亭主はたちまち破顔した。

「たしか元のご商売は八百屋だったと伺ったが、海の物に山の物を組み合わせるとは、わしには思いつかなんだ。出汁にもその手があるかもしれん」

「たとえば鯛を、牛蒡と併せて煮たらいかがで？」

「なるほど。共に濃い出汁だから、いい喧嘩になりそうだ」

話は尽きなかったが、料理が尽きたところで善四郎がお代を気にしたら、亭主はちょっと不機嫌そうな顔を見せる。

「馬鹿をいいなさんな。お金が欲しくてしたこっちゃない」

善四郎はゆくりなく千満という娘のことを想い出した。あの時も折角の親切をふいにされた気持ちで自分は腹を立てたのだった……。

「されればお言葉に甘えまして、厚かましながら、ひとつお願いがございます」

「はて、何なりと、申されよ」

「先ほどの潮汁に使われた昆布芯を、うちの出汁に使ってもよろしうございましょうか」

途端に亭主は声に出して笑いだした。

「ハハハ、うちも葉生姜を使わせてもらおう。料理というのはおかしなもんで、たとえば稲の実を米にして炊く工夫は誰が始めたのかも知らず、いつの間にか皆がそれをする。そうしたもんではないのかな」

と善四郎の目をじっと見すえる。

天下無双の料理人は、発する言句にも度量の大きさと重みが滲み出ていた。

「あなたは今後も何かと料理の工夫に励まれるじゃろうが、隠し立てなぞせず、世に広めなさるがよい。大昔から多くの人がさまざまな食べ方を工夫し、それを世に広めたからこそ、今においしい物が沢山あるのじゃ。ただし、どんなに旨い物でも人の口に入ればたちまち消える。いくら歓ばれても、作り手はすぐに忘れ去られて、報われることもあるまい。料理とは所詮そうした儚(はかな)いもんじゃが、憂きこと多きこの世では、一番の慰めにもなろうかと存じて、わしは今日までやってきた」

がらんとした厨に、亭主の嗄(か)れた笑い声が淋しげに響いていた。善四郎は何もいうことができなかった。自分にはまだ何かいえるほどの立場があるとも思えなかった。

「わしは若い時分に上方(かみがた)で過ごしたゆえ、この店も京の六阿弥(ろくあみ)や、大坂は天王寺(てんのうじ)の浮瀬という料理茶屋を見習うて拵えましたのじゃ」

六阿弥は円山に点在する草庵を食事処にして、ここでは裏庭の数寄屋がそれを模したもの。浮瀬の二階座敷は西海に沈む夕陽の眺めが売り物で、ここの二階もそれに倣ったのだという。

「初めは見習うたにしても、今は京や大坂におさおさ劣るまい。何しろ江戸前の海には活きのいい魚がいくらも泳いでおる。これが当地では何よりのご馳走となろう。魚を巧く捌くことが当地の面目、江戸料理の真髄でなくて何であろうと、わしは今の今まで思うておったが、料理はやはり山海の珍味が揃うてこそのもんかもしれん」

まさしく負うた子に教えられた亭主は、その子にしっかりと目を合わせた。

「山海の珍味は、諸国を旅すればいくらも口にできる。そこからまた新たな料理の工夫が生まれる。鯛ひとつ取っても、江戸前のそれと、西海の播磨灘や備後灘を泳ぎ渡る鯛とはひと味もふた味も違いまする。あなたも若いうちに一度は上方へ足を運んでみたがよい。江戸はわしが若い頃よりもずっと立派な都になったが、向こうにはまだまだ学べることがきっとあるはずじゃ」

亭主の声には温かな大人の情がこもって響き、それがあの程よい塩加減の潮汁のように、はらわた深く浸み通るのだった。

玄関で別れた後も、善四郎はしばし敷石に佇んで、升屋の全景を瞼に写し取るようにじっくりと眺めた。次に訪れる際は、ここがまた以前のように賑わう姿を必ず見られると思えた。


箱火鉢を前にして、親父は早くも鼻をぐずぐずさせている。急に朝晩が冷え込んできたにしても、大分（だいぶ）と意気地（いくじ）がなくなってきたようで、倅としては少し心もとない。しかし当人は意外にご機嫌で煙管（キセル）の先を振り立て、

「おう、もっとこっちへ寄んな。いい話があるんだ」

母親は奥でお徳を寝かしつけているのだろう、珍しく父子（おやこ）が差し向かいの図になった。

「とうとう御籤（みくじ）が当たったんだよ」

嬉しそうにいわれて、善四郎は一瞬ぽかんとしたが、すぐに昨晩うちの広間で催された宴、すなわち伊勢講（いせこう）の直会（なおらい）を想い出した。

天照大神の絵像を床の間の掛物にして集った伊勢講の人数は五十を超えていた。が、山谷堀界隈のみならず今戸や橋場、さらに遠くの町内までも入れた講中の人数は何倍にも膨れあがる。それら大勢でする掛金の積立で、年に一度、一同に代わって伊勢参りをする者が籤引きで決められる。その籤に当たったのは、たしかに僥倖ともいうべき出来事だった。

「店が左前の時は月々の掛金が惜しいような気もしたが、これで我慢して続けた甲斐があったというもんだ」

「父つぁん、旅先で我慢は禁物だぜ。くれぐれも用心しとくれよ」

伊勢参りとなればどんなに急ぎ旅でもゆうに半月はかかる。大概は上方見物を兼ねて、ひと月やふた月を費やすのがざらだ。その間に水が変わるし、疲れも出る。無事に戻って来られるよう、身内が心配するのは当然だが、親父はそれを豪快に笑い飛ばした。

「ハハハ、俺がなんで我慢をしなくちゃならねえんだ。旅に出るのは手前だよ」

善四郎は再度ぽかんとしている。

「俺ゃもういい年だから、手前に行ってもらうさ。代参の、そのまた代参ってえわけだ。掛金は俺がしてやった。あとは水野の旦那に、たっぷりと餞別（せんべつ）をもらうがいい」

　望外の成りゆきが胸に迫って、善四郎は目頭を熱くした。今年の夏、升屋の亭主にいわれた話が早くも現実のものとなりそうで、この見計らったようなお膳立ては、やはり血のつながりに勝る深い縁で結ばれた父子の情の賜物であろう。

「可愛い子には旅をさせろで、誰しも若（わけ）えうちに世間を見てまわるに越したことはねえ」

　とはいえ店はまだ元通りには程遠いありさまだし、こんな時期に参詣を口実にした物見遊山（ものみゆさん）の旅をするのはさすがに気が引けた。

　倅の逡巡を見て取ったように、親父は煙管の雁首で火鉢にカツンといわせた。

「いい若えもんが、つまらねえ遠慮はしねえこった。店は当分はあがったりで、手前がいても役に立つことはねえ。町はいずこも火が消えちまったようで、気がくさくさするばっかりだ。こういう時は、いっそ江戸を離れてみるがいいさ。女といっしょで離れりゃ恋しくなって、きっと惚（ほ）れ直すぜ。とにかく年が明けたらすぐに旅支度をしろよ」

年が明けると早々に元号が寛政元（一七八九）年と改まって、善四郎は二十二の春を迎えた。

改元の旅立ちはまさしく過去と決別し、自らに新たな始まりを告げるものであった。

伊勢講代参の一行は二手に分かれ、川崎大師の正御影供に参拝したい者が先に発ち、大師河原にて落ち合う約束で、善四郎が家を出たのは三月二十一日の昼前。大安吉日の旅立ちを寿いで空はきれいに晴れ渡り、隅田堤の花はすでに散り失せていたが、土手の若草が色を添えて、陽春の陽射しは水面を七彩に染め分けながら、日本橋までの舟中を和ませた。

今はこんなに穏やかな隅田川も、激しく荒れ狂ったばかりか、あたり一面が汚泥の海に化けて、文字通りの辛酸を嘗めた日々が想い出された。

吾妻橋を過ぎると、甘露のような想い出が胸をくすぐった。もう二度と会うことのない千満という娘が竹町の桟橋にすっくりと立って、こちらを見送ってくれる。ほくろを添えたあの愛らしい口もとで汁を啜る顔が、まるでその場を見たように浮かぶと、今は彼方に見える御城の中で苦汁を飲まされていないよう、切に望むばかりだった。

　善四郎は幸いにも、まだ自身がさほどの苦い汁を飲んだ覚えはない。福田屋の親父にしろ、水野の主人にしろ、時には辛口の意見をされ、向こうの口が酸っぱくなるほどの叱言(こごと)を頂戴したかもしれないが、概ね甘やかされてきたのは間違いない。升屋の亭主のような他人ですら、あれだけ旨い汁を飲ませてくれたのだった。

　しかし、これからは世間が今までのように甘くはあるまいと覚悟している。ただ苦い汁を飲まされても、それを塩梅ひとつで旨い汁に変えてみせるだけの腕が欲しい。

　その腕を身につけるためには、もっともっと人の味を知らなくてはならない。そして生きている限りは決して腐らず、この世という生け簀の中を活き活きと泳ぎまわりたいものだと思う。

　まず今は伊勢参りの道中で何を味わうかが楽しみでもあり、少し怖いようでもあった。

二 うどんげの再会は鹹(から)し

蔦重（つたじゅう）こと蔦屋重三郎（つたやじゅうざぶろう）がとうとう亡くなったという報せ（しら）を聞いたのは梅雨時のどんより曇った蒸し暑い日であった。それがまさか天高い秋晴れの今日になってわが身に降りかかってくるとは思いも寄らず、善四郎はとにかく親父に相談してみようと離れを覗いたところ、

「おらあ、もう何も聞かねえよ。店のことには向後いっさい口出ししねえといったろ」

相変わらずにべもない返事である。

今年の春めでたく三十路（みそじ）を迎えた伜（せがれ）に家督を譲って、親父は潔く隠居をしたつもりのようだ。以来、離れに引きこもって厨（くりや）には顔を見せなくなり、たまに出かける時も店のほうへまわらずにわざわざ裏木戸を通っている。

今や鬢（びん）は真っ白、申しわけ程度に髷（まげ）が付いているくらいだが、躰にまだ目立った

衰えはなく矍鑠として、厨を離れるのは傍目にも惜しいようだった。

父子が仲違いでもしたのかと変に勘繰られてもまずいから、善四郎は何かと相談を持ちかけてみるのだが、そのつどあっさり袖にされた。だが今日ばかりはそうやすやすとは引き下がれない。何しろ福田屋にとってまたとない大仕事になるかもしれないのである。

蔦屋重三郎の名は、まず何といっても歌麿の女絵を派手に売りだした版元として世間でよく知られていた。三年前には写楽という絵師の役者絵をまたも派出に売りだしたが、こちらはたいした評判にもならなかった。

歌麿を派手に売りだした頃は、一方で遊里の男女が織りなす人情の機微に触れた洒落本を出版し、それがお上のお咎めを受けて身代半減、すなわち全財産の半分を没収されるという過酷な罰を被った。それで寿命を縮めたようにも噂されている。

寛政と元号が改まってから、お上は重箱の隅を楊枝でほじくるようなあら探しをして、罪を着せられた者が少なくない。蔦重もそのひとりとみられた。

「大きい声じゃいえねえが、水があんまり澄んでたら、でっけえ魚は育たぬというじゃねえか。近頃の役人はきっと小魚ばっかしなんだろうよ」

とは魚河岸連中の陰口である。

白河侯松平定信は当初こそ世間から歓迎されたが、とかく堅物を絵に描いたような人柄だとして次第に疎まれだした。堅物の余波で武家の客が一斉に遊里から遠ざかって吉原の大楼は火の消えたようだといい、煽りを喰らってこの界隈も先行きが暗い。おまけに質素倹約令で世間の金まわりがえらく悪いから、福田屋の商売はあがったりだったのだ。

蔦重はお上のお咎めを受けた洒落本のほかにも数多くの戯作を昔から出版し、狂歌を自作して蔦唐丸の名で世に問うた。水野のおかげで狂歌に馴れ親しんだ善四郎は、蔦重の名をわりと早くに知った気でいながら、今年六月三日に近所の正法寺で葬儀が営まれ、百か日の法要も同寺院で催されることにいささか驚いたのだった。

「元々あれは大門の門前で小体な店を構えて吉原細見なんぞを商ってた口だ。菩提寺がここらでもふしぎはねえのさ」

と親父は当然至極のようにいう。が、善四郎が蔦屋の本を手にした頃、店はすでに吉原を遠く離れて日本橋の通油町に移っており、名だたる書肆の老舗が軒を連ねた同町でも、指折りの地本問屋として幅をきかせていたのである。

あの大変な洪水に見舞われる少し前で、世間がまだ暢気(のんき)だった時分に、『江戸生艶気樺焼(えどうまれうわきのかばやき)』という絵草紙を、善四郎は近所の若い連中とまわし読みした覚えがある。鼻べちゃのぶさいくな顔をした金持ちの馬鹿息子が色男に憧れて次々と間抜けなことをしでかす話で、作者の山東京伝(さんとうきょうでん)が自ら描いた挿絵もたいそう面白く、たちまち仲間内で大評判になった本だ。

その京伝の書いた洒落本がお上に咎められて、蔦屋は身代半減の罰を被り、書いた本人も手鎖(てぐさり)の刑に処せられ、以来すっかり鳴りを潜めてしまった。吉原には相変わらず入り浸りだという話だが、善四郎はまだ一面識もない。

蔦重の百か日法要には京伝も顔を出すのではないか。ひょっとしたらあの歌麿も来るかもしれない。そこにうちが料理を出すのかと想っただけで、武者ぶるいがした。

「誰に出そうが御斎(おとき)は御斎だ。そう変わったことはできねえぜ」

と親父は枯れた声で素っ気なくいうが、脂がのりかかった倅のほうは折角の好機を見逃したくなかった。

「百か日でも、やっぱり精進なのかねえ……」

「精進を馬鹿にしちゃいけねえ。うちは元が八百屋だぞ。そもそもは精進料理に拵（こしら）える蔬菜（そさい）や乾物の八百よろずを商うから、八百屋というんじゃねえか」

「ああ、もうその話は耳にたこができてるが、昆布や干瓢だけじゃ出汁の味が締まらねえし、干し椎茸は鼻につくしなあ」

「まあ、鰹（かつお）の出汁くらいは使うさ」

　そう聞いて善四郎の顔に笑みが広がった。

　精進料理で食べごたえが一番あるのは粒椎茸。法要の御斎は決まり切った仕出し弁当。善四郎は蔦重の百か日で、そうした通念を何とか打ち破りたいのである。

「どうだ、ちゃんとお膳で出してみねえか」

　と繁蔵に持ちかけたら、途端に横から白髪頭の源治が嚙（か）みついた。

「冗談じゃねえ、若旦那。とても膳の数が足りるもんか」

「足りなかったら、買い足すさ」

「それじゃちっとも合わねえ。持ち出しの大損ですよ」

「損をして利をみよ、損して得取るという話もあるぜ」

付ける薬はないといったふうに、源治はその場で黙り込んだものの、いざ料理の仕込みをする段になれば、いつもより張り合いがある顔つきだった。

お膳を使えばお椀も出せるし、ちょうどこの季節は椀種にも恵まれている。

「松茸の吸物を添えたら豪勢だろうなあ」

「旦那は店を潰す気ですかい」

と今度は繁蔵にまで呆れられる始末だ。

献立すなわち日本料理の組み立て方は大昔からさまざまな変遷を経て、この時代は少なくとも膾と平と壺と吸物があれば可とされた。膾は魚介や菜を刻んで和えた酢の物であり、最初に箸をつける大切な一品だ。平は平皿や平椀の容器を使った料理、壺は深い容器に入れたそれで、調理法による分け方ではなかった。吸物は酒の肴になる汁の名称で、飯に付ける汁とは区別される。

善四郎は此度の御斎で、膾は茹でた椎茸と柿と大根を千切りにして胡麻酢和えにした。平皿には人参、牛蒡、青菜、干し椎茸、干瓢をまとめて湯葉巻きにした煮浸しを載せ、これに長芋の細切りを合わせた。壺皿には酢味噌を底に敷き、栗と初茸と銀杏を品よく盛りつけた。いずれもさほど凝った料理ではないが、ふつうの御斎ではまず出ないだろう。こうなるとやはり、ふつうの御斎では出ない吸物も欠かしたくない。松茸ほどの香りはなくとも、しめじの味わいは捨て難いから豆腐と合わせるだけでもいい吸物になろう。

ただし汁は熱いのが何よりのご馳走で、冷めた汁は気持ちまでひえびえとさせ、ないほうがましなくらいだ。が、正法寺は庫裡と客殿が離れているので、運ぶ間にきっと冷めてしまう。

いくらお膳で料理を出そうが、吸物がないのでは帯のない着物のようで締まりがない。親父がいったように、所詮、御斎は御斎でしかないのだろうか……。

善四郎は浮かぬ面もちで再び離れに足を運んでいた。お膳で出す話も親父の賛同は得られそうにないことが顔を曇らせている。だが離れの廊下に薬罐を載せた七輪が放りだしてあるのを見ると、その顔が急にぱっと明るく晴れ渡った。

さえざえしい十三夜の月影が細い櫺子越しに見え、もうもうと湯気の立つ厨でも今宵は随分と冷えるようだ。しかし善四郎は明日のことを想って身が熱く火照った。

膾を出す前に口取りとして、旬の慈姑を使ったきんとんも加えることにした。ほんのり苦みのあるきんとんには甘い千鳥味噌を添える。沢庵禅師が拵えたというこの味噌は公儀の献上品にもされる品川東海寺の名物で、こうした珍味を交えるところがまさしく料理の味噌でもあった。

　餅は餅屋といわれるほどに御斎は福田屋といわせたい一心で、善四郎は今度の注文を持ち出し覚悟で引き受けている。

　ただ料理は作ればそれでお終いではない。大人数の参列者にお膳で料理を出し、おまけにその場で七輪を使って汁を温め直すとなれば人手が足りない。

　女房は去年誕生したばかりの乳飲み子を抱え、お徳も大きくなったとはいえまだまだ子供だし、手伝いに事欠くありさまを思案にあぐねて、たまたま近所の寄合で洩らしたら、

「おいらがうちの者にいって手伝わせるさ」

と愛宕屋万次郎が軽く請け合ってくれた。

　ぽっちゃりした丸顔に、垂れ下がった眉毛と小さな目鼻。万次郎はいかにもお人好しそうに見える。善四郎よりも年下の男ではあるが、家督を継ぐような年齢になってもまだ気楽にふらふらしているのは、愛宕屋が地代と家賃だけで潤う仕舞屋だからであろう。

およそ境涯の異なるこの男と善四郎が知り合ったのは伊勢参りの道中で、同行した者同士はタビヅレと称してその後も仲良くお付き合いをする世間の例に洩れなかった。裕福であまり欲得のなさそうな万次郎は善四郎にとって付き合いやすい男だが、向こうが善四郎を格別の懇意にしてくれるのはそれなりの魂胆もあるようだ。

この男は欲というものがまるでないわけではない。ただ欲がひとつに凝結しているのだ。善四郎は旅先でそう思い当たるふしがあった。その欲は御師の宿で猛烈に発揮されたのである。

伊勢講の道中はすべて御師と呼ばれる神官の案内に従った。御師は自宅を一行の宿所に提供し、そこで奉納された太々神楽は楽人と舞姫を併せて六、七十人にもなる大層な催しで、聞きしに勝ると圧倒されたが、それにもまして驚かされたのは神楽が済んだ後の食事だ。

伊勢の海はきれいな弧を描いた入江の内に収まって、浜辺に打ち寄せる波とてなく、江戸生まれの目にはひとつの大きな池、いや、生け簀のように見えた。巨大な生け簀に恵まれた味国では、太々神楽奉納の後に出される料理もその品数や食材の豊富さが尋常でなく、料理屋稼業の善四郎でさえちょっと度肝を抜かれたくらいである。

本膳に二の膳、三の膳と付く、いわゆる本膳料理だが、伊勢では膳がすべて白木作りであった。本膳の真ん中には沢庵（たくわん）に花紫蘇（はなしそ）と山椒（さんしょう）を添えた香の物が置かれ、手前に飯と小蕪（こかぶ）と椎茸の汁、奥の右の平皿には鱚（きす）と三島虎魚（みしまおこぜ）と烏賊（いか）の細造りを海素麺（うみそうめん）や白髪大根とまぜこぜにした生け盛りが、左の壺皿には華蛸（はなだこ）に慈姑と磯草が添えてあった。二の膳では鯛の身を大きく背切りにした汁椀が目立ち、三の膳では鴫（しぎ）の羽盛（はも）りが目を惹（ひ）いた。

羽盛りとは焼いた鳥肉の周りに羽根を飾り付ける、いわば鳥の活（い）き作りだ。同じく三の膳には青海苔（あおのり）と微塵豆腐（みじんどうふ）の汁や、味噌を敷いて生湯葉や干海鼠（ほしなまこ）を載せた平皿もあった。

遠くに置かれた膳には鯛の塩焼きや伊勢海老の舟盛りが見え、この他にも雁肉（がんにく）の吸物や、トコブシの塩辛など小皿に盛られた山海の珍味は数知れず、全部食べ尽くすには夜徹（よどお）しかかりそうな量があったのを想い出す。

そこでまず本膳に作法通り箸をつけ、後はひとわたりちょっとずつ味見をしていたら、

「これ、いらねえなら、おいらがもらっていいかい」

と横から壺皿に手を伸ばして善四郎を啞然とさせたのが万次郎だったのである。

瞳孔が開き切った眼をうるうるとさせ、いかにも幸せそうにぺろりと平らげるその無邪気な顔を見ていると、少しも腹は立たなかったが、

「ああ、ここは何を喰っても旨えや。おいら江戸に帰りたくなくなっちまった」

との申し条には異議を唱えたくなった。

江戸にも深川の洲崎に升屋という名代の料理茶屋があるではないかと、当時ならまだいえたのだが、思えばその升屋もついに姿を消してしまったのだった。

今から六年前の寛政三（一七九一）年に、江戸は再び凄まじい大嵐に見舞われて深川一帯が酷い災害を被った。洲崎は町ぐるみ高潮に掠われ、升屋は跡形もなくなったのである。

亭主の祝阿弥は幸い命が助かったものの、以来、世の儚さを一身に背負ったように行方知れずだという。話を聞いて善四郎は気落ちも甚だしい一方で、改めてまたこの世の無常を悟らずにはいられなかった。

升屋の消滅に続いて蔦重の死は、ひとつの時代の終わりを告げるものかもしれず、

善四郎はいわばその渦中にいて、ただただ万次郎の申し出を有り難く受けるばかりだった。相手は手伝う代わりに後で福田屋のおいしい料理をご馳走しろというだけなのだから、善四郎にとってもこんなおいしい話はなかったのである。

　早朝から雲ひとつない抜けるような青空が広がって、頬をかすめる北風が張りつめた気持ちをさらにぴんと張らせる。何より雨の降らないのが助かった。膳や器に鍋ばかりか七輪まで入れた大荷物を正法寺に運び込むだけでも半刻はかかっているのだ。

　長らく知らぬ存ぜぬを決め込んでいた親父も、さすがに今朝の騒ぎでは離れに引っ込んでいられないらしく、久々に厨に顔を出して源治に何かと話していた。昨夜のうちに仕込んだ分を繁蔵が切溜に詰めるそばから善四郎は味見に余念がなかった。

「こんな大切な時に何のお役にも立てず……」

　と女房のお栄はわが子に乳房を含ませながら申しわけなさそうにいうが、それでも昨晩はお徳と共に黒塗の膳を磨いてくれたのだった。

　お栄が嫁いで来たのは三年前。実家は神田にある文字通りの八百屋で、どうやら遠縁に当たるらしいが、互いは知らずに過ごして、親類の口利きで娶(めと)らせられた恰好である。

年齢がいささか離れていて、お徳のほうに近い年頃だけに、寝床で初めて顔を合わせた時は善四郎のほうが照れてしまった。どうも吉原の新造(しんぞう)とは勝手が違って冗談も真面目に受け取られるし、気持ちをほぐすのが厄介だった。だからこそ何度か話しかけてみて、一瞬ふっと笑った横顔は忘れがたい。女をあんなふうに愛しく思えたことはかつてなかったし、これからもないだろうと思えた。

女はふつうだんだん馴れ馴れしくなり、図々しくもなると思い込んでいたのだが、去年ちゃんと長男を産み落としても、お栄はふしぎとまだそうならない。よそよそしいとはいわないまでも、まだ少し気の置けるところがあって、そこが逆に初々しくも感じられた。お互い夫婦仲がいいというより、仲良し兄妹のような気分なのかもしれない。

実家では娘がひとりだったからさぞかし可愛がられたであろうに、お栄は小柄で目鼻立ちが地味な、どことなく淋しそうな顔だ。

片やお徳のほうは痩せっぽちだったのがふっくらとして娘らしくなり、色白で目がぱっちりした華やいだ顔立ちなので、不幸な生い立ちをまったく感じさせない。

　正法寺の境内で泣き声を聞いたのは、ついこないだのようにも思えるが、あれからもう十年以上の歳月が流れた。お徳を大切に育てた母親は今や病がちで寝たり起きたりの毎日だから、お徳がまめに世話を焼いている。女親に薄情な実の倅より、血のつながらない娘のほうがよくしてくれるのを見ても、人は何が幸せにつながるかわからなかった。

　今日の仕事が果たして明日につながるかどうかもわからないが、いざ始まってしまえば、明日のことよりまず今日を無事に乗り切ることを考えなくてはならない。

　万次郎が引率した愛宕屋の一党を、善四郎はまず客殿に案内して配膳の段取りを打ち合わせた。あとは源治と繁蔵と三人で庫裡にこもって、ひたすら料理の盛りつけにかかっている。

　正法寺の庫裡は使い馴れているはずでも、今度の法事は参列者の人数だけでも大変で気疲れが尋常ではない。とはいえ、あの大洪水でも生き延びたわけだし、あの打ち壊しの騒動も無事にやり過ごしたのだから、これくらい何とかなるだろうと肚を括って、善四郎は思いのほか落ち着いたものだ。年齢も多分にあるのだろう、かつてさんざん叱られていた繁蔵が今や盛りつけで源治を逆に急(せ)かす様子を見ても、歳月の流れが偲ばれた。

寺の建物はどこも天井が高くてがらんとしている。今日のように冷えると、七輪を置けば暖まりもしてよかろうと思う。ただし汁を温め直すにはそれなりのコツが要るから、盛りつけが済んで手が空いた繁蔵は鍋と共に客殿のほうへ向かった。

吸物はどうせなら清まし汁と味噌仕立ての二品出すことにしたので、善四郎は味噌仕立てのほうの味見に取りかかった。夜明け前に掻(か)いた鰹節の出汁は味噌に負けないコクがあるから、味噌を少しずつに溶いて徐々に釣り合いを取る。繁蔵が再び庫裡に戻ってその鍋を運んで行くと、もう後片づけだった。

善四郎はひとまず片襷(かただすき)を外して上がり框(がまち)に腰を下ろし、懐から煙管(キセル)を取りだそうとしたら、急に慌ただしい足音が聞こえた。見れば繁蔵である。

「おい、どうした、何かあったのか?」

相手は神妙な表情で、

「それが、その……旦那を今すぐここへ引っ張って来いって」

「今さら呼び立てを喰らうとは、おかしな話もあったもんだ……」

料理は万事遺漏がなかったはずだが、給仕で何か手違いがあったのかもしれない。善四郎はここに来て配膳を素人に任せたことが急に不安になってきた。

百畳敷きもあろうかという正法寺の客殿がこれほどの熱気に包まれているのは、御斎を数こなした身にも初めてのことだ。襖を閉めて一揖し、おずおず顔をあげると、

「ああ、福田屋さん、どうぞこっちへ」

手招きするのは耕書堂主人、二代目蔦屋重三郎である。

一座を見渡せばかなり年若なほうだから、本日の施主を務めるにも相当な気苦労があったに違いない。そのわりには表情が柔らかく、別に落度があったというわけではなさそうだから、善四郎の顔も自ずと弛んだ。

「これが本日の調菜をいたしました福田屋善四郎でございます」

紹介された相手は黒紋付きの羽織袴に脇差を帯びた武士だ。しかも、どうやらその顔に見覚えがある。鬢に白髪が増え、目尻の皺は深くなっても、くりっとした眼の輝きは相変わらず悪童じみて、尽きせぬ好事の色が滲み出ていた。

「大田様でございますか」

善四郎は思わず自分から話しかけ、

「南畝（なんぽ）先生は、福田屋をご存じで、ここへお呼びになりましたのか？」

と施主を狼狽（うろた）えさせるはめになった。訊かれたほうも当惑の面もちだから、

「これはとんだご無礼をつかまつりました。もうひと昔も、ふた昔も前になりましようか。洲崎の升屋でお見かけ致しまして以来ご尊顔が忘られず、今またご尊名を顧みぬご無礼の段はお許しを願いあげます」

南畝先生こと直参の大田直次郎がこの間どう過ごしていたのか、善四郎は知る由もない。ただ彼の親しくしていた勘定組頭の土山　某（なにがし）が死罪になったのを読売で知って、一時はひどく心配したのだった。その後もまた白河侯の政道を皮肉って巷（ちまた）で流行る狂歌「世の中に蚊ほどうるさきものはなし文武（ぶんぶ）といひて夜も寝られず」が彼の作だと噂に聞いたので、

「大田様は、ご無事で本当にようございました」

と、ここでもうっかり口が滑ってしまう。

相手はきょとんとしたような目でこちらを見た。さかんに首をひねって、

「洲崎の升屋……おお、いつぞやの、あのおかしな小僧か」

善四郎はすっかり舞いあがっている。何しろ上座に腰を据えた相手はこの場でも一、二を争う名士なのだ。善四郎にとっては思いがけない再会だったが、南畝先生こと大田直次郎が蔦重の法要に顔を出すのは別にふしぎでも何でもない、むしろ当然といってもいい。

「そうか、これは皆あの時の小僧が拵えたのか。拵え方が実に丁寧だ。清ましの吸物は中の実の椎茸を別に煮て味を変えおった。精進ながらに、贅沢な味わいの汁に仕立てておる」

精進料理は素材の幅が乏しい分、より手間暇をかけて味わいを豊かにするというのが心得だ。善四郎が親父から教わった通りに守ってきたことはどうやら間違いではなかったらしい。

「御斎でかほどに立派な馳走に与(あずか)れるとは思わなんだから、ちょいと料理人の顔が見たくなったんだ」

「南畝先生にご賞美を戴(いただ)くと、わたくしまで鼻が高(たこ)うございます」

蔦屋の二代目が上機嫌でこちらに愛想笑いをしている。これでこの仕事に賭けた甲斐もあった。善四郎は安堵も喜悦もひとかたならずといったところだ。

「先生はさすがに何事にも目配りがおよろしい。わたくしを見いだされたように、この料理人に早々と目をつけられておったとは」

ふいに横から涼やかな声をはさんだのは鼻筋がすっきり通った細面の美男子である。これにすかさず先生が笑い声で応じた。

「京伝よ、俺が初めて会うた時、おぬしはもう二十歳を過ぎておったが、こやつはまだ元服して間もない小僧だったんだぞ」

両人のやりとりを聞いて、善四郎はこれがかの有名な山東京伝と知り、京伝と自分が同列に語られた晴れがましさを感じた。一方で京伝の絵草紙に描かれた本人の自画像はとんでもない醜男だったから、意外に男前なのはちょっと裏切られたような気分である。

思えばここには他にも名だたる文人や絵師が揃っているはずで、顔がわからないのは残念な気がした。もっとも南畝先生と再会できたのは、これぞ開運の兆しというべきかもしれない。

「福田屋がこのあたりなら、吉原通いに立ち寄るのも都合が良かろう」

先生は聞こえよがしに声を張り、ずらりと並んだ法事客が一斉にこちらへ目を向けてくれた。善四郎はその場に両手を突いて一同を見まわしながら、恭しくお辞儀をする。

「しかし精進料理では、花魁を前に恥をかきそうじゃのう」

と、どこからともなくあがった声に、一同がどっと笑い崩れた。

「うちは精進料理ばかりではござりませぬ」

と善四郎は慌てて応じたが、ひとたび艶笑の花が咲くともう誰も聞いてはくれず、泣きたいような気分だ。

「精進も悪くない。今は精進の時じゃ。身共も精進を重ねておる」

先生が何をいいたいのか測りかねて、善四郎はしばしじっとその顔を見守った。

南畝先生こと直参御家人の大田直次郎が、打ち壊し騒動の起きた年に突如として狂歌や戯作の筆を折り、その方面の交際を一時断絶していたのはむろん善四郎の与り知るところではなかった。

さらには三年前に白河侯の肝煎りで始まった幕府の学問吟味に首席で合格し、御徒の身分から去年めでたく勘定奉行配下の支配勘定に登用されたことも、本人は語らなかった。

ただ場所柄もあるとはいえ、洲崎の升屋で出会った時の身なりとはあまりにも違い、いかにも質素堅実な装いで、その変わり身には驚かされつつも、ここでは善四郎もお追従をするしかない。

「先生はご精進を重ねられて、随分とご出世をなされましたようで」

「ほう、そなたの目にはそう見えるか」

相手は呵々と笑って応じたものの、声は辛口だった。

「出世は出世かもしれんが、今は帳面と首っ引きの退屈な日々に過ぎん。今日も古帳、明日も古帳で、ああ、せまじきものは宮仕えとはよくいったもんだ」

「また左様なことをおっしゃって。どこで誰が聞いておるやも知れんに」

と横からまた口を挟んだ京伝は本気で心配そうな顔をしている。これも善四郎には意外なことで、根は生真面目な人なのか、とてもあんなとぼけた戯作を書いたようには思えない。

ただ筆禍を被って手鎖の刑まで受けた当人が、壁に耳あり障子に目ありの疑心暗鬼に陥るのは無理もなかった。

南畝先生はとぼけた顔で話を続けた。

「俺はいくら精進を重ねたところで、所詮は一生涯、下役に甘んじるしかなかろう」

その声はあくまで淡々と響いている。それは悟りきった人の声というより、物事をあるがままに観(み)て、私心で歪(ひず)ませずに伝えられるだけの強さを持った人の声だった。

「ところが役所のくだらん古帳をひっくり返しておるうちに、思わぬふしぎな話を見つけて嬉しくなるのだから面白い。この世は何事も捨てたもんではないぞ」

南畝先生は年を取ってもまるで童子のように円(つぶ)らな眼をしていた。その眼は何を見ても、己れの人生すらも他人事(ひとごと)のように面白がって見られるようなところがあるらしかった。

その眼がいつしか善四郎の顔にじっと注がれている。

「人はどこで何をしてどう過ごそうが、なんなりと楽しみを見つけるもんだ。したが手っ取り早い楽しみは飲み喰いにしかず。この世の憂さを晴らすには美酒に酔いしれ、旨い料理を味わうのが一番だ」

「はい、左様でございます」

善四郎はまるで小僧の昔に戻ったように勢いよく返事をした。先生は笑っている。

「俺のような宮仕えとは違って、そなたはいわば一国一城の主だ。いつかは天下が取れるかもしれん」

これにはさすがに善四郎も笑うしかない。

「しがない料理屋の亭主をつかまえて、とんだご冗談を」

「いや、まんざら冗談ではない。升屋で会った小僧が、今やここまで立派なもてなしができるようになったではないか。今後も精進を重ねれば、やがては料理の道で天下が取れる」

相手が真顔になったので、善四郎も神妙な顔つきをした。

「ここへ七輪を持ち込んだのは、そなたの思いつきか」

「ああ、はい。汁物は熱いうちでないと値打ちがございませんので」

「料理には、まずそうした当たり前の心遣いを忘れんことだ」

「かたじけないお言葉、肝に銘じまする」

「精進料理というだけあって、味がさっぱりして清々しい。日々精進を重ねる今の俺の口には合った。だがご時世が変われば、また料理の好みも変わるぞ」

南畝先生の口から洩れた一言一句は、日数を置いても善四郎の心を離れなかった。熱い汁は熱いうちに出すという当たり前の心遣いこそがもてなしの要諦だと教えられたこと。今後も精進を続けるようにという励まし。いずれも有り難い言葉として胃の腑に落ちた。

ただし最後に、時世が変われば料理の好みも変わるといわれたことは耳に鹹く、喉に刺さった小骨のようにひっかかって、いつまでも胸を離れなかった。

*

果たして時世が変わると料理の好みも変わるのか。近年はたしかに精進料理の注文が増えていた。それも寺の仕出しに限らない。時には下谷や本所の大名家下屋敷からも注文が入るようになったのだ。

きっかけは百間水野の注文で、そこから徐々に評判が広まったのだろう。

何年か前に、善四郎は水野平八から直にその注文を聞いた覚えがある。さる大名家の御留守居役を自宅に招いて接待したいという話であった。

「料理茶屋でもてなしなどされて、後で知れたら家中で奢侈だの贅沢だのと突き上げを喰らうから、遠慮したいとおっしゃった。これも白河の清き流れが普く及んだ証拠だろうが、うちにお越しを願って精進料理を出す分には文句も出まい」

といわれた時は善四郎でも余りいい気持ちがしなかったから、福田屋の親父にその通り話したら、精進料理を甘くみるなと怒鳴りつけたであろう。

精進料理は包丁捌きも鮮魚のそれほど見た目が派手ではないけれど、蔬菜は包丁の入れ方次第で鮮魚よりはっきりと味が変わる。大根ひとつとっても縦に切るか横に切るかで、歯ごたえ、舌触り、出汁の染み具合が全く違うのだ。

また見た目が地味でも意外と手が込んでいて、素人が手を出すのは難しい。たとえば水蟾で刺身を作るにも、まずは四角い小鍋によく溶いた葛を入れ、厚みにむらがないよう、表面が泡立たないよう、何度も湯煎を繰り返して透き通らせるまでが大変な手間なのである。面倒だから料理屋に任したほうが手っ取り早いと思われたのか、寺のみならず武家屋敷に呼ばれて調理するのがいつしか当たり前のようになっていた。

さる大名家の下屋敷から初めて注文が舞い込んだ時はさすがに張り切って、いろいろと工夫を試みたものだ。ちょうど初鰹が出まわる寸前の時期だったから、何とかそれらしいものを作って驚かせようとした。

まず葛粉を硬めに溶かして小豆の煮汁で色付けし、鰹の片身の形に整えてみたが、どうも物足りない。鰹は血合が目立つので、そこの部分に紅を差してから蒸籠で蒸しあげた。蒸しあがったものには半面に銀箔を貼って皮に見せかけた。それを刺身の形に切れば、歯ごたえや舌触りは本物と見まごうばかりだったし、辛子味噌にもよく合った。かほどに手の込んだ精進料理は見たことがないと感心されて、以来、当家からは毎年必ず陽春にこの葛鰹の注文が舞い込んでいる。

精進料理はむろん見た目に凝るばかりではない。魚鳥の脂が使えない代わりに、榧の実や胡桃の油を使った揚げ物は、香ばしくて腹持ちのいい逸品となる。水気をよく切った豆腐に葛粉を加えて擂鉢ですり合わせ、それを丸めて揚げれば琥珀豆腐に。極上の蒟蒻を小口切りにして塩でよく揉み、水に何度もさらしてから葛粉を振って揚げれば雁肉の代わり、これぞ即ち本来のがんもどきであった。

意外に難しいのは汁物だろうか。昆布出汁や干瓢の出汁は淡いため、中に入れる実で味を変えるにしても、蔬菜の組み合わせ次第では香りや持ち味を打ち消し合うことにもなるから、椀種（わんだね）を考えるのはひと苦労なのである。

椀種の工夫ではむろん源治や繁蔵の意見も聞くが、ここにひとり別して善四郎があてにする愛宕屋万次郎という男がいた。朝起きていつも一番に考えることは今日何を喰うかだと嘯く（うそぶく）伊勢参りのタビヅレは、存外ただの喰い気のかたまりではなさそうで、ことのほか味にもうるさいのである。当人がいうには、

「正直いうと、例の洪水までは精進料理がそうおいしいものとは思わなかったが、あれでしばらく飯が喰えなくなったせいか、今やひとつひとつの持ち味が色を見るようにくっきりして、けんちん汁を飲んだら、まるで極彩色の屏風絵（びょうぶえ）を見るようなのさ」

蔬菜の持ち味が一色一色活かされた上で、その組み合わせが一幅の美しい絵に見えるかどうか、善四郎は献立を拵えた際によく万次郎の意見を聞いた。何もわざわざ呼んで来るまでもなく、偶然いい時にふらっと入って来るのは繊細な味覚に加えて独特の嗅覚を備えているせいかもしれない。

地代と家賃で潤う仕舞屋の若旦那は別にこれといってする仕事もなく、絶えずふらふらして旨い物の匂いを嗅ぎつけるらしい。時にその手の話を得々と語ってくれ

たりもするのだが、今宵はぽっちゃりした顔を少し引き締めた表情で、

「手が空いてたら明日にでも、ちょいと王子に行ってみねえか」

「なんでえ、やぶからぼうに。行くのはいいが、花見はもう無理だろうよ」

「花見時は込むからわざと避けたのさ。一度お前さんを案内したいとこがある。まあ四の五のいわずに、ついて来さっし」

　その昔、熊野の若一王子権現と新宮の飛鳥明神が勧請され、紀州出の八代将軍吉宗公の台命によって桜樹が数千株も植えられた小高い丘陵が王子村の飛鳥山である。そこは江戸で一番開花が遅いといわれる花見の名所だが、四月も半ばの今はさすがに散り失せているだろうし、さりとて音無川に浸かって滝浴みをするにはまだ寒い。それでも万次郎にしては珍しく強引な誘いだったから、善四郎は首を縦にするしかなかった。

　若い頃の仲間と物見遊山をすれば、お互い年を取ったのが文字通りに痛感される。東海道を往来した健脚に、王子までの二里はさしたる距離でもないはずが、あれからでくでくと肥りだした万次郎は膝の痛みを訴えて茶店の床几を求め続けた。今や深更まで算盤と帳面が手放せない善四郎は、道中を彩る新緑が目に痛いほど眩しか

った。

上野の山を越せば諏訪台、道灌山。さらにそれら丘陵の裾野を走る音無川の細い流れに沿ってゆるゆると歩けば、周りの田畑が少しずつ色味を変えて目を和ませてくれる。このあたりは新堀村、終日見飽きることのない美しい眺めに恵まれて日暮の里とも呼ばれていた。

道はいつしか川から少しずつ離れて杉並木にぶつかった。木立の向こうには盛んに往き交う人馬が目につく。

「ああ、やっと御成道か。ここまで来たらひと安心だ」

万次郎の独り言に、善四郎は憮然とした合いの手を挟んだ。

「もういい加減、どこへ連れて行く気か教えてもよかろう」

相手が勿体をつけ過ぎて、こちらはいささか業を煮やした恰好だが、

「まあ、行きゃわかるさ」

万次郎は相変わらずの調子でのたのたと前を歩いている。突然、後方で叫び声がした。何やら物音がどんどん大きくなって近づき、地響きを伴った。

「危ねえっ」

といいざま善四郎は万次郎の腕をつかんで道端へ除け、刹那、大きな茶色いものがびゅんと目の前を通り過ぎた。

土煙の向こうに見えるのはどうやら放れ駒のようで、鼻捻を握った中間の男が大慌てで後を追っている。街道の男女は騒然とし、甲高い女の悲鳴が馬をますます昂奮させ、前肢を高く持ちあげて立ったりするから誰も手が付けられない様子だ。

人びとは暴れ馬を遠巻きにしてがやがやしていた。馬を放した武士が駆けつけても呆然と手を拱くばかりで、道塞ぎになること久しい。

「東海道中は川止めで参ったが、まさかここで馬止めを喰うとは思わなかったぜ」

善四郎はぼやきながらも少しずつ足を前に進めた。ふいに後ろから誰かが追い抜いて、そのまま急ぎ足ですたすたと馬のほうへ近づいてゆく。

「どうぞお止まりを」

「お危のうございます」

と叫んで飛びだしてきたふたりの侍は、お供の家来らしい。

その男が近寄るだけで、馬は高々と持ちあげた前肢を下ろして急におとなしくなった。馬の耳に念仏でもあるまいにと善四郎が思うのは、その男を僧侶とみたからである。

頭は菅笠で隠し、袈裟を掛けずとも、着ているのは法衣に間違いない。つややかな絹の直綴は萌葱色で高位の僧であるのを窺わせ、「お上人様、どうぞお戻りを」と呼びかけるのもそれを裏付けていた。

ところが家来の制止も聞かず、その高僧はやおら鞍に手をかけ、ひらりと馬にまたがって周囲をあっと驚かせた。馬も驚いてまた立ちあがろうとするも、ぐるぐると輪乗りをされているうちに首をだんだん低くして、すっかり馴らされてしまい、高僧が下へ降りると甘えるように鼻面を菅笠にこすりつける。

馬を放した武士は面目ないというふうに頭を垂れ、高僧の澄んだ笑い声が響いた。

「拙僧も久方ぶりに気が晴れ申した」

あっけにとられた人びとを尻目に、高僧は再びすたすたと足を運んだ。背後にはお供のふたりの他にも人がぞろぞろくっついている。

「ありゃ一体どういう連中なんだろうね」

といいながら、万次郎はその一行につられたようにして歩きだした。

飛鳥山が間近に見えると、道は川の流れに沿って二手に分かれた。万次郎は一行の後を追うように右手の道を進んだ。周囲の木立はがぜん鬱蒼とし、せせらぎの音が耳につくほどあたりは静かだ。前の一行は王子稲荷に向かうようだが、

「こっちも、この道でいいのかい？」

と訊いた折しも、急に前が開けて大きな赤い鳥居が現れた。その鳥居の前には茅葺きながら鄙には稀な大きな二階屋が二軒並び建ち、いずれも新築とおぼしい。

「前は菜飯に田楽を添えて出す茶店だったが、お稲荷さんの御利益でこうしたみごとな料理茶屋に化けたってわけさ」

　善四郎は若い頃によく花見で立ち寄った葦簀張りの簡素な茶店を想い出して、まさしく狐に化かされたような面もちだ。思えばここは飛鳥山の花見客ばかりか、初午の稲荷詣でや、夏は音無川の滝浴みでも賑わう。おまけに日光御成街道の往還に立ち寄れるので、店の繁盛はまず堅いところかもしれない。

　升屋が隆盛を誇ったのも町外れの洲崎だったように、これからはこの王子の店が流行りだすのだろうか。料理屋は実に流行り廃りのある水物の商売だということを善四郎は身に沁みて思わずにはいられなかった。

　隣り合った二階屋は、近づくとそれなりに離れていた。手前のほうが造りは堅牢

そうで、善四郎がそちらへ向かうと万次郎が慌てて呼び止める。

「おっと、待ちねえ。そこはお武家の店。町人はあっちのほうさ」

料理茶屋が武家用と町人用に分かれているのは随分おかしな話だと思うのは、洲崎の升屋を想い出すせいかもしれない。こうした分け隔てが起きるのもまたご時世のためかと思いながら、坊主は果たしてどちらに与するのかと訝しむのは、先ほどの高僧が意外にも同じ方向へ進んでいるからだった。

一行は町人が多いとはいえ、先ほど暴れ馬を鎮めた高僧は元が馬に乗れる身分の侍だったに違いない。今でも本当に僧侶なのかと疑うくらいに馬術が巧みだったのだ。

しかし「海老屋」と染め抜かれた暖簾の前で菅笠を取れば、やはり青々とした坊主頭である。鼻梁が高く気品に溢れた端麗な横顔に、どこか慕わしさのようなものを覚えるのはさすがに高僧というべきか。

そのくせ妙にせかせかして土間を上がると案内も待たずにさっさと奥に行き、連れも慌ただしく後を追うから店の者は呆れている。一行の中にはどこかで見たような顔もあったが、ご近所の寺の住職というわけではなさそうだ。

善四郎はもはや僧侶の一行なぞ気にしている暇はなく、店の普請の仕方や使われた材などをいちいち確かめつつ、案内されたのは二階の広間であった。

広間は衝立で仕切られており、他の客の姿もあるが、花見や川遊びには季節外れだから、幸いそう込んではいなかった。

出窓の欄干越しには芝生の緑が見える。欄干の真下には小川が流れ、どうやらその一角を生け簀にしているようだった。案の定、黒塗の膳には川魚の料理が並んだ。

万次郎が嬉しそうに頭から丸ごとむしゃむしゃ喰うのは稚鮎の塩焼きだった。まだ骨は柔らかく、肝の苦みも頼りないくらいだが、鮎ならではの清々しい香りは十分に楽しめる。いわば栴檀は双葉より芳しの香魚がこうして味わえるのも、この時季ならではで、これが出せるのは地の利によるものだ。かつて洲崎の升屋には雄大な海が控えていたように、この店は清き川の流れに面しているのだった。

うちの店は手の込んだ精進料理で流行りはじめたが、南畝先生からいわれたように、ご時世が変われば料理の流行りもまた変わる。あれだけの隆盛を誇った升屋でさえ、と思い返したところで、急に廊下のほうが騒がしくなった。

襖を開け放したところから廊下を歩む高僧の姿が見える。早くも引き揚げるのかと思いきや、こちらへずんずん入って来て、川が見たいのか、まっすぐ出窓に向かう。背後には相変わらず浮き世離れした高僧の虜になったとおぼしい金魚の糞がぞろぞろくっついていた。

図らずも高僧の顔を真正面から拝むはめとなり、善四郎はハッとした。先ほど笠を取った時の横顔もどこかで見たような慕わしさがあったが、今それが急に升屋の記憶としっかり結びついて、思わずそばに駈け寄ってしまう。

「もしや、あなた様は……」

といいかけたはいいが、後が続かない。顔は似ていても姿はまるで別人なのだ。

「どこかで会うたかのう」

と相手のほうからいわれて、また思わず声が出た。

「ご無礼の段お許し下さりませ。もしや、酒井様の若様かと存じ奉り……」

皆までいわさず相手はからからと笑った。

「昔の悪名は、まだ消えぬとみゆるのう」

やや得意そうな様子で鷹揚に左右を振り返る姿は、まさしく貴人のそれだ。お供のひとりが厳かな調子で告げた。

「ご出家をあそばしたゆえ、抱一上人様とお呼び申すがよい」

これが後に酒井抱一として知られる高名な画家と善四郎との二度目の出会いとなるが、

「この者をご存じでございますか？」

と問われた抱一上人が善四郎の顔をしげしげと見守りながら、首をかしげるのは当然であろう。大名家の御曹司が蹴鞠の毬を拾った小僧の顔まで憶えていたら、そのほうがおかしい。

それにしても善四郎は升屋でたまたま見かけた稀人と、三千年に一度咲く優曇華のような再会を次々と果たして、その様変わりが激しいことにすっかり度肝を抜かれていた。

姫路藩主酒井雅楽頭家の次男に生まれた栄八君が、早や三年前となる蔦重百か日の法要がなされた翌月、寛政九年十月に築地本願寺で剃髪得度し、権大僧都の僧綱を授かったことはむろん知る由もない。ましてや出家に至るまでの胸中に入り乱れた悔恨や懊悩、逡巡に覚悟、未練、諦観といったさまざまな思念には想い及ぶところではなかった。

またしても王子稲荷の狐に化かされた面もちで、善四郎は無礼を顧みず相手をまじまじと見ている。十数年前とは外見ばかりか中身も違って当然だ。が、まだどうも外見とは折り合いのつかない何かが、灰に埋もれた熾火のごとく眼の内に燃えていた。当人はまだそれを消したくはなさそうで、ならば風を送ろうとしてまた話しかけてしまう。

「先ほどの手綱捌きは、実にお見事でございました。蹴鞠を拝見した折にもまして、感服つかまつりました」

利那、抱一上人はかすかによろめいて、鹹い汁でも飲んだような表情になった。想い出したくない、いや、想い出してはいけない過去が蘇って今の拠って立つ所がぐらついたものか、とにかく善四郎はまずいことを口にしたと思わざるを得ず、ひたすら恐縮するばかりだが、幸い横から救いの神が声をかけてくれた。

「たしか福田屋さんだね。お前さんは昔からお上人様をご存じだったのかい」

世間はまことに狭いというべきか、さっきもどこかで見たような気がした相手は、蔦重の御斎以来ときどき仕出しを注文する蔵前辺の御得意で、

「お前さんの料理はよく戴いても、なかなか顔は合わせないもんだねえ」

それを聞いて抱一上人の顔はようやく和らいでいた。

「ああ、料理人だったのか。それなら余の顔を見知ってふしぎはない。そなたの店にもまた訪れるとしよう」

相手は如才なげに微笑(わら)いかけたが、善四郎は黙って頭を垂れるばかりだ。

若き抱一上人を見かけたのはたしかに料理茶屋だったが、それは善四郎の店ではなかった。

酒井の若殿や大田南畝先生を見かけた洲崎の升屋。あれから早や十七年もの歳月を経て、山谷堀(さんやぼり)の福田屋も大名屋敷へ仕出しをするまでになったとはいえ、店の構えはまるで及ばない。

店を立派に改築するには、それなりの元手がかかる。大金をかけたところで、元が取れるかどうかはわからなかった。

屏風と同じで店は広げ過ぎたら倒れるというのが親父の口癖だ。決して無理はせず、地道な商いで誠心(まごころ)を込めた料理を出すのが福田屋にふさわしい道だと教えられてきた。

しかしその道もどこかで思いきって危ない橋を渡ってみなくては、これ以上先には進めないかもしれない。今の善四郎にとって、橋を渡らない一生は何だかつまらないような気がした。

＊

王子の帰り道では例によって愛宕屋万次郎が料理を一品一品反芻(はんすう)するように吟味して、

「あそこは川魚だったが、お隣はもっぱら鳥料理らしい。何しろお上の御猟場も近いから、色んな鳥が手に入りやすいそうだ。鳥肉は精がつく養生喰いといって、お武家がお好みなんだとさ。福田屋も吉原(なか)に近(ちけ)えんだから、もうちっと精のつく料理が欲しいねえ。あれだけ凝った精進料理ができる腕を、魚鳥にも振るえば敵無しだぜ」

と大いに焚きつけてくれた。

善四郎もいずれ機が熟すればと思うが、せっかく精進料理で得た評判を自らの手で覆(くつがえ)すのは難しい。そうこうするうち今年もあと残すところひと月余りという日に、思わぬ注文が舞い込んできた。

注文先は以前から出入りする本所の下屋敷で、ここは裏門の通用口にさえ四花菱の定紋を象った金具が使われ、門内は至るところに数寄を凝らした家造りが目についた。もっとも善四郎がいつも通るのは何の変哲もない台所の間で、そこに待つのはもうお馴染みになった賄方の頭 廣瀬権太夫である。

この男は毎日よほどのものを口にしているのか、でっぷりと肥え太って顔立ちも媼のように丸みを帯びている。そのせいか動きが緩慢なのはともかく、話し方までまどろっこしいのには参った。

「実はのう、昨晩、当家に、滅多とない、おめでたがござってのう」

と今日ものっけに聞かされた文句がさっぱりわからなかったのは、ここがすでに隠居した先代藩主の屋敷だからである。ところが隠居をしてもまだ男としては現役で側室とも縁が切れないらしく、昨夜はなんと当代藩主にえらく歳の離れたご舎弟が誕生したと聞かされて、善四郎は半ば呆れつつも謹んで祝辞を述べなくてはならない。

「ついては、ささやかながらも祝宴を催したいと仰せられた。それで此度は一切そちに任せたいのだが、承知をしてくれんか」

とは、いかにもこの男らしい判断かもしれない。善四郎の腕を買ってくれているのも確かだが、一方で自分が大変な思いをしたくないという気持ちも強そうな男なのである。

慶事には福田屋の得意とする精進料理が活かせなかった。さらには若君の誕生を端々にまで祝わせるよう、屋敷の者総勢におさがりが行き渡る分量も欲しいという意向が伝えられると、さすがに善四郎は表情を硬くした。今の福田屋には荷が勝ちすぎた仕事だが、これほどの大仕事をむざむざ見逃す手はない。蔦重の百か日法要で評判を取った御斎のように、ここは踏ん張りどころであろう。ひょっとしたら、これぞ前から考えていた橋の渡り時というものかもしれない、と思い定めて恭しく両手を突いた。

「廣瀬様のお引き立てにお応えできますように精いっぱい務めとう存じまする」

「ああ、これで、身共もひと安心じゃ。何せ御隠居様はお口が奢(おご)っておいでで、うちの料理人の腕ではなかなかご満足をなされぬ。また祝いにふさわしい佳魚を見つくろうにも難儀を致すでのう」

海が時化れば当然ながら魚は入手が困難となり、大名家の賄方でさえ仕入れに苦労するようだった。料理の肝腎要は食材の仕入れで、浅間山の噴火や関八州の洪水の後は、元が八百屋の福田屋でさえ蔬菜の仕入れは並大抵でなかったことが想い出された。

店に戻ってこの話を伝えると、案の定、白髪頭の源治は渋い顔をしている。男盛りの繁蔵も想ったほど乗り気ではなく、むしろ心配そうな面もちで、幼馴染みならではの、いいにくいことをはっきりといった。

「うちは今まで河岸とのご縁があんまり深かねえし、魚の目利きのほうも、どんなもんでしょうか」

若君誕生祝いの宴は生後百日目の喰い初めに合わせて三月の初旬に催すという話だから、まだ日数に余裕があった。この際、魚料理に長けた庖丁人を雇ってもよかろうとまで、善四郎はすでに臍を固めていた。

さっそく浅草にある幡随院ゆかりの口入宿を訪ねたところ、

「今ひとり心当たりがあるにはあるんだが、これがちょいと気難しい男でしてねえ」

と聞かせた上で、清六という渡りの庖丁人を斡旋した。

元は洲崎の升屋に勤めていたという話で、善四郎は一も二もなく飛びついたのだった。

深川の仙台堀にほど近い裏店に初めて訪ねた時はあいにく留守だった。家に居そうな時を近所に問い合わせて、ようやく会えたのが三度目の訪れだ。

清六は大柄で四角張った顔をして、髭の剃り跡が青々しく、想ったよりも若かった。升屋に勤めていた時期はほんのわずかなのだろうが、それでもいっぱしの矜持があるようだ。

「わざわざ山谷堀からお越しとは恐れ入りやすが、活きのいい魚しか触ったことのねえわっちの腕が、そちら様のお役に立つんですかねえ」

皮肉な物言いで、ちと嫌みらしく片眉を持ちあげた。濃い眉の下に、柳刃のような眼が油断なく光っている。善四郎は少なからずむっとしながら堪えて、ここはこっち側からも吹っかけるしかないとみた。

「升屋の親父さんには俺も昔ずいぶんと可愛がってもらった。あの店のお仕込みなら、間違いはなかろうと踏んだのさ」

「へえ、こりゃまた恐れ入った。どうも、お見それを致しやした」

相手の表情が明らかに変わったのを見れば、升屋祝阿弥の霊験はいまだあらたかのようである。善四郎はそのことが何よりも嬉しかった。また改めて、若い頃の出会いが何ひとつ無駄になっていないのを有り難く感じた。

といってもこんなに生意気でひと癖ありそうな男をうちで雇ったら、源治や繁蔵が黙ってはいないはずだ。今度の仕事で助っ人を頼むだけにしても、まずは包丁の腕を値踏みしなくてはならないし、繁蔵が危ぶんでいた魚の目利きも肝腎だから、

「どうだい、お前さんがうちで包丁を握ってもいいと思うなら、俺と明日にでも河岸へ行ってみねえか」

と持ちかけたものである。

大川から分流点の三叉（みつまた）を通って行徳河岸（ぎょうとくがし）を過ぎれば、そこはもう日本橋川である。江戸橋の桟橋に上がる前から師走の魚河岸はそれらしい賑わいを、まず耳に感じさせた。

江戸橋と日本橋のあいだはおよそ百八十間（けん）。畳を縦に百八十畳敷き並べたほどの岸壁に、魚を積んだ平田舟（ひらたぶね）が隙間なく舫（もや）われて、舟と岸の桟橋に架かった歩み板を

小揚げの人足が危なげない足取りで行き交っていた。いずれも天秤棒で肩に担いだ畚からは金鱗銀鱗を覗かせ、吐く息は真っ白だが、額は汗で光って見える。

　荷揚げの場所は今や立派な瓦葺きの土蔵造りになった納屋の裏手だ。表側はこれまたびっしりと板舟に覆われている。戸板に三寸ほどの縁を付けた板舟には、中に少しばかりの水を溜めて鮮魚が並べてあった。魚が乾きそうになるとそこに井戸水をザバザバかけるので、河岸の地面は常にぬかるんでいて、善四郎も訪れる際は必ず軽衫を穿いて高下駄で来た。

　納屋の表通りは道幅がそこそこあるが、道の左右に所狭しと並んだ板舟から道端に溢れだした魚で生臭いこと夥しい。通りから縦横に延びた路地は幅一間もあればいいほうで、大方は人がやっとすれ違えるほどの狭さだ。そこにもまた板舟が延々と列なって無限の広がりを見せ、一度や二度通ったくらいでは解けない巨大な迷路と化していた。

　河岸には生臭さと共に耳のわんわんするような喧騒が付きものである。ねじり鉢巻きで三尺帯に手鉤をぶら下げた魚店の若い衆はみな声がでかい。のろのろしゃべっていたら魚が腐るとでも思うのか滅法な早口で、そこに河岸ならではの符帳が混じるから、馴れないと聴き取れない。店の前には盤台をぶら下げた俗に棒手と呼ばれる魚売りがひしめいて丁々発止と渡り合い、喧嘩腰の口調になるのも売り買いの勝負を急ぐ現れだ。

狭い路地ではすれ違いざまに肩がぶつかり、天秤棒で頭をはたかれ、足を踏まれるのもしょっちゅうで、そのつど揉め事ともいえない小競り合いが起き、罵り合いが値の競り合いに輪をかける寸法だった。時に殺気立つような荒々しさを孕んだ河岸の空気は青物市にはない熱狂が感じられて、善四郎はここへ来るたびに何歳か若返る気がしたものだ。

大きな武家屋敷にはどこもお出入りの魚問屋がある。廣瀬の屋敷が出入りを許した店は江戸橋の桟橋から少し離れた本小田原町の通りに面していたが、今日はそこまで足を延ばさなくても済む。清六に魚の目利きをさせるなら、ここ本船町で、むしろあまり馴染みのない店を探したほうがよかろう。そう思いもって善四郎は先ほどから一軒ずつ板舟をじっくりと見てまわっている。

いくら旬の魚でも、目利きをさせるだけに鰤を一尾丸ごと買うのはバカバカしいし、河豚は外道だし、鱈はもっぱら干鱈にして喰うものだった。

ふと足を止めて見たのは愛嬌(あいきょう)のある赤い顔をこちらに向けた二尾の魴鮄(ほうぼう)だ。青い大きな胸びれを横に広げて仲良く並んでいる姿が微笑(ほほえ)ましい。共に眼がきれいに澄んで、背びれはぴんと張り、膚(はだ)の色つやも悪くなかった。

「買ってやれ、買ってやれ」

と威勢のいい若い衆の声に誘われて、善四郎は速やかに両腕を伸ばし、鰓(えら)にそっと指をかける。二尾共に鰓の内には鮮やかな真紅が覗いた。

「銚子(ちょうし)の網にかかったやつだ。ひとうでリャンコ。ふたあでゲタメにまける。さあ、買ってやれ、買ってやれ」

若い衆がけたたましく急かせる中、善四郎はおもむろに横を向いて清六の袖をつかんだ。

「どうだい、お前さんなら、あれのどっちを買うね？」

と二尾の魴鮄に目をやる。

相手は存外すました顔で柳刃のような眼を鋭く二尾に走らせた。が、手を伸ばして触れないばかりか、近づいて見ることさえもせず、即座に右の方を指す。

「ほう……なぜ、こっちを選んだのか聞かせてくれんか」

「わけもねえ。ただ、そっちのほうが頭が小せえから」

善四郎には思いがけない返答だったが、清六にはごく当然のことのようだった。

「鯛であれ何であれ、魚は頭が大きいより小せえほうが、身の締まりも味もいいと教わったんで」

「升屋の親父さんから聞いたのか……」

善四郎はその場で二尾とも買い上げた。すぐさまうちで食べ比べてみたい気持ちが抑えがたかった。

清六という男の出現は繁蔵を狼狽えさせたようである。自分より若い清六のほうが魚を捌く腕は確かだとみたらしい。魴鮄の厄介な小骨を包丁できれいに除いて皮を引き、たちまち刺身が仕上がる様子には「へええ、手早いもんだ」と素直に感嘆の声を洩らした。

だが案の定、雇い入れには難色を示した。

「厨がもうちっと広けりゃいいんですがね」

といわれたら、善四郎もぐっと返事に詰まらざるを得ない。今は源治と繁蔵と見習いの小僧がふたり、これに自分を入れて常時五人が厨に立つので精いっぱいの広さなのだ。

清六もまた似たようなことをいった。

「魚を捌くにゃ、やっぱり厨の近くに井戸がありませんとねえ」

清六に助っ人を頼むのはいいとしても、うちの料理人として雇うなら、店を広げなくては宝の持ち腐れになってしまう。店を広げたところで今度のような大仕事がしょっちゅう舞い込んだり、お客が増えるとは限らなかった。

人を多く雇えば多くの稼ぎが要るし、その分の気遣いも増える。畢竟、己れの心労が重なるばかりで何の得にもならないような気がした。


清六が店に顔を出してから、善四郎は繁蔵にさえ少し気を遣うようになった。幼馴染みだからお互い遠慮も気兼ねもない間柄だと思い込んでいたが、善四郎はあくまで福田屋という店の主であり、相手は雇い人という腰の落ち着かない身分であることを忘れてはならなかった。

「どうだ、明日は久しぶりに前栽河岸を覗いてみねえか」

と持ちかけたのも、いささかご機嫌を取るような気持ちが潜んでいたかもしれない。本所の前栽河岸が賑わうのは夏場だが、早春の今はありふれた練馬大根や小松(こまつ)川(がわ)の冬菜ばかりでなく、寒独活(かんうど)や蕗(ふき)の薹(とう)、早蕨(さわらび)の類も出まわっており、それらを見てまわって品定めするのは、互いの気持ちを通わせる好(い)い機会でもあった。

「昔は旦那とよくここに来ましたねえ。何しろ旦那は、やたらここへ来たがるんだから、困ったもんでしたよ」

と繁蔵がにやにや笑っていうのは、あのことであろうと善四郎もすぐに察しがついた。

やはりあれは自分の初恋だったのだと、今なら他人に笑って話せそうな気がする。

旗本の名門内藤家の息女千満(ちま)のために、山谷堀からわざわざ料理を運んだ際は、当時まだ見習いの繁蔵に付き合わせたのだった。その後も千満のことが気になって、水野の使いで外に出た折は、屋敷に近いこの前栽河岸まで何度も来てうろついた。ある日たまたま店の使いでここに来た繁蔵と、ばったり鉢合わせした憶えがある。お互い若気の至りで何かと訊かれ、何かと答えたことを、繁蔵は懐かしい想い出として胸に留めていたらしい。主従の間柄とはいえ、幼馴染みとは有り難いものであった。

「あそこん家はどうなったんでしょうねえ。ここまで来たついでに、ちょいと覗いてみませんか」

と持ちかけるのも親しみの現れにほかならず、善四郎は今やむしろ自分のほうが繁蔵に付き合うつもりで内藤屋敷に向かって足を進めた。

「たしかに、ここだったよなあ……」

道を間違えたのかと思って繁蔵に念を押したのは、その屋敷が見違えるほど綺麗になっていたからだ。

当時ところどころ崩れかけていた塀は修復した上で漆喰が塗り直されている。門も新しくしたようで、乳鋲にも金具にも輝きがあった。だが横木に打たれた定紋の金具は下がり藤の形に変わりがない。

「ご出世をなされたようで、本当によかった」

と善四郎はしみじみ呟いた。

あれから十数年の歳月を経て、この屋敷の主もめでたく役付きとなったようだ。

当時、内藤家は名門ゆえに小普請でなく寄合に編入されていたが、知行は千石少々で内証は火の車。姉の千満が、弟の代にはなんとか役付きとなれるよう願って、大奥へ出仕をしたのだと聞いている。

名家の再興を願った姉は一生嫁ぐこともなく、大奥で朽ち果てるのだろうか。そうだとしたら、およそ武家の名門に生まれるほど割に合わない女の一生はないようにすら思えた。

「旦那、ほら、あそこに駕籠が。どうやらこっちへ参りやすぜ」

繁蔵がいう通り、挟箱を担ぐふたりの奴を先頭に立てた立派な網代乗物がしずしずとこちらへ向かって来る。まだ朝の内とはいえ、どうやら主の帰還とみて、善四郎は足早に門前を離れていた。

この日、福田屋には思いがけない注文が舞い込んで、善四郎と繁蔵は共に顔を見合わせたものである。小僧が聞いた注文先は、なんと朝ふたりで見に行った本所中之郷の内藤屋敷だというではないか。

屋敷の様子で役付きの出世は間違いないとみたが、これまで一度たりともなかった注文が選りに選って今日入るとは、まさかあの時ちょうど帰還した主に見られたというではなし、ただの偶然にしろ、世の中にはふしぎなご縁があるものだった。

「繁蔵、吸物は旬の白魚にするか？」

「それが旦那、今日はあいにく白魚が入ってこねえんで」

善四郎は舌打ちをしつつ、これまたふしぎな符合を感じていた。思えばあの時もちょうど今の季節で、源治が白魚の代わりに、たしか方頭魚（かながしら）のすり身を使って椀種に仕立てたのを想い出す。繁蔵にそれを話したら、

「また面倒なことをおっしゃるねえ」

ぶつくさいいながらも、小僧に手伝わせてせっせと拵えてくれた。

「今宵は店も暇のようだから、俺が出仕事をやるか」

「旦那自らお出ましとは、ははあん、あそこにまだ未練があんなさるね」

「ハハハ、馬鹿いっちゃいけねえ。もう、あのお方はいなさらねえよ」

「おかみさん、せいぜい悋気（りんき）なさんせ。旦那が愛（いと）しい人ん家（ち）にお出かけだそうですぜ」

「これ、滅多なことをいうもんじゃねえ。人が聞いたら何と思うかしれやしねえぞ」

こんなふうに繁蔵と馬鹿をいい合えるのは何年ぶりだろう。そう思えば善四郎は

急に自分が年を取ったような気もした。蔦重の百か日法要から三年ほどは大車輪になって働いたので、どうやらここに来ていささかくたびれが出てきたのだろうか。あの時、南畝先生にはいずれ料理の道で天下が取れるとまでいわれたが、これ以上に手を広げるなら店の改築をして、人も新たに雇い入れなくてはならない。家人が増えれば詰まるところ主人の心労も増えるだけだ。それよりはこうして幼馴染みと馬鹿をいい合って気楽に過ごすほうがなんぼかましであろう。

久々に昔が懐かしく偲ばれて、善四郎は初心に立ち返った気分で内藤家の門を潜(くぐ)った。同じ武家屋敷でも主人が役付きになればこうも変わるかと思えるほどに中は活気が漲(みなぎ)り、台所も以前より明るくなったようだ。

あらかたの調理は店で済ましているから、内藤家の台所を借りてするのは汁を温め直すことや盛りつけくらいだった。器や膳もここのを使うので、料理が運ばれてしまえば後はもう何もすることがない。ただ殿様の口に召したかどうかを確かめたいばかりに、善四郎は本膳だけでも戻って来るのを待っていた。

燭架(しょっか)が増えた分、台所は以前より明るいとはいえ、その蠟燭もだんだん短くなって、奥に続く廊下のほうはもう真っ暗で見えなかった。そこがふいに光り輝いて、

手燭（てしょく）を提げた女中が姿を現すのは昔通りでも、さすがに顔は違った。言葉遣いも昔より丁寧で、

「こちらにご足労を願えぬか。御自（おんみずか）らご賞美を賜（たまわ）るとのことじゃ」

善四郎はたちまち顔がほころんでいる。これまで何処（どこ）の屋敷でもお賞（ほ）めの言葉は家来の口を介して聞くばかり、殿様との対面が許されるのは何よりのご褒美で、主人自ら出仕事を務めた甲斐があろうというものだ。

思えば殿様は、もうあの時の殿様ではないのである。もっとも今の殿様に姉君の面影を探りたい気持ちがないとはいえなかった。

中庭の縁側伝いに足を運べば沈丁花（じんちょうげ）の香りが鼻をついて、またぞろ昔のことが偲ばれる。今度はあの時に案内された小部屋ではなく、さらに奥まった広い座敷のようで、襖の向こうには人びとのざわめきが聞こえた。敷居の前で平伏していると襖が開き、中に入ってもう少しおそば近くへと促され、善四郎は顔を伏せがちにしておずおずと膝を前に進める。

「面（おもて）を上げよ」

との声でそっと顔を浮かせたら、目に入るのは女ばかりで殿様の姿はどこにも見

えない。

いささか残念に思いながらも、金屏風の前に座った女人に向かって恭しく頭を下げる。向こうから声がないので仕方なく、

「お気に召しましたようで忝く存じまする」

尋常に申しあげると、

「吸物はほんに懐かしい味であった」

思いがけない言葉にハッとして、自ずとまた首が持ち上がる。よく見れば金屏風の前には二人の女人が座していた。共に裲襠姿だが、片方は地味で質素な拵え、もう片方は刺繍入りのきらびやかな衣裳で、声をかけたのは意外にも、地味な衣裳のほうではなかった。

「久方ぶりじゃのう。そなたも息災で何よりでした」

その声を聞いても、善四郎はまだ信じられない。目の前の女人はたしかに千満の顔をしている。口もとに、あの懐かしいほくろもある。しかしどこか違うような気がしてならなかった。

もちろん年を取っていて、まず髪形が違う。奥女中の片外という髪形に結い、化

粧が濃くなって、着る衣裳もたいそう豪華である。帯は光沢のある唐花（からはな）模様の緞子（どんす）地（じ）で、紅裡（こううら）を覗かせた黒縮緬（くろちりめん）の裲襠には金糸銀糸を交えた裾模様が目についた。

隣に並んでいるのが恐らくここの奥方なのだろうが、質素な奥方に比べてあまりにも派手で豪奢な装いがどうも千満らしくない。いや、その装いがむしろよく似合っていることに驚かされたのだった。今の千満はその衣裳に負けないだけの輝きが内側から滲み出て、女ながらに威厳のようなものすら備え、自ずと善四郎は気を引き締めなくてはならなかった。

「お懐かしうござりまする。ほんに、ご立派になられて……」

「此度は初のお宿下がりで、父上のお位牌に手を合わせていたら、ふと、あの折のことを想い出したのじゃ。たしか山谷堀と聞いた憶えがあったので使いをやったが、まさかあの懐かしい味が口に蘇るばかりか、こうしてそなたの顔まで見ようとはのう」

善四郎は眼が潤んで、声もうわずった。

「よほどの……よほどの、ご縁があるのでござりましょう」

あの汁の味を、千満は心に刻んでくれていた。それだけで善四郎は料理人冥利（みょうり）に尽きる。自分が今またこうしてここにいるのも何かのお導きで、畏れ多くも亡き殿様のお引き合わせという気もするくらいだし、さらに千満の口から、

「御城に上がっても、あれほど美味しいお椀は滅多に戴けぬ」

と聞かされたらもう有頂天にもなるはずだ。

「お嬢様ほど味がおわかりになるお方も滅多にござりませぬ」

ついまた調子に乗って話したら、相手は口もとを袖に隠しておかしそうに笑いだした。

「ホホホ、もう、お嬢様ではないがのう」

隣の奥方も笑いながらすかさずお追従をした。

「義姉上はここのお嬢様だった昔とちっとも変わらず、お若くてお綺麗なのでございますよ」

和気藹々としたさざめきが座敷中に広がった。そっと見渡せば、いずれも女たちが膳を前に居流れて、そこそこの年輩もあれば、若い娘もいる。どうやら千満が大奥から率いて来た連中のようで、衣裳や髪形にそれらしい様子が窺えた。

それにしても千満は二度と家に戻らぬと聞いたので、善四郎には頗る意外な、そ

れだけに嬉しさもひとしおの再会だから、

「うちの料理がお気に召したなら、毎日でもここへ運んで参りましょう」

勇んでいうと、相手が今度は淋しそうに微笑(わら)った。

「志ありがたくは存ずれど、明後日には再び御城へ上がらねばならぬ」

「はあ、左様で……ならば、次はいつお戻り遊ばします？」

「さて、いつになることやら……」

千満はこちらから顔を外して遠くを見るような目つきをした。取りつく島のない感じで善四郎がもじもじしたら、

「ご出世をなされて、義姉上はこれからますますお忙しくなられまするなあ」

幸い隣の奥方がまた声をかけて、千満に面映ゆげな笑みが浮かんだ。

「おお、ご出世とはおめでたい。お嬢様ならば、上様のご寵愛(ちょうあい)もいかばかりか……」

と善四郎がいいかけた途端に、

「これっ、不躾(ぶしつけ)なことを申すでないっ」

横からきつい叱声が飛んできた。見れば声の主は恰幅(かっぷく)のある年輩の女中で、髪形

や衣裳からして大奥のお供であるのは間違いない。

「そう叱らずともよかろう。今宵はどうせ無礼講なのじゃ」

すぐさま千満はその女中をたしなめて、再びこちらに顔を向けてくれた。

「上様のご寵愛を得たらば、こうして気楽に里帰りなぞできようはずもない。片時も御城を離れることは叶わぬ身となるのじゃ」

「はああ、左様で……ならばお嬢様は何でお忙しくなられまする？」

いくら無礼講でも、今の問いかけはさすがに無遠慮が過ぎたらしく、周りがざわざわしている。千満もいささか虚を衝（つ）かれたような顔だが、それでも静かにこう答えた。

「大奥は上様の御台様（みだいさま）のお住まいにして、そもそもわれらは御台様にお仕えする女中なのじゃ」

大奥で将軍の御台所に仕える女中の人数が千人ではきかないという話を聞かされて、善四郎はあっけにとられてしまった。山谷堀辺の町内を取りまとめたより大人数で、おまけに女ばかりとあれば、想うだに煩（わずら）わしそうだ。厄介な揉め事の絶え間があるまい。そこで暮らす大変さを知り、この長い歳月をそこで揉まれたからこそ、千満は女ながらに威風を備えた堂々たる今日の姿があるのだと了解された。

女でも出世をすれば、こうしてお供を引き連れて古里へ錦を飾れるばかりか、実家を豊かにすることにもなるらしい。だが里帰りは滅多に許されず、一生涯の多くを女護(にょご)が島で過ごす千満の身の上に、善四郎は相変わらず昔のように同情を禁じ得なかった。

あんな綺麗な顔をして……と声には出せぬ思いを胸に、上目づかいで相手をじっと見ている。自分と同じ歳月が流れたとは思えないほど、金屏風を背にした千満の顔は燭台の灯りで艶やかに照らされ、円らな眼はいきいきと清新に輝いていた。あれで上様のご寵愛が得られないのはふしぎだが、当人は案外そのことに得心し、むしろ女たちの先頭に立って諸事を取り仕切るのが誇りのようだった。

「大勢の女中方がおいでとなれば、お気遣いも並大抵ではござりますまい。もそっとお気楽にお過ごしになりたい日もござりましょうに」

善四郎が正直な気持ちで話しかけると、相手も素直にうなずいてみせた。

「左様。あそこにおれば日々の気疲れが尋常ではない。けれど、それがわらわの務めじゃと思うておる。人の上に立つ者には余得もあれば、それ相応の苦労もある。

余得を望んで、苦労は願い下げというわけにはいかぬ。ただし苦労はしても、上に立てば見晴らしが良い分、下の苦労は物の数ではないように思える。人はそうして段々と高みに上ってゆけるのじゃ。

　初めから上らずに済ますこともできようが、それでは下の苦労をずっと続けることになろう。同じ苦労をするのなら、下でつまらぬ苦労を嫌々続けるよりも、自ら苦労を買って出て、少しでも見晴らしが利くようになりたいものじゃ」

　千満は淡々と話しているが、善四郎は耳朶がかっと火照るようだった。これぞまさしく耳に鹹い言辞というべきか。今の自分はいかにも生ぬるい湯に浸かっている気がした。この女を前にすると、男がおさおさ負けておれない気持ちになるのも昔通りだった。

　善四郎は若い頃によく吉原通いをして、この女とはふしぎな縁で結ばれていると感じた相手が何人かいた。いずれも一瞬の思い込みに過ぎなかったのは、お栄を女房に貰ってから知れたことだ。

　むろん千満とはそうした類の縁とは違う。それでもある種の宿縁とでもいうような縁があるからこそ、こうしてたまに会うだけでも妙に自分をむきにさせて、負け

ん気を起こさせるのだろうか。屋敷から戻った時は顔つきもまるで変わっていたらしく、

「旦那、どうなすった？　先様で何かあったんですかい」

と繁蔵が要らぬ心配をした。

偶然にも千満と会えた話をしたら、相手は目を丸くして冗談とも本気ともつかぬ口ぶりでいったものだ。

「旦那、くれぐれも上様を妬っかんで張り合おうなんて魂胆を起こしちゃいけませんぜ」

大奥には千人を超える女がいても、将軍のお手付きになるのはごくわずかでしかない。千満は先の将軍の世に西の丸御殿に勤め、まだ世嗣であった当代の将軍にお仕えをしたが、そちらの道には進まず、代替わりの際に本丸の大奥で勤めるようになって昇進を遂げたのだと、善四郎は内藤家の古い女中から後で聞かされていた。

「別に上様を妬っかみゃしねえが、あれだけの別嬪を手つかずで放っておくなあ、勿体ねえ話だぜ」

と善四郎も冗談で受けて立ったが、その後の仕事への意気込みはまたぞろひやか

しの的になった。

＊

「旦那は御城の弁天様にお会いなすってから張り切り方が違いますねえ。今朝も早々とお出ましですかい」

「ああ、毎日河岸に顔を出してりゃ、向こうさんの扱いも違ってこようさ」

佳魚を売って貰えるかどうかは買い手の顔の売れ方次第。まめに顔を出して、そのつど少しでも魚を買うのが信用につながる。これまで精進料理に偏っていた福田屋は、まず何よりも魚河岸との縁を深めるのが肝要だ。

河岸へはよく清六を伴って、そのつど過分な心付けをし、彼との縁も深めようとしている。こうした余分な物入りも、それを補うに足る大仕事の支度であって、月が替わると早速その仕事先から呼び出しがかかった。

四花菱の定紋をちゃんと目で確かめて善四郎はその屋敷の門を潜ったつもりだが、うっかり見間違えたかと思うほどに、中の雰囲気がえらく違う。応対に現れた中間もやけに無愛想で陰気くさい顔をしていた。

　何やら嫌な胸騒ぎがしたが、賄方頭の廣瀬権太夫はいつも通りの悠揚（ゆうよう）迫らざる物腰でどっかりと前に座し、相変わらずの福々しい顔をこちらに向けた。

「呼び立てたのは他でもない。件（くだん）の御祝いのことでのう……」

「はい。早くも明後日となりましたので、今日は献立をひと通り認（したた）めて持参いたしました。これをご覧の上で、どうぞ廣瀬様のほうからも何なりとご注文を」

　と品書きを前に取りだしたところで、

「いや、それがのう……誠に相済まんが……あの話は、なかったことにして貰えんか」

「はあ……それは一体どういうわけで……」

　今さら気が変わったといわれても、はい左様で、とあっさり引き下がるわけにはいかない。去年の暮れから善四郎はずっとこの仕事に懸けてきたのだ。しかしながら、

「どうもこうもない。明後日には喰い初めの御祝いもできたはずが、三日前から急に高い熱を出されて、昨晩とうとう儚（はかの）うなられたのじゃ」

そう聞かされては文句もいえず、悄然とうなだれて弔意を表すしかない。屋敷中が陰気に鬱いで見えたのも、これでようやく合点がいった。

いかに大名家でも、嬰児が無事に育つのは難しい。周りがいくら気を配っても、病魔は速やかに忍び寄って無力な者に襲いかかるのだ。生後三月を持ち堪えるのもやっとのことだからこそ百日の喰い初めを祝うので、若君の誕生祝いが流れるのは十分にあり得る話であった。それなのに、ここまで入れ込んだ己れの馬鹿さ加減にすっかり愛想を尽かし、善四郎はなかなか顔が上げられずにいたら、

「亡き若君を悼むのは殊勝な心がけじゃが、御隠居様はご精がお強い方ゆえ、きっと生まれ変わりのご誕生を見ることもあろう。その時にはまたそちらに任せるとしよう」

と廣瀬は慰めるようにいった。

蹌踉とした足取りでわが家に帰り着くと、そのままふて寝をしたいくらいだったが、まずは源治と繁蔵にその話を伝えなくてはならなかった。夜は帳面と首っ引きで深更に及んだ。

先ほどから急に行灯の火影がかぼそくなって、闇が大きく広がっている。善四郎

は火皿に油を注ぎ足しながら、この油代も馬鹿にならないと思い、一瞬でもそんなしみったれた気持ちになった自分に腹が立った。

カシャンと算盤を打ち振って、去年からの売上帳を見ながらもう一度合算をしてみる。金高(かねだか)は決して悪くはなかった。

商いはすべからく勘定が合うかどうかだが、思えば料理屋ほど合いにくい商売はないかもしれない。まず仕込みの額は時候で大きく左右される。海が時化れば魚介が払底し、長雨が降り続けば蔬菜が高騰する。魚介や蔬菜は安く出まわる時期にいくら沢山仕入れても、長く寝かしておけない。古い魚は猫さえまたいで通るのだ。常に活きの良い魚、新鮮な蔬菜を使って料理をすれば、売り上げがいくらあろうと儲けはほんのわずかであった。

おまけにいくら活きの良い仕込みをしても、お客が来なければ丸損になる。お客があるかどうかは、結句その日になってみないとわからない水物の商売だ。此度の大仕事が敢えなく流れたように、先々を見越して手を打つと、却ってそれが危ない橋を渡ることになるのだから始末に悪い。

「料理屋はつくづく冥加(みようが)の悪い商売さ」

と親父がよくぼやいていたのを想い出す。折角の仕込みを無駄にすることもあれば、料理も素材の良いところだけを使って後は捨てるも同然だ。つまりは勿体ないことばかりする商売なので、神仏の加護も受けられずに苦労するのは仕方がないというのだろう。善四郎は今にしてその親父の言葉がはらわたに浸(し)み通るのだった。しかしまた、胸の内にはあの女の言葉が蘇る。同じ苦労をするのなら、下でつまらぬ苦労を嫌々続けるよりも、自ら苦労を買って出て、少しでも見晴らしが利くようになりたい。女にそこまでいわれて、苦労を厭(いと)うようでは男が廃るではないか。とにかくこの大仕事が取り止めになった件は家人に伝えるだけで済む話ではなかった。明日には清六にも話さなくてはならないが、善四郎が何よりも恐れるのは、魚河岸の注文を断って、地道に培(つちか)ってきた信用をいっきに崩すことだった。

　魚河岸の朝はいつも早い。春でもまだ夜が明けきらぬ寒さを肌身に感じて、善四郎は清六を訪(おとな)い、そのまま連れ立って江戸橋を目指す舟中で昨日の話をした。この男とは、また仕事を共にする機会もあると信じて、これだけはきっちり詫びなくてはならなかった。

「お前の顔を潰すことになっちまったのは、本当にすまねえと思ってるんだ」

清六は洲崎の升屋が頼りにしていた魚問屋の老舗、尾張屋（おわりや）へ案内して口添えをしてくれた。そこには祝儀飾りの掛鯛（かけだい）を頼んだ屋敷出入りの魚問屋とは別に、料理に用いる味の佳い鯛を注文しておいたのである。

本船町でもひときわ大きな店構えを誇る尾張屋の主人は名が善三郎（ぜんざぶろう）で、歳もちょうどひとまわり上の子年だったから、

「善三郎と善四郎じゃまるで兄弟みたようだねえ。お互い心安うしましょうや」

と初対面でも親しい口を利いてくれた。

大柄ないかつい男で、目鼻立ちがくっきりして、黒々した毛足の長い太眉がいかにも俠気（おとこぎ）を感じさせる人相だ。声にも独特の張りと厚みがあって、ともすれば気圧（けお）されそうになる。

今日もこちらの顔を見るなり、

「おお、待ってました。御祝いはたしか明日だと聞いたから、今日はどうでも来なくちゃならねえはずさ。まあ、こっちへ入（へえ）んなせえ。さあ、早（はよ）う、早う」

と急きたてられては話もできず、善四郎は無言で清六と目を見合わせて、店の奥

になる生け簀に向かわざるを得ない。

そもそも鯛は幕府に納入するだけでも毎日相当数が要るため、時化に備えて早くから諸国に活鯛場が設けてあった。活鯛場とは水中に簀を張って鯛を活かしたまま閉じ込めた即ち巨大な生け簀のことで、各地から運ばれて来た鯛は江戸橋広小路の活鯛屋敷と呼ばれる幕府の生け簀でもまたしばらく命が保たれる。

活鯛屋敷ならずとも、大きな魚問屋の多くは生け簀を備え、漁れたてのをそこで一日二日泳がせておく。鯛はそうしないと身が締まらず、切る際に身が割れやすいのだ。

「どうでえ、きれいな桜色でござんしょう」

尾張屋の主人は生け簀の中を指さしながら、

「もっとも桜鯛が旨えというのは嘘っぱちでねえ。この時季の鯛は網に沢山かかるが、本当は子持ちで不味いのが多いんだよ」

と実に意外な話をした。

毛足の長い太眉をぐいと持ちあげて、尾張屋の主人は話を続けた。

「そこでどうしたって目利きが要る。同じ桜鯛でも、旨えのと不味いのを見分けなくちゃならねえ。ここにいるなあ、尾州の日間賀島と、駿河の馬込浦で昨日漁って来たやつだ。夜明け前に来た荷の中で俺が選りに選ったんだから、まず間違えはねえはずだよ」

自信に満ちた野太い声を聞きながら、鯛も嬉しそうに生け簀をすいすい泳いでいる。目の下一尺余りの、姿形からして実にみごとな鯛で、善四郎はますます話が切りだしづらくなってしまった。

明日あったはずの大仕事のために、尾張屋が奮発してくれたのはあきらかで、そうした気持ちを無下にするようでは男が廃るというものだ。そればかりではない。善四郎はこんな立派な鯛が得られる機会をむざむざ逃すのが堪らなかった。今度のことは残念だが、いつかはきっとこうした鯛が毎日使える、洲崎の升屋のような料理屋になっていたい。夢を将来に託すつもりで、目先の大損はもう覚悟の上である。

「尾張屋さん、有り難う存じまする。これで福田屋の面目も立ちます。されば、お代はいかが致しましょう」

「もちろんまとめて付けとくが、この鯛ばかりは、ハハハ、後でびっくりしなさんなよ」

と尾張屋が高笑いしたところで、横の清六が耳もとに口を寄せ、

「旦那、本当にいいんですかい」

と袖を引いた。尾張屋はそれを目ざとく見つけたらしい。

「おや、そっちの若え(わけ)のは、何か文句があるのかい」

「いや、別にそういうわけじゃ……」

慌てて善四郎が答えたが、清六のほうも黙ってはいなかった。

「旦那がおっしゃりにくいようだから、わっちの口から申しあげます」

堂々といいきって、尾張屋に面と向かった。朝が滅法早かったので、清六は髭も剃らずに来ており、柳刃のような鋭い眼を相手にまっすぐ向けた様子はいささか無頼じみているが、言葉遣いは意外なほど丁寧だった。

善四郎の口からはいいだせなかった仔細(しさい)が知れると、尾張屋はたちまちほうっと呆れたような溜息(ためいき)を聞かせた。

「何だなあ、水くせえじゃねえか。そんならそうと、早くいってくれたがいい。こっちゃ兄弟付き合いのつもりだったんだぜ」

少しむっとしたような顔つきだが、尾張屋の声には温かい情味が感じられた。

「兄弟付き合いとは有り難いお言葉、痛み入ります」

善四郎は叩頭し、相手にしっかりと目を合わせた。

「この鯛があんまりみごとだもんで、こっちはちょいと、いいだしかねておりました」

「ほう、そんなに気に入ってくれたのかい」

「この鯛が使えたら、どれだけの料理ができたか。そう想うと、悔しくってなりません」

今はもう正直な気持ちが前面に現れて、声はかすれ、眼が潤んでさえいた。

「まあ、お前さんだけじゃねえよ。とかく、お武家の仕出しはすっぽかしが多いというから、気をつけても、気にはしねえこった。今度またこういうことがあったら、俺には真っ直ぐに話してくんなよ」

「そう致します。したが此度ばかりは、どうぞその鯛を買わせておくんなさい。初手の取り引きを反古にしたんでは、俺の男が廃るというわけじゃねえ、店の名折れとなりましょうから」

善四郎はここぞ意地の張り時だとみた。福田屋は今売り出しの真っ最中だけに、暖簾に傷をつけるような真似はしたくなかったのだ。

「ああ、わかった。そんなに気に入ったんなら、そいつら二匹まとめて持ってくがいい。ただし、お代は出世払いといこうぜ」

「そりゃ、いくらなんでも、あんまり甘え過ぎた話でございます」

「まあ、いいってことよ。それで、うちの鯛の味を覚えてくんな。そうして貰えば、将来はうちが助かるってえもんだ。ハハハ、お前さんだって、損して得取るという話を地でいこうとしたんだろ。その度胸に免じて、鯛はくれてやるさ」

　尾張屋は豪快な高笑いを響かせた。己れの気持ちが見抜かれたことも、相手の出方も善四郎は痛快でならなかった。自分より一枚も二枚も上手（うわて）の男を知った歓びは大きかった。

　二尾の鯛はその場で活け締めにされ、帰りの舟で男二人は艫（とも）に据えた籠の中にそれを見て、頬を弛めずにはいられなかった。

　舟は大川の左岸寄りに進んで両国橋を越えた。吾妻橋を通り過ぎると、薄紅色に染まった隅田堤が目に飛び込んでくる。桜花は満開を通り越して、早くも散りはじめていた。

今や土手の上より水面のほうに花びらが多いくらいだが、それでも名残を惜しむつもりか、昼日中から遊山舟らしきものがそこかしこに見える。去年はあまり見られなかった光景で、どうやら世間の風向きも大分と暖まってきたようだ。

舟は清六の住まいがある深川をとっくに通り過ぎて山谷堀に向かっていたが、善四郎は改めて念を押すようにいう。

「今日はこの鯛に免じて、うちで手伝ってくれるんだろうなあ」

ところが相手は意表を突いて、大きく頭を振った。

「今日とはいわず、どうぞ、わっちをずっと旦那の下で働かせてやっておくんなさい」

清六の顔は怖いほど真剣そのものだ。善四郎は虚を衝かれて一瞬言葉を喪うも、

「済まねえ。この通りだ」

自分から頭を下げなくてはならない。これまでいいように引っ張って足留めをかけ、まだ雇うこともしない自分に、今日この男は立派な忠義立てをしてくれたのだった。それを思うと慚愧に堪えず、顔はひとりでに曇って、声もつい湿っぽくなる。

「俺もそうしてえのは山々なんだが、知っての通り、うちの店は手狭だし、仕事も

なかなか思うようにはいかねえもんでなあ……」

　この意外にも忠義な男をむざむざ他店に取られるのは情けなかった。とはいえ、やはりどこかで踏ん切りを付けなければ、宝の持ち腐れにしてしまいかねない。

「俺に力が無えばっかりに、お前には本当に済まねえことをした。これからは、俺に義理立てなんぞせず、お前の腕が存分に振るえる店で仕事をしてくれよ」

　わざと素っ気なくいったつもりだが、相手はまたしても頭を横に振った。

「とんでもねえ。わっちは今日のことで旦那の気っぷに心底惚れて、包丁を振るうなら、この方の下でと心に決めたんでさあ。何もすぐに雇ってくれたあ申しません。いつかきっと、お迎えが来るのを心待ちにしておりやす」

　柳刃のような眼を細めて、清六は恭しくこちらを見ていた。善四郎は思わずその手を取って強く握りしめ、黙ってしっかりと肯いたものである。


　今年は春に寛政十三年が享和元年と改まっている。

　西暦では一八〇一年、まさに十九世紀の幕開きだった。

　元号が替わると世間の気分も変わるのか、来客や仕出しの注文も目立って増え、福田屋が繁盛続きなので「きっとあの鯛が効いたんですぜ」と繁蔵はいう。

　尾張屋に頂戴したも同然の鯛は、その日のうちに調理して近隣の得意先に配ったから、

「旦那は大旦那の上を行く豪儀なお人だねえ」

と呆れていた。

　料理屋はそもそもけち臭い真似ができない商売だ。飯を食べるだけならうちで済む。それなのにわざわざ料理屋へ足を運ぶのは誰しも散財と心得ているので、店は勢い料理と共に贅沢で豪勢な気分をも味わえるようにしなくてはならなかった。

　馬子（まご）にも衣裳というくらいで、味ばかりか見た目も肝腎、料理を盛る器にも凝ることになる。組皿や漆椀（うるし）の類その他もろもろの道具類を揃えるには結構な入費（かかり）となり、もとより素材の仕入れが日々積み重なって盆暮れは相当な支払い高になる。おまけに近所付き合い、仕入れ先や仲間内の寄合、講中にもまめに顔を出して、そのつど店の名折れにならないだけの身銭を切るのだから、店の儲けはいくらあっても貯えに回す余裕なぞほとんどなかった。

繁盛は即ち一家中が忙しさに追われるだけの毎日だが、主の善四郎は店の評判を耳目に感じて、それなりの自信を深めている。遠方の客が増えてきたのも評判の証拠で、いずれも吉原通いの往き帰りに立ち寄るものと見受けられた。蔦重の百か日法要以来たびたび文人墨客の訪れもあり、彼らの口から増えた客も少なくはなさそうである。

口うるさい文人墨客や、口の奢った旦那衆をうならせる料理は十分用意のできる自信もついた。だが例の洪水で根太板を張り替え、急場凌ぎの修理はしたものの、先々代から続いた店はまず間取りを変えなくてはいけない。いや、それよりもあの手狭な厨をなんとかしないと、南畝先生がいわれたような、福田屋が料理の道で天下を取るのは、夢のまた夢となろう。

店をすっかり建て替えるなら、ここはどうしても親父と相談ずくで進めるほかない。屏風と店は広げすぎたら倒れると口癖のようにいう親父を、説得する自信があるわけではなかった。けれど今の自分はまず目の前に立ち塞がる大きな壁を乗り越えないと、話が先に進まないのである。

初夏の陽射しで離れの障子までが漆喰の壁のように光って、頑なに立ち入りを拒

んでいるふうに見えた。善四郎が縁側でしばし開けるのを躊躇っていたら、

「おう、さっさと入んな。影法師でおさらばなんてなあ水くせえじゃねえか」

親父のほうから先に声をかけてくれたのは、機嫌の好い証拠とみたかった。

「父つぁんよう、こんな好い天気に念仏三昧じゃ勿体ねえ。たまにゃ外に出て、川遊びでもすりゃあいいに」

「ハハハ、吉原芸者を揚げての川遊びか。豪儀な話だが、今の福田屋からすりゃ、まんざら夢でもなさそうだしなあ」

隠居をして五年。口出しは一切しないといっても、まだ店のことが気になるのは当然だろう。離れにいても、慌ただしい声や物音から繁盛の様子は伝わるはずだ。

「俺も若え時分はそこそこ腕が立ったもんだが、商いのほうはやっぱり俺より手前が上手のようだ」

別に皮肉な調子でもないのに、親父のぎょろっとした目玉でじいっと見つめられると、「誰に似たのやら」と言外にいわれているようで、善四郎はつい目をそらしてしまう。そこらがこの親子仲の難しいところであった。

「今日は親父に、ちと相談があるんだが」

早くも本題を切りだせば、今度は親父のほうが目をそらした。

「おりゃ店のことは何もいわねえよ。手前の好きにすりゃあいいさ」

「建て替えをしてえんだ。新たに井戸を掘って、厨をもっと広くする。二階も建て増して座敷を増やすんだよ」

それはもう福田屋が全く別の店に生まれ変わることを意味していた。

「調子に乗りやがって……」

吐き捨てるようにいうと、親父は再びぎょろりとこちらを睨んだ。

「俺の若え頃も店は繁盛した。ところが飢饉になるやら、大水が出るやら、あげくの果ては打ち壊しの騒動で一時は商売どころじゃなかったのを、手前もよく憶えてるだろ。所詮、料理屋稼業は水物だ。今は良くても、世間の風向き次第で先はどうなるかわからねえ。屏風と店の間口は下手に広げりゃ倒れるのを知らねえのか」

と案の定、例の文句が飛びだした。

途端に縁側でバタバタと足音がして、いきなり障子が開いた。そこに六つと四つになる久五郎（きゅうごろう）と定七（さだしち）が姿を現せば、途端に親父の顔はだらしなく崩れてしまった。

「祖父（じっ）ちゃんは今お父つぁんと大切（だいじ）な話をしてるから、また後で来なせえよ」

滅法な猫なで声で孫たちを追い出すと、急に気がそがれたように、こちらを見る目も少し和らいでいる。

「第一(でえいち)、先立つもんがあんのかい？」

と落ち着いた声で改めて訊かれたら、善四郎も正直に首を振るしかない。思い通りに建て替えるには相当の費用がかかる。貯えがないからには多額の借金をすることになる。いくら繁盛続きでも借金は二代に及んで、跡取りの倅を苦しめるような恐れがないとはいえない。

しかし建て替えをすれば今よりもっと繁盛して、定七が兄の手伝いをしながら嫁を迎えるだけの稼ぎをする店にだってなるかもしれないのだ。

兄弟が助け合って暮らす家を善四郎が望むのは、自らの複雑な生い立ちのせいでもあった。

「金を借りるにしたところで、当てはあるんだろうな」

鋭く畳みかけられて返事に詰まれば、

「ははん、やっぱり手前はあそこん家(ち)を当てにしてんだな。ああ、なら俺には相談するな」

実に苦々しい声で、親父は一段と顔つきが険しくなった。その気持ちもわからないではなかったから、善四郎は今までいいだしかねていたのである。

御金御用商、水野平八がしでかした若気の過ちを尻ぬぐいする恰好で、その女中を胎（はら）の子ともども引き取って大切に養ったのは親父の侠気であろう。だからこそ、かつていかなる窮状に陥った際も、断じて水野を頼ることはしなかったのだ。親父には男の意気地がある。育てた倅にそれを裏切られて、快いわけがなかった。

「手前が思うほど世の中は甘くねえだろうが、向こうに話がしたいなら、行ってみるがいいさ。どうせ俺にゃ関わりのねえ話だ」

けんもほろろに拗（す）ねたようないい方をして、親父は奥の仏間に入って行った。そこには去年亡くなった母親が位牌の姿で眠っている。親父は位牌と相談する気か、いや、今はもうそれに手を合わせるつもりかどうかも、倅にはわからなかった。

ずらり並んだ土蔵の白壁が縁側のこちらを見おろして威圧する。見馴れたはずの景色なのに、久方ぶりに水野の屋敷を訪れた善四郎はいささか気後（きおく）れを感じた。

離れの間で主人に面と向かっても気後れが増すのは、何やら疚（やま）しいことでもある

ようで情けなかった。主人は金貸しならではの勘で悟ったらしく、

「今日は何か折入っての頼み事でもあるようじゃのう」

と、いつになく改まった声を聞かせた。

水野平八も五十路（いそじ）はとうに越えたはずで、鬢は半ば白く、目尻の皺も目立つようになった。ただ端整な細面（ほそおもて）は相変わらずで、なかなか表情に心底（しんてい）を見せないから、話を切りだすのが難しい。

「実は……このたび店の建て替えを思い立ちまして、それについては……」

相手は瞬時に薄い瞼（まぶた）を持ちあげて、鋭い眼光を放った。いかにも金貸しの目つきである。

「して、いくら要るのじゃ？」

単刀直入に過ぎるいい方もまた金貸しの習い性なのか、善四郎はあたふたとして舌が思うように動いてくれない。

「ま、まだ、何も決めておりませんで……今日はただ、ご相談にあがりましただけで」

それは嘘ではなかった。福田屋の親父は賛同しそうもないが、こちらの親父はど

う思うかをまず訊きたかったのだ。金の件を切りだすのはそれからのつもりだったが、

「相談といわれてもねえ……」

　水野は呟くような調子で目をそらしてしまう。ここぞ踏ん張りどころとみて、善四郎は勇気を振り絞るように、きりっと顔面を起こした。

「洲崎の升屋を始め、旦那様のお供をして参った料理茶屋は、いずれも料理はもとより、座敷や庭の眺めまでがご馳走でございました。わが口で申すのは何でございますが、福田屋も近年はとみに評判がよく、遠方からもお運び戴く客人が増えております。されば今こそ世に打って出る時節かと存じまして」

「店を建て替える金が要るのであろう」

「はい、旦那様にお借りできますればと」

「金を貸すことはできんぞ」

　にべもない返事に善四郎は愕然とした。

　縁側の障子は開け放たれており、正面にしらじらと見える土蔵の壁がまさしく絵に描いた餅のようだ。自ずとうなだれて畳に目を落とした善四郎に向かって、水野

平八は静かに話し続けた。

「うちの蔵にある金は皆お大名にお貸しをする金じゃ。そなたに貸す金はない」

「ごもっともでございます。この家におりました時は、重々承知しておりましたはずが、此度はとんだ心得違いを致しました」

世の中は自分が思うほどに甘くはないといった福田屋の親父の言葉が想い出された。

これでお互い元の鞘(さや)に収まるなら、それはそれで可(よし)としたいところだが、

「貸すことはできん。されど、そなたに取らせる金は用意してある」

思いがけない申し出に、善四郎はまた驚いてしまう。相手の表情は読みにくいが、少なくとも冗談をいったわけではなさそうだ。床の間の横の戸袋から手文庫を取りだしたのが何よりの証拠だろう。

「そなたがこの家を去る時に渡す金だったが、若い身が持ちつけぬ大金を手にして道を踏み外すのを恐れ、先延ばしにしておいた。いつか潮時が来ると見ておったが、どうやら今日がそれらしい」

目の前に小判包みを積み重ねられて、善四郎はすっかり狼狽えている。

「私はお金を頂戴しようと思って参ったのではござりませぬ。どうぞ曲げてお貸し下さりませ。年にわずかずつでもお返し申しまする」

断じて、ただ受け取るわけにはいかない金だと思った。自分がこの親父から金を貰えば、福田屋の親父は甲斐性に差をつけられて、男の面目が立たない。喉から手が出そうな金でも、自分を大切に育ててくれた恩義ある人の気持ちを傷つけたくはなかった。

「その強情なところは誰に似たのやら……」

水野は淋しそうに笑って、珍しく情の露わな声を聞かせた。

「わしも、そういつまでも生きてはおれん。毎年少しずつでは返済がいつになるやも知れず、その時になって、そなたを庇う者は、もう誰もおらんのだぞ」

「それでも借用証文を書かせて下さりませ。わたくしはこのお金で、何とか旦那様の目の黒い内に、料理の道で天下を取りとう存じまする」

善四郎はそれを声に出して、自分が本気で今そう思ったことに、ぞくっと身震いをした。

思い内にあれば色外に現るというが、善四郎はそれがまず声に現れる質なのかもしれない。思えば幼い頃から朝起きるとまず紙洗橋の上に立って、その日にやりたいことを声に出す癖があった。水野平八の前で声に出したことは、内なる大望にいよいよ火が点いたといったところだろうか。

「天下一の料理屋になってみせると申すのだな。しかも、わしの目の黒い内に……」

水野の顔は呆れ返って嗤うようにも見えたが、声には妙なくらいの湿り気があった。善四郎はこの相手に流れる血が、やはり自分の本気を引きだしたのだと思わずにはいられなかった。

「相わかった。ならばここで証文を書くがよい。福田屋の先代亭主に免じて、利息は取らずに済まそう。ただしそれも、わしの目の黒い内だけじゃぞ」

「忝う存じまする。本当に何と申しあげてよいやら……」

内なる潮が沸騰して噴きこぼれたかのように善四郎の目頭を熱くしている。こうして一度声に出したことは、何がなんでもやり遂げたい性分がさらに気を逸らせ、腰を落ち着かなくさせていた。

大金を懐に水野の屋敷から早々と戻った善四郎は、家人が誰も傍に寄れないほどの真剣な面もちで、しばし黙然と腕組みをして帳場に座り込んだ。

これでひとつの壁は越えられたが、もうひとつの壁も何とか説き伏せねばならなかった。

向こうはきっとこういうだろう。

「手前の好きにやるがいいさ。俺にゃ関わりのねえ話だ」

確かに今はもう自分が福田屋の主なのだから、表向き何をしようが文句をいわれる筋合いはない。しかし善四郎にとって、この店はあくまで親父の店なのだ。血を分けてもいない自分が許しも得ずに、勝手に建て替えるわけにはいかないという遠慮がどこかに根強く居座っている。

突如ドシン、バタンと奥から大きな物音が聞こえ、激しい泣き声が続いた。次いでやさしくなだめる母親の声がする。幼い兄弟はいつもじゃれ合いが高じて傷だらけになっているが、そうした兄弟仲と無縁だった善四郎は、ふたりが共にここで末永く暮らせるような店にしたいという望みもまた捨てきれないのである。

親父にそのことを正直に訴えてみる気になって、ようやく表情が弛んだ。

近年は巷で大坂掘りなるものが評判である。文字通り大坂から続々と江戸に下って来た井戸掘り職人の工夫により、今までになく深い井戸が掘れるようになったのだという。

料理屋は何をするにも水が欠かせない。福田屋は神田上水のほかに浅い井戸も使っているが、店を広げるなら厨に近い土蔵の前あたりにもう一カ所、大坂掘りで深い井戸を穿ちたかった。ところが、これには親父が強く異を唱えた。

「下手に地面をあちこちいじくって、龍神様の祟りでもあったら大事だぞ」

といわれたら、善四郎もあながち逆らう気はしなかった。

とかく水物の商売だけに、良きにつけ悪しきにつけ神仏への畏れは強い。井戸を新たに掘る際は水脈が変わりやすいから、何かと障りが起きないよう、しっかり見きわめておきたいという冷静な判断も働いた。

井戸の件はともかく、店の建て替えを親父が不承不承にでも納得してくれたのは有り難かった。さっそく親父の代から世話になっている神田の棟梁のもとへ足を運んで委細を話したところ、

「根太ごと取っ替えるにゃ結構な日数となりやすが、それでもようござんすね」

と、しっかり釘を刺されたものだ。

大がかりな建て替えは来春の彼岸過ぎに始めるとして、その間ずっと休業はできず、近所に借家して細々とでも商いを続けなくてはならない。源治や繁蔵を始め家人の生計も成り立つようにするのは主人の務めであった。仕事の合間にそれら諸々の段取りをつける繁忙さは並大抵でなかったが、善四郎はかつてない昂揚を感じるせいか少しも疲れを感じなかった。

むしろ若返ったように以前にまして身が軽くなり、悪くいえば落ち着きがなくなって、日中暇さえあれば近所をほっつきまわっている。

山谷堀の船着き場から店までは何歩か、吉原の大門にはどれほど歩けば辿り着くか、雨の日に道が悪くなるのはどこかといったことも、客人の身になって確かめてみる。料理には迂遠のようでも、客商売はそうした些細な心遣いが、もてなしの第一歩であろうと思われた。

夜は夜で長火鉢の横に間取り図を広げて、ああでもない、こうでもないと、店の中の動きを考えている。案内の仕方や料理を運ぶ間合いといったものもまた、店の良し悪しを判断する目安となるに違いないのだ。

行灯に照らされた絵図が急に翳ったので、思わず振り向くとそこに女房の姿があった。

「まだお寝みなさんせんのか?」

と訊くほうも襟に黒繻子を光らせた普段着のままだ。倅たちを寝かしつけてようやく手が空いたのだろう。ならば、

「こっちへ寄って、これを見ねえな」

「はて、何でござんしょう」

横に座って首をかしげるのは無理もない。ふだん絵図を見つけない女は、それで家の間取りが目に浮かぶこともないはずだった。

しかし同じ女でも、あの千満なら……と刹那に胸をかすめた思いが男を慌てさせた。

この世で滅多と見られぬ優曇華に目を奪われて、傍らに咲く野菊を顧みないのは男として愚かしい真似だ。

可憐だった野菊も今や二児の母で、一家を支える柱の一本らしく肉づきも豊かになっている。が、決して重い尻に敷こうとはせず、常に亭主を立てる物言いと気遣

いを忘れていない。わが妻ながら過ぎた女房で、もう内向きのことはすべて任せておける。

「なあ、お栄、俺はまた旅に出てえんだが、承知してくれんか？」

いきなり問われてきょとんとした顔は、若い頃と同じで、どこか儚げな風情があった。

建て替えの最中は店でする仕事も限られる。それならばその間は繁蔵に任せて、自身は新規に開く店の心支度をしておきたいところだった。

善四郎が伊勢参りにかこつけて東海道を旅したのはもう十年以上も昔になる。百聞は一見にしかずで、初の長道中はどこでも驚かされてばかりだった。

海の色も山の形も違った他国の空。むろん喰い物もその土地その土地ならではの名物があって、一方にそれを拵える人びとがいた。およそ料理はどこもその土地の水に合うようにできていて、そこでしか得られぬ産物の賜物(たまもの)だった。

伊勢の御師宅でずらりと並んだ魚介の珍味は、あの巨大な池のごとく静まる内海なくしてはあり得ない。汁がぎらつくほどに脂がのったあそこの鯛と、江戸前のさっぱりした鯛とでは調理の仕方も自ずと変わる。今度の旅では金比羅(こんぴら)詣(まい)りにも出向いて、升屋の主人が話していた播磨灘（はりまなだ）や備後（びんご）灘の鯛も口にしてみたかった。江戸ならではの料理を究（きわ）めるにはまず諸国の味を知ることが欠かせない。善四郎の熱き眼差しは、いわず語らずでそのことを女房に承知させるのだった。

二 迷える浮木(ふぼく)は酸(す)い仲となり

店を建て替えて早や五年、白木の香りはさすがに失せたが、下見板の壁が雨露で黒ずむというほどではない。春陽に青く光る松葉を欄干越しに眺めておれば、あの樹がここの屋根を越す日もそう遠くないように思えた。

長男の久五郎も早や十二歳。家人が増えた今は、善四郎のガキ時分とはまたひと味違った育て方をしなくてはならない。今日はこの二階で少しばかり給仕の真似事をさせて、ここに集う四人の大切な賓客にも跡継ぎとしての挨拶をさせたかった。

その賓客が現れる前に、大きな円い朱塗りの台がここへ運び込まれると、久五郎の目もまた円くなった。

「お父つぁん、こりゃ何だい？　こんな大きなもんを座敷に置いといたら、ええ場塞ぎにならねえかい？」

「ああ、こりゃ卓袱台ってんだが、いわばお客様が四人でお使いになるお膳なのさ」

そう聞いて伜（せがれ）がぽかんとするのは無理もない。そもそも日本では各自がめいめいの膳に向かう恰好で、ひとつの卓を囲んで食事をする作法がなかったのである。唐土（もろこし）に倣ったその作法は卓上に敷く布の称から卓袱と呼ばれた。ちなみに卓袱の漢字は中国音でチャブとも聞こえるため、後世には卓袱台を「ちゃぶ台」と呼び習わしている。

善四郎は今日ここに集う四人の大切な賓客に、この福田屋が初めて手がける卓袱料理をお披露目するつもりだった。

長崎に卓袱料理なるものがあるのは早くに知り、近年は江戸でも伊勢町河岸（いせちょうがし）の百（もも）川（かわ）が始めたと聞いて、さっそく賞味に出かけたものだ。が、卓袱の作法に心を惹かれたきっかけは、やはり大田南畝（なんぽ）先生から聞いた話である。

先生は六年前に大坂の銅座（どうざ）へ出役（しゅつやく）し、その後また長崎奉行所での出役を終えて、一昨年（おととし）の文化二（一八〇五）年冬にめでたく江戸へ戻って来られた。西方での見聞を広められた先生の話は以前にも増して善四郎の胸を沸き立たせ、心を動かした。長崎で唐人（とうじん）のみならず紅毛人（こうもうじん）にも出会って、見たことも聞いたこともないような食べ物を口にした男の話が、やはり料理人には面白くて仕方がないのである。

「長崎の紅毛船で、カウヒイなるものを勧められた。黒く煎った豆の粉を煮出して白糖と合わせ飲むんだが、いや、それはもう焦げ臭くて堪らん。とても飲めた代物ではなかった」

といわれたりすると、この世の広さを改めて強く感じる。

善四郎はすでに東海道を二度も往還し、上方や西国の見聞を広めたといっても、所詮それは四海波静かに治まる日本のことに過ぎない。四海の外には唐土があり、北方にはまた別のオロシャという大国があって、南畝先生は長崎でそのオロシャ国の紅毛人レザーノフに会ったのだという。

「われらや唐人とは肌の色や躰つきが随分と違う。だが、あれも人間の内には相違なかろう。通辞がおれば、話す言葉も少しはわかる。紅毛人の国はオロシャ国の他にも沢山あるらしい」

善四郎はそれを聞いて見知らぬ異国の料理に思いを馳せた。四海の内でさえ江戸と上方では汁の味からして違うのを思えば、海の外では南畝先生が飲めた代物ではないといったカウヒイを好んで飲む人がいてもふしぎはないのだった。

土地によって美味の規範は異なる。異国の料理を誰もがすぐに受け容れることはないかもしれない。ただ料理人としては、異国の料理にも学べるところが大いにありそうだ。

かつて升屋の祝阿弥に勧められて東海道を往還したことが今に料理の工夫として活きるのだから、できるものなら海を渡って異国の味見もしたいくらいだ。所詮それは無理だとしても、異国の料理人が向こうからやって来るという長崎の地に出かけてみたくてうずうずした。

紅毛人が唐人と同様にひとつの卓を囲んで食事をするという話にも、善四郎は目を見開かれる思いがした。向こうから見れば、各自がそれぞれの膳に向かって食事するのも奇異な眺めであるに違いない。

「円卓を囲めばそこには上座も下座もない。どこから順に盃を差せばいいのか悩みもせず、いつ箸を取るかも気にせずに済む」

と先生にいわれたのが胸に響いて、善四郎は卓袱の作法に興味を持ったのである。なんといっても食事は日々のことだけに、そうした作法にすれば、人はだんだんと身分の上下にこだわらなくなるのかもしれなかった。

今日ここで初めて卓袱料理を披露する四人の賓客は、いずれも身分にこだわらない恬淡とした水魚の交わりを結んでいるように見える。

ひとりはもちろん大田南畝先生、今や蜀山人の号でも知られた当代きっての文人であり、四人の中では一番年上の長老格だ。

善四郎は卓袱料理を出すに当たって、何かと先生にも相談し、それなりの支度をした。まず肝腎の卓袱台を唐物屋から取り寄せて、その朱塗りの台に合うような絵皿を用意しなくてはならず、卓袱料理は大皿に盛って取り分けるので、皿も唐物と伊万里焼を新たに調達して、玻璃の鉢や脚付きのコップといった珍器もざっとひと通り揃えてみた。

柿右衛門の赤絵皿には、榧油で揚げた鯛と山蕨、炒り豆腐に煮唐辛子を盛りつけた。花唐草を呉須で描いた青絵皿には、鯛の巻餅焼きと炒り卵、これに併せて短冊切りにした木耳を飾るといったふうに、料理と絵皿の組み合わせにも大いにこだわった。

およそ料理は昔から五味五色の調和が肝要というが、大皿はことに色が目立つので盛りつけに気を遣うのも並大抵ではない。ここまで料理の色遣いに気を配ったのは、今日もここへ真っ先に姿を現した客人のせいだろう。

海松茶の無地に黒い絽羽織を重ねて洒脱に装ったその客人は、上品でいかにもおっとりした風貌に似合わぬせかせかした足取りで客用門を潜り、延段の玉石をザクザクいわせて入口に向かっている。

入口にぶら下げた紺暖簾には「八百善」の三文字が染め抜いてあった。八百の字はこの福田屋が元は八百屋だった昔を忘れさせないためで、相変わらず精進料理には定評があり、入口の右手に広がる厨の土間には青物と土物の蔬菜が別に分けてどんと積み置かれている。

厨の裏には井戸があって、その周りは青石を敷きつめ、青竹で上を囲んで屋根付きの魚置場とした。そこには絶えず井戸水をかけて魚を冷やすようにしている。

いつも真っ先に姿を現すその客人は、魚置場や土間に置いた蔬菜を熱心に見てまわりながら、矢立の筆と懐紙を取り出してさらさらと描き写す。それは淡墨で描かれた略筆の戯れ絵のようでいながら、意外に真を穿った趣が描き手の技量を物語り、見る者を納得させた。本当に何でも器用になさる方だと、善四郎はつくづく感心している。

この酒井抱一(さかいほういつ)という人物を善四郎が見初めたのは升屋での蹴鞠(けまり)姿であり、次は王子道で馬術の修練を見せつけられた。むろん剣術の腕前は確かだし、刀の鑑定(めきき)も相当なものだという。

おまけに和歌の道にも茶の湯にも香道にも通じて、それらは大名家の御曹司らしい素養としても、一方では尻焼猿人(しりやけのさるんど)というふざけた名でばかばかしい狂歌を詠む人でもあった。

今は等覚院文詮暉真(とうがくいんもんせんきしん)の法名を持つ権大僧都(ごんのだいそうず)という位の高い僧侶でありながら、お経を読むよりも吉原の廓(さと)に入り浸って河東節(かとうぶし)を歌い、鼓や尺八や三味線を鳴らす日のほうが多い人でもあるのだ。

本当は何がなさりたいのだろうか。いや、何がなさりたかったのだろうか、と問うのは野暮、というより問うてはならないことであろう。

本来なら大名になられたはずのお方が、何かの間違いでふわふわと浮世に漂いだして、落ち着きどころをなくしたようにも見えた。

酒井本家からの付け人もあり、またいつも取り巻きを大勢引き連れてあちこちへ出歩く抱一上人が、ここへはよく独りで現れる。それは去年の暮れに紙洗橋を渡ったすぐ先に引っ越して来られたからで、その転居には善四郎がひと役を買ったのだった。

　酒井家の御曹司は若い頃から吉原に入り浸りながら、どんなに遅くなっても妓楼に寝泊まりする流連（いつづけ）だけは決してしなかったらしい。それは名門の武家として当然の嗜（たしな）みだったが、出家後も頑なに流連を拒むのはご本人の気質によるのだろう。泊まれば嫌でも妓楼の朝を見るはめになる。しらじらと夜が明ける中で、化粧がはがれていぎたなく眠りこける花魁や、昨夜（ゆうべ）のご馳走を食べ残したお膳が山と積まれた廊下。そうした綺麗な錦の裏のもつれ合った糸のような光景がまた吉原の面白さだとする通人もある一方で、御曹司はあくまで綺麗な絵は綺麗なままで見たいという気持ちが強いのではないか。

　かくして大っぴらに通えるようになった出家の後は、通いやすい住みかを求めて引っ越しを繰り返していた。去年は浅草弁天山の池畔に移り住んだが、そこは湿気と寒気が耐え難いとこぼすのを聞いて、善四郎がたまたま見つけた近所の空き屋敷に年内の再転居を勧めたのである。

　以来、抱一上人は福田屋に足繁く通い、善四郎もまた自らたびたび料理の出前をしたりする。むろん大概はこちらの招待や付け届けとしてお勘定は催促せず、その代わりに上人お得意の絵を頂戴したりしている。

吉原通いと狂歌によって若い頃から町人の間でよく知られた酒井の若殿は、出家後にその書画の人気が高まり、近頃は画業にめっぽう打ち込んで専念するように見受けられた。極彩色の絵を描くには上質の顔料や絵絹、料紙も要る。いかに大名家の御曹司だったとはいえ、今は一介の僧侶の身で、画業の道楽が嵩む上に毎晩の吉原通いではとても身代が保たないはずだが、画才を尊ぶ富裕な商家の後押しもあるらしく、さほど不自由をしている様子には見えない。華麗な色遣いの絵がもたらす印象だろうか。今の脱俗に略した身なりでも、洲崎の升屋で目にした派手な衣裳をまとう雰囲気が失せてはいなかった。

善四郎は洲崎や王子で思いがけない出会いをして、上品な見かけによらぬせかせかした口調や、絵を描く人とも思えぬ落ち着きのないそぶりにはもうすっかり馴れていたし、およそ僧侶らしからぬ日頃の様子もよく知っている。

あれはたしか一昨昨年の八月十三日、吉原で一、二を争う大籬の大文字楼が千束にある別荘で月見の宴を張った一夜のことだ。福田屋が仕出し料理を請け負い、善四郎自ら店の若い者を率いてそこに馳せ参じて、仕事をひと通り終えた後は宴に加わって客人との親交を深めていた。

　大文字楼は主の市兵衛が狂歌を嗜んで加保茶元成の狂名を持つ吉原きっての文人だけに、大勢の名士がそこに集って、その中に抱一上人の姿もあった。宴たけなわとなる頃には、

「お上人様は何処へおいでになった？」

「ああ、さっきまでここにおられたが、今は向こうでお騒ぎかしらん」

　などというやりとりが抱一上人の周りでは付きものだが、その夜は珍しく独りぽつねんと縁側寄りに腰を下ろして、傍の柱に背をもたせかける恰好で月に見惚れるような面もちだった。

　しかし目線の先にあるのは月ならず、雪をも欺く玉の肌をした玲瓏たる美人。大文字屋抱えの遊女、賀川である。

　月光の下に佇むまだ初々しい花魁が黒の裲襠から緋鹿子の内着を覗かせて、願掛けでもするようにじっと夜空を仰ぎ見る姿は一幅の絵軸にでもなるようだったが、それを見るのはもはや絵を描く人にあらず、まさしく恋する男の目であった。

ふたりの姿は座敷の賑わいとかけ離れた静寂に包まれ、夜の帷にすっぽりと覆われているようだったが、善四郎がそこから目を離せなくなったのはいささか意外に過ぎたせいであろう。

抱一上人はただの遊蕩児ではない、一本すじの通った遊人なのだ。花魁のほうから逆に傍惚れされるほどの美男子なのに、馴染みの妓を身請けしたという話はなかったし、ましてやどこかの姫を顔も見ないで娶るという真似は潔しとしないまま、出家を遂げたと聞いている。女とは肌を交えて折々に心を通わすことがあるにしても、心を後に残さぬのが風流の道。妻帯するのはそれこそ野暮の極みと決め込んだ、いわゆる「色好み」の人なのだと善四郎は思い込んでいたのである。

男心はさまざまとはいえ、しかし、これぞと思う女はやはり独り占めをしたくなるはずだ。上人は今までそれほどの女に巡り会えなかったのだろう、と善四郎は独り合点した。さらには、いくら風流の道でも年を取ればだんだん独り身が淋しくなるだろうに、と勝手に気の毒がっていたのも根っからの性分である。

こちらの視線に気づいた上人がくるりと振り返って「何か用か」と問われた時はどぎまぎした。が、その場を見てしまった者として、そこで何かいわなくてはいけない気持ちにかられたのもまた性分であろう。

「お上人様は、あの賀川を、いたくお気に召したご様子で」

と水を向けたら逆にこちらが狼狽えるほどの動揺を見せられて、以来、何かと話し相手になっているうちに、ご近所へ引っ越して来られたというわけである。

四十路も早や半ばを過ぎた上人が、こと賀川の話になるとまるで初心な男のように照れるのは愉快でならず、ふたりになるとついそれでからかってしまうのだが、今日はさすがにそんな余裕はない。初めての卓袱料理を出すに当たって、思えばこれほど怖い相手はないのであった。

初披露の卓袱料理はあまり手が込まないさっぱりした仕立てにしたつもりだ。料理は手が込まなければ却って素材に手を抜くことが許されなくなる。酒井雅楽頭家の御曹司は領国の姫路に赴いて、西海の佳魚を口にしている。それだけに鮮魚へのこだわりも強いからゆめゆめ油断がならなかった。

正月の頃だったか、三浦から運ばれて来たばかりの平目を魚河岸で活け締めにしてもらって持ち帰り、夕方になっていざ調理に取りかかろうとしたら、脂が総身にまわって袋のように膨れあがっていた。その時たまたま厨を覗いた上人が目を留めて、「その奇っ怪な代物は何じゃ」と問われた時は肝を冷やした。

脂がのった平目もそんなふうになれば、もはや膾や刺身にはできない。だが煮付けにすると新鮮な魚より脂で却って甘みが増し、蕩けるような味わいが舌を喜ばせるのだから料理は面白い。

それにしても脂がのったといえば、三年前の長旅で播磨灘の鯛を口にしている善四郎は、抱一上人の顔を見るたびに、ああした鯛は江戸前の海に得がたいことを弁解しなくてはならなかった。

江戸では時に鯛よりも珍重される初鰹がある。去年の四月はそれを丸ごと一本二両で買って、活け締めにしたのを魚置場で見てもらったら、

「背の青みが何ともいえず清々しい。腰越沖で漁れたと聞けば、まさしく鎌倉山の色が滲んだようじゃのう」

と、いかにも絵を描く人らしい賞め言葉が嬉しかった。

料理人の清六は久々に腕の振るい甲斐がありそうに手早く捌いた。節卸しをしてからしばらく寝かせて仕上げた刺身は見るからに旨そうだった。

ところが上人はひと切れ口に運ぶとすぐに箸を置き、例のせっかちな口調でこう

いったのだ。

「料理人をすぐここへ呼んでくれ。いうて聞かせたいことがある」

　善四郎はすっかり狼狽えてあれやこれやと想いまわした。清六に限ってまさかとは思うが、ひょっとしたら包丁の入れ方がざつだったのだろうか。あるいは刺身にするにはひと晩くらい寝かせたほうがもっと柔らかく食べられたのだろうか。それとも見た目や値段のわりには脂がのっていなかったのか……。

　善四郎が狼狽えたくらいだから、座敷に呼びつけられた清六は生きた心地もしなかったのだろう。膝を突いたまま敷居を越すと、顔を畳に突っ伏して身じろぎもしなかった。

　上人は澄ました顔で早口にいった。

「そなた、包丁を研ぎはせなんだか？」

「へ、へい。捌いた時に出刃が刃こぼれしたもんで、そいつと合わせて刺身包丁も切れ味がいいようにと……」

「そうであろう。道理で刺身に鉄気（かなけ）ならぬ、砥（と）の気（け）があった」

「ははあ、誠に申しわけないことでございました」

との詫び言は清六よりも早く善四郎の口から飛びだしていた。

「砥石の臭みは水でさっと洗ったくらいでは落ちぬ。研いだ包丁を井戸にひと晩吊し置くくらいの気遣いは致すがよい」

そう諭されて、善四郎はこの相手の、包丁よりも研ぎ澄まされた五感の鋭さを心に刻みつけたのだった。

こうして初の卓袱料理をお披露目する相手としては怖いというばかりでなく、今日ここに迎える四人の中では生まれ育ちも卓越した賓客である抱一上人だが、それでいてその手の心遣いは一切しなくても済む気さくな人柄で、誰よりも先に現れて席に落ち着くと、人待ち顔に襖を眺めやり、それがスーッと開くや完爾（にっこり）とした。

「ああ、また先を越されましたか。若輩の身共（みども）のほうが早く参るはずなれど、お上人には勝てませんのう」

大らかな声と体軀（たいく）の持ち主が速やかに座敷へ入って来た。この相手も善四郎より年上ながら、あたりを払うような瑞々（みずみず）しい英気に溢れている。毛足の長い眉の下に奥まった眼が収まり、口角の下がったやや受け唇（くち）の顔は神妙かつ控えめな性分を窺（うかが）わせるが、総身には何やら不遜なまでの覇気が潜むようでもあった。

「拙僧がそなたに勝てるのは、ここに早く来るくらいのことであろう。下谷から参るよりは近いでのう」

　と抱一上人は笑って相手の顔を仰ぎ見ている。

「所詮わが絵なぞは手遊びに過ぎん。梅の枝ひとつ描いても、あれはやはり絵師の絵だ」

　善四郎は以前この男がそんなふうに上人から評されたのを聞いた覚えがある。単に謙譲の美辞かと思いきや、後に続く言葉は素直に礼讃としか受け取れなかった。

「今の世にあれほど修業を怠らぬ者は珍しい。和漢の書画に精通して、あらゆる技を会得しておる。諸国を踏破して津々浦々の絶景を眼中に収め、もはや描けぬものとてなかろう。あれぞ絵師の中の絵師じゃ」

　そこまで強く讃美された相手が、実はいまだ正式には絵師と呼ばれる身分ではなかった。江戸で絵師と呼ばれるのは狩野派、土佐派の奥絵師を始めとする将軍家大名家お抱えの御用絵師に限られる。それらは剃髪をして黒紗の十徳を身に着けているのがふつうだが、今ここに現れた男は羽織袴のごく尋常な武士の装いである。

谷文五郎というのが通称ながら、今はもう文晁という雅号のほうが通りが良くて、下谷の自宅に構えた写山楼（しゃざんろう）と称する画塾には大勢の門弟を抱えていた。

その一方で父祖の代から徳川御三卿（ごさんきょう）の筆頭田安（たやす）家の臣下であり、田安家出身の松平定信に近習（きんじゅ）として仕え、諸国の寺社に眠る書画や什器（じゅうき）の宝物を掘り起こして模写する作業にも当たった。

画才を見いだされてその命を受け、諸国を遊歴し、数々の宝物の模写を試みた貴重な経験が谷文晁の今日をあらしめたのは間違いなく、この男にとって白河侯松平定信はまさに恩人であろう。

しかしながらその白河侯は、今日ここに集う他の三人には余りいい想い出がない人物であるのも善四郎は承知していた。

　世の中に蚊ほどうるさきものはなし
　　文武（ぶんぶ）といひて夜も寝られず

文武奨励を始めとする白河侯の謹厳廉直な政道を皮肉った右の落首（らくしゅ）が巷（ちまた）で持てはやされた当時、作者に擬せられた大田南畝先生は身の縮む思いだったのではなかろうか。何しろ先生は田沼の側近で死罪に処された勘定組頭の土山某と親交があったのだった。

南畝先生は、抱一上人が出家したきっかけもまた白河侯にあるような話を聞かせてくれた。

「あの方の出家はどうも自ら望んだわけではないそうだ。白河侯の政道に何やら文句をつけるような訴状を書かれたので、酒井家の安泰を図る家来からむりやり出家に追い込まれたらしい。折しも当主の兄君が急逝され、後ろ盾を喪って逆らえなかったのだと、まことしやかに噂する向きもある」

不本意な出家。大名家からの放逐。それがなければぬくぬくした御殿の中で一生を過ごされたのかもしれない。山谷堀の冷たい川風にさらされた古屋敷で絵筆を取る抱一上人を目にすると、善四郎はついそんなふうに同情した見方をする一方で、堅苦しい大名家の暮らしから解き放たれて市井で存分に戯れ遊び、好きな絵の道だけに打ち込めるのだから、それはそれでこの方には良かったのだろうと思い直すのだった。

むしろ、いまだに幕府の下役に甘んじて出仕する南畝先生や、白河侯の家来として仕える文晁先生のほうが、何かと窮屈でお気の毒ではないか。

しかし最も気の毒な目に遭われたのは、何といっても一番遅れてここに現れた最後の客人であろう。襖が開いた途端に酒の香がぷんとして、姿が見えなくてもその人とわからせた。

「下戸のそれがしは、先生と席を並べただけで、もう酔うてしまいます」

と意外にも酒が全く飲めない抱一上人はよくいうのである。

抱一上人のことは別号で屠龍公と呼び、もうひとりを文晁君と呼ぶ南畝先生が、四人の中で最後に現れた人物だけは、自分より年下でも敬意を込めて、鵬斎先生と呼んでいた。

「世の中には偉い先生がおいでになるんだねえ」

と死んだ親父がいうのを聞いて、善四郎も亀田鵬斎先生の名は若い頃から知っている。天明の飢饉の折に膨大な蔵書を売却して施粥をしたという美談は、当時町人の間で知らぬ者がなかった。それほど名高い儒学者を酒浸りにさせたのもまた白河侯なのである。

孔子や孟子の教典を、さまざまな学説を踏まえた上で諸説を取捨選択し、それらを折衷して解釈するのが鵬斎の教え方であり、その自己裁量を重んじた自由な解釈は白河侯に「異学」の最たるものと断じられた。当然ながら鵬斎は大打撃を被って、多くの学者が幕府公認の朱子学への転向を余儀なくされた後にも、独り断固として自説を曲げなかったため、ついには私塾が閉鎖に追い込まれて、たちまち貧窮のどん底に落ちたのである。ただし、そうした筋の通し方が町人の間ではさらなる人気を呼んで、揮毫を求める人びとが相次いだから、その謝礼で暮らしだけは十分成り立つようになったらしい。

　とはいえ儒学者としての立場は完全に喪われ、門弟がひとり去り、ふたり去りする中で世の無常を儚み、人心の頼みがたさに絶望したのが痛飲の始まりだったのだろう。今では自宅の台所に大きな酒樽が据えられて、朝から柄杓で飲みだし、片時も酔いの醒める隙がないという話だから、ここの座敷にも一斗樽がちゃんと用意してあった。

　額が秀でて鼻柱が太い、いかにも不羈なる人相をした鵬斎を初めて見た時、善四郎は何やらおっかなくて仕方がなかった。それは親父から「偉い先生」だといわれたのがずっと胸に残っていたせいだろうか。あるいは常に酔眼で熟柿臭い息になった今でも、千人を相手に講義をするような、朗々とした声に圧倒されてしまったのかもしれない。

「仏の教えによれば、この世は仮の世に過ぎんそうだが、俺にわかるのはこの世ばかりだ。あの世はあるともいえんし、無いともいえん。ただ無いものをあてにしたらつまらんとはいえる。人はこの世を誰しも自力で生きて、時が来れば死ぬしかないのだ」

といわれた時は声の大きさに増して耳に痛く響いた。

善四郎は何かと困った時の神頼みが欠かせない。毎朝神棚に向かって今日の無事を願い、女房がお産の時は先祖の仏壇にも手を合わせた。いつも福田屋の商売繁盛や来世の安楽を望んで方々の寺社へ参詣している。

いかに不本意な一生でも、この世が一度きりの人生だと覚悟して死ねるのは、よほど心の強い人に違いない。鵬斎先生は自分のように無学な弱虫とは所詮縁がない方なのだろう。だが、その強い言葉とは裏腹に、先生にも酒にすがる弱さがあるからこそ、話せる人のような気もした。

鵬斎の一番の飲み仲間は文晁で、片や白河侯に人生を狂わされた男、片や白河侯の身近に仕える男がふたり寄れば、ひと晩で四斗樽は空にする勢いだというから面白い。

　これに下戸の抱一上人も加わって、三人はよほど馬が合うのか、近頃は花見や月見、川遊びや野遊び、茶会、書画会、俳諧連歌の会といったさまざまな催しに出かけるのも常に三人いっしょだから、いつしか「三幅対」と呼ばれだしている。

　下戸がひとり混じっても、三幅対には常に陽気な酒盛りが付きものだった。この身分も立場も違うどころか、敵同士といってもおかしくない三人が仲良く飲み喰いする姿を見ていると、善四郎はかつて南畝先生から「この世の憂さを晴らすには美酒に酔いしれ、旨い料理を味わうのが一番だ」といわれたのを想い出す。つまりうちはこの世の憂さ晴らしをする場所なのだ。

　例の洪水やら打ち壊しの騒動でお先まっ暗だった頃に、善四郎は親父から料理屋なんぞ所詮は江戸という大鍋に湧いたアクのごとき、吹けば飛ぶような稼業だといわれた。けれど南畝先生にいわれたことに力を得て、少しはこの稼業にも誇りが持てるようになったのである。

　ともあれ四人いずれも甲乙つけがたい人びとには円い卓袱台を囲んだ宴がお似合

いで、今日は長老格の南畝先生に勧められて、長崎の赤い葡萄酒も唐物屋から取り寄せた。先生はそれを玻璃のコップに注がせて、ちびちび舐めながら箸を取っている。

「いかがでございましょう？　初めての卓袱料理だけに、心もとなく存じますが」と思いきって声をかければ、相手は円らな眼をきょろりとこちらに向けて薄く微笑った。

「江戸の卓袱なら、まあ、こんなところだろう。百川も似たようなもんだ」

善四郎も百川のは口にしているが、決してその通りに真似たわけではなかった。ただ料理の技法や季節の食材は自ずと限られるから、期せずして同じような献立になるのは避けられない。

「長崎のはまるで違うのでございますか？」

「ああ。だが清国人の披露する本場の唐料理が口に合うとは限らん。豚を揚げるだの、牛を煮るだのばかりでは胃の腑がでんぐり返る。ただ揚げてから煮る唐煮というのは実に旨かった。青菜を胡麻油で炒りつけた味わいが忘れがたい。油もひとつの味わいとするのが唐料理の心得だと感心した」

南畝先生の話は相変わらず聞いてためになった。が、こちらもそれなりに用意して工夫した卓袱料理を「まあ、こんなとこだろう」と片づけられたら、善四郎もさすがに落胆の色は隠せない。その顔色を見て取ったかのように、差し向かいに座った男が箸を置いた。

「われらも若い時分に唐絵を学ぼうと長崎へ渡った覚えがあるが、そもそも唐と日本とはおよそ国土や風土が大きく違う。画法は習っても、絵を真似ることはないとみました」

と谷文晁はいうのだった。

「絵はやはりわが目で見た景色を写しだすのが肝要。富士の山は唐絵にも見られぬ日本ならではの佳境なれば、画法を究(きわ)めるには一番よろしいかと存ずる」

料理もまた唐風の技法を習って、そこに日本の食材を使えば、料理の幅がぐんと広がって味の深みも増すのではないか。善四郎は長崎という土地に、自分も一度は足を運んでみたい気持ちが、今むくむくと脹(ふく)れあがるのを感じた。

「唐風を学ぶのもよいが、本朝(ほんちょう)が生みだした技法も忘れてはなるまい」

抱一上人がぼそっと呟いて、善四郎はそれをうっかり料理の話に受け取るところだった。

「また光琳の話でございますか」

と文晁はいう。

「お上人は、光琳にぞっこんですなあ」

少し冷やかすようないい方にも聞こえたが、抱一上人は気にすることなく存外まじめな顔で応じた。

「亡兄の茶会で掛けた軸絵が光琳の見初めじゃった。次に上屋敷の納戸で眠る屏風絵を目にして本気で惚れた、なぞと申しては畏れ多い。ご存命なら弟子入りを願うた方であろう。これまで唐倭の絵をあまた目にして、何方の絵よりもその技に学ぶところが大きい。いささかなりとも技の流れを汲んで、しかも僧侶の身としては、そろそろ百年忌の節目に会うのも何かのご縁と存じ、その節には自ら法要を営むつもりじゃ」

いつも通りの早口ながら、色白の頬にうっすら赤みが差すほどの熱を込めた抱一上人の話しぶりを、善四郎は神妙な面もちで聞いていた。

光琳と聞いて善四郎の目に浮かぶのはまず古風な着物の柄だ。光琳菊や光琳梅、光琳松といった光琳模様は知っていても、それを生みだした絵師のことにまで想いが及ばなかったのは、善四郎が尾形光琳の絵の実物を目にする機会なぞまるでなかったからである。片や抱一上人がその絵を目にしているのは、光琳が京から江戸に下った折に酒井家が扶持（ふち）を与えて庇護した経緯によるものだった。

　それにしても抱一上人がこれほど真剣な面もちで話すのは初めて見た気がして、善四郎は上人を夢中にさせた光琳の絵なるものにふしぎな思いを抱（いだ）いた。それは憧れのようでもあり、また何やらかすかに妬（ねた）ましいような気持ちですらあった。百年も前に亡くなった人が、今も抱一上人の心を虜（とりこ）にしているのは、その絵が残っていたからにほかならなかった。

　料理はどれほどの技法を駆使し、さまざまな工夫を凝らしても、人の口の中でたちまち消え失せ、食べたその人の心にすらそう長くは留まってくれそうにない。絵は百年後の人に残せても、料理は決して後に残せないと思えば、自ずと虚（むな）しいような、淋しい気持ちにもなる。それがまた顔に出たものか、向かい側に座った男が再びこちらを気遣うような声を聞かせた。

「ああ、ここの蒲鉾（かまぼこ）はいつ喰うても旨い。ふうわりとした歯ざわりが、よそとはやはり格別で忘れがたい味だのう」

　善四郎は嬉しさで声がうわずった。

「はい、はい、それは他店様のように烏賊は入れずに、鯛の片身だけを擂鉢でよくすりまして、卵の白身をほんの少しに、煮返した味醂酒を冷ましてから入れて塩梅を致しました。味醂酒は選りに選ったものを使い、すり方も念入りにしておりまして、白身の混ぜ方や塩加減にもそれなりのコツが」

　蒲鉾の製法をいっきにしゃべった善四郎は、四人の呆れたような目と合って、首をすくめている。雑魚の大魚交じりとはまさにこのことだと思い、恐縮しきりだ。

「呉須の皿と赤絵皿では料理の見え方も違う。蕨は赤絵でよいが、炒り豆腐は呉須のほうが似合いそうじゃ。炒り卵と取り替えるがよい。赤絵なら木耳は要らぬことじゃ。盛りつけには、もうひと工夫が要りそうじゃのう」

　抱一上人は相変わらずの難しい注文で、善四郎はさらに畏まって面を伏せた。

「ははあ。お上人様がお描きになられた絵を拝見して、色遣いを学びとう存じまする」

「思えば料理にも何かと工夫があんだろうが、こっちゃあんまり気にもせず、ただ飲み喰いするばかりさ」

　と南畝先生はわざとのように伝法な口調を挟んだ。

「ただ今日はさすがに卓袱らしい器を揃えて、油を使った料理が多いくらいはわかる。新たに道具を何かと取り寄せたのは大儀であった」

　ようやくねぎらいらしい言葉が聞けて、善四郎はひと安堵したせいか気が弛んで口も弛んだ。

「ああ、はい。色々と聞き合わせて取り寄せましたが、当初はベイシやタンスウといわれても何のことだかさっぱり見当もつかず、それが小皿や散り蓮華をいうのだと知って、ほっとしたような次第でして」

　また余計なおしゃべりが出たところで、

「馬鹿者めがっ。形にばかり囚われおって」

　鵬斎先生がドンと大雷声を落としたから腰を抜かしそうになった。

　相手は赤くなった酔眼をまっすぐこちらの顔に向けている。善四郎はまさか頭ごなしに叱られるとは思いも寄らなかったが、先生はいくら酒に酔っても無学な町人にからんでくだを巻くような人物ではない。

「よいか、断じて形にこだわるな。おぬしはまず、この店の味にこだわれ」

「は、はい。心して、肝に銘じまする」

「口先だけでは何にもならんぞ。世に流布する形に倣って、自らをその形に嵌め込むのは容易いことだ。皆がそうして世渡りをする」

その厳しい声は深い絶望の溜息に引き継がれた。

「しかし、そういうことでは決して己れの道を見いだせんのだ」

鵬斎先生の注文は誰よりも厳しかった。そして誰の言葉よりも深く善四郎のはらわたに浸み込んでいた。

「よいか、この世で一番大切なのは、己れの形を自らで見つけることだ。卓袱料理だとて器は常の皿や丼で一向に構わん。ことさらに唐めきた調味にせんでもよかろう。おぬしは、おぬしの舌が旨いと信ずる味を求めて、一生それを究めるがよい。そうでなくては、おぬしがこの世に生まれた証はないものと思え」

「この世に生まれた証……でございますか……」

作るそばから人の口に消え去る料理を用意してきた身にとって、この世に生まれた証を残すというのは、今まで考えてもみなかった人のありようだった。

思えば鵬斎先生は、いや抱一上人も、南畝先生も文晁先生も、今ここにいる四人はいずれも書画や文筆に打ち込んで、この世に生まれた証を残すことになるのだろう。

善四郎は最初（はな）からそのお仲間には加われない気持ちがあったので、改めて四人との垣根を思い知らされたように沈黙せざるを得なかった。四人はしだいに箸よりも盃を取る数を増やしながら談論風発とし、もはや耳をかすめもしない難解な話柄が善四郎の立ち入りを拒んだ。

そっと座敷を抜けだすと、さすがに気疲れが一度に出たようで、二階から降りる足音も蹌踉（そうろう）として聞こえたせいか、繁蔵（しげぞう）が心配そうにこちらを見ている。

「ああ、すまねえ。すっかり厨を留守にしちまったなあ」

善四郎が笑いかけると、

「そんなことより、さっき坊が駈け降りて来て、お父つぁんがきつう叱られてなさると聞いたんで案じておりやした」

「ハハハ、別に何もそんな大げさな話じゃねえのさ」

さすがに跡継ぎの倅に挨拶をさせるどころではなかったが、善四郎はそれでも四人から含蓄に富んだ話が何かと聞けて大いに満足をしていた。そこらあたりの気持ちは、包丁一本で世渡りをする繁蔵にはわからせようがないのだ。

「あれだけ苦労をしなすった卓袱料理で叱られたんじゃ割に合わねえや。ねえ旦那、あの先生方とのお付き合いはもうほどほどになすっといちゃ如何(いかが)です。気くたびれは万病の元ですぜ」

　相手は幼馴染みとして善四郎の身を案じてもいるようだったが、雇い人としては主人の気持ちがだんだん自分の手の届かぬところへ行ってしまいそうな不安もあるに違いなかった。

「近頃の旦那は遠い雲の上のお人になられたようで、わっちゃ何だか淋しいねえ」

　繁蔵にそうまでいわれると、善四郎も少し考え直さなくてはいけない気がしたのである。

*

世評を耳に入れ、売上帳を目にしても、福田屋を江戸一の料理茶屋にする望みは着々と叶いつつあった。が、それでまた新たな荷を背負い込むことになり、気ぜわしくなる一方だろう。結句、先頭を歩けばどこまで行っても落ち着いて休める場所がないのは、人の道中の常かもしれない。

二度も東海道を旅した善四郎は、道中で足を速めるよりも却って弛めるほうが難しいのを肌で知っている。むろん、どんな旅も途中で引き返すわけにはいかないのである。

店の建て替え以来、家人は増える一方で、ただ一昨年は親父の大往生を機に源治(げんじ)がとうとう店を離れた。厨を取り仕切るのは今や繁蔵で、清六が二枚看板で腕を振るい、見習いの若い者は五人もいる。下働きや配膳の男衆(おとこし)と仲居を併(あわ)せたらそれより大人数だから、店はまた窮屈になったくらいだ。

家人がこれだけ増えても内向きの細かな差配は女房のお栄に任せ、お徳がそれをしっかりと手助けしてくれている。思えばお徳はお袋の時と同様に、親父の晩年もよく世話をしてくれたのだった。

この家で生まれた娘のように育てられたお徳も、正法寺の境内で拾われた年から数えて今年はもう二十二。親父が亡くなる前に慌てて祝言(しゅうげん)も挙げたのに、まだ店を手伝っているのはそれなりの理由があった。

東海道中のタビヅレ愛宕屋万次郎がうちによく出入りするのは喰い気の一点張りだと思い込んでいたら、

「なあ、兄さん、お徳ちゃんをおいらの嫁にくんなせえよ。もちろん当人も承知だぜ」

だしぬけにそういわれた時は呆れて返事もできず、一体いつちょっかいを出したものやら、遠くて近い男女の仲はつくづく油断がならないと思われた。

お徳は色白で目鼻立ちのくっきりした美人だし、おまけに気立てが良くて心根もやさしいのだから女としては申し分がない。万次郎も男だから惚れるのは当然として、女のほうには改めて念を押したい気持ちがあった。お前は本当にあんな男でいいのか、と。

相手は地代と家賃で暮らす不自由のない身にせよ、何しろお徳より十五も年上で、喰うだけ喰って肥え太った汗っかきなのである。

「万次郎さんは、嫁いでからも福田屋の手伝いをしていいといってくださるし、兄さんにとっても愛宕屋はいい後ろ盾になるんじゃないかと思って」

お徳からそういわれて、善四郎はますます心配になった。相手はいつの間にか出生の秘密を嗅ぎとって、うちにずっと義理立てをしてきたのではないかという気がした。こちらもまた年頃の娘をいいように使って、真剣に縁談を探してこなかったのが悔やまれた。

決して無理して嫁ぐことがないように、善四郎はさんざん止めたつもりだった。そうしたら相手は羞じらいぎみに微笑ってこんなふうに応じたものだ。

「あの人は兄さんより気性も心根もずっとやさしいんですよ。あたしのことをまるで弁天様を拝むように、そりゃァ大切にしてくれます。あたしのほうだって、あの大黒様みたようなお腹を見たら、どんなに疲れた時でも気が晴れる。本当にお互い好き合って嫁ぐんだから、兄さんは余計な心配をなさらないで下さいましな」

それを聞いて、男女はやはり合縁奇縁という言葉がぴったり来るような気がしたのである。

祝言の支度は思った通り嫂のお栄がもっぱら親身に世話を焼いて、善四郎が出る幕はほとんどなかった。

お栄がうちに嫁いで来た時からふたりは実の姉妹のように親しくして、今のところまずそんなことは起こりそうもないが、もし夫婦喧嘩(げんか)にでもなったら、お徳は断然お栄の肩を持つに違いない。

　近頃は店を女房任せで外へしょっちゅう出歩く兄に、お徳は少しも容赦がなかった。

「嫂(あね)さんの気持ちも、ちったあ考えてくださいな。昨夜(ゆんべ)だって店仕舞いして繁蔵と清六が帰っちまってから、後片づけをする若い連中がちょっとしたことで揉めはじめて、一時はもう大変な騒ぎだったんですよ。若いのがかあっとなったら、何せ包丁という刃物が沢山ある家(うち)なんだから、もう気が気じゃない。すぐにうちの夫(ひと)を呼んで来て、何とか収めてもらいましたが、あたしだっていつもここに長居はできないんだからねえ」

　と、えらい剣幕で詰め寄られたことがある。ところが、そんな騒動が起きたのをお栄は何も報(しら)せてくれなかったのだ。

　とにかくお栄は控えめすぎる性分なだけで、見かけはおとなしそうでも、芯は存外しっかりしている。だからここまで大きくなった家の切り盛りを任せておけるのだった。

ふたりの倅は前より手が離れた一方で、今は店の若い者に何かとお袋代わりの世話をしている。とはいえ子供がふたりもできた夫には、ふしぎとまだどこか気が置けるのか、いわない話がよくあって、それはもう性分と諦めるしかないのかもしれなかった。

歳の離れた遠縁の娘を娶ったせいか、最初からお互い夫婦というより兄妹のような気持ちでいて、今日までやってきたが、それだとやはりどこかまずかったのかと不安にもなる。女房に余りずうずうしくなられるのは困るけれど、十年以上も共に暮らしてまだ気が置けるようだとすれば、そこに隙間風が吹き込んでもおかしくはない。

「旦那、また吉原（なか）へお出かけですかい」

と繁蔵がなじるようないい方をするが、お栄は今宵（こよい）もこちらが勝手口から出て行くのをただ黙っておとなしく見送るのみだ。

「今宵はまた先生方のお供だが、仕方がねえ、これも仕事のうちだ」

と先ほどは自分でもしらじらしく聞こえるような言い訳をして、相手は淋しげな笑顔で切り火を打ってくれたのだった。

このところ善四郎の吉原通いが度重なるのは半ば抱一上人のお付き合いだが、本当はそれだけでもなかった。

一昨昨年の八月十三夜、大文字楼の別荘で催された月見の宴で、抱一上人は賀川という花魁を見初めた。その折は他の花魁や女芸者らも大勢繰りだして座を賑わせていた。

縁先で佇む賀川を抱一上人が見惚れるのに気づいたのは善四郎ばかりではない。その場で一瞬お互いに目が合って、にやっとこちらに笑いかけたのは女芸者の富吉だ。女芸者はとかく気がまわって取り持ちをよくしたがるが、富吉はたまたま目が合った善四郎にも、その後のふたりの様子を何かと話してくれた。以来、吉原に行けば向こうから寄って来て、ふたりの間で起きた痴話喧嘩まで逐一告げるのだった。

恋の取り持ちはしても、花魁の商売敵になってはまずいので、吉原芸者はそこいらの素人よりもずっと身持ちが堅いという評判だ。富吉も意外に堅気な暮らしをする様子は、言葉の端々やちょっとしたしぐさからも窺えた。

善四郎はその晩、何かの拍子で触れた手をさっと払いのけられ、

「お前さん、存外うぶなんだねえ」

呆れたように笑って、富吉の顔が赤らむのを見ながらハッとした。ふしぎなほど誰かと似ている気がしたのである。

やや頬骨が張って、澄ました美人顔というのではなく、眼が円らで愛嬌があった。何よりも下唇の脇にぽつんと見えるほくろが、あの懐かしい娘を想い出させた。

千満があれからどうなったのか、今もまだ大奥にいるのかどうかすら善四郎は知らなかったし、そう気にしてもいなかった。いくら初恋の相手であれ、再会からもすでに数年を経て、今やすっかり忘れていた女を想い出したきっかけが、他人の空似というのは面白い。が、たしかにそれで、富吉にはかつてない親しみが湧いた。図らずして互いが抱一上人の見初めを目撃したことにも、何やらご縁のようなものを感じたのだった。

富吉の話によれば、大文字楼の妓楼としての評判は女芸者の間でも高いそうだ。それも文人として知られる楼主の市兵衛にまして、お政という内儀に人望があるようだった。夫が狂歌を嗜んで加保茶元成という狂名で通るのと同様に、妻も秋風女房という狂名を廓中に轟かせている。ふだんはとても仲の良い夫婦なのだが、時に夫が浮気をして妻の詠んだ狂歌は斯(か)くの通り。

　荒磯の波なみならぬ言ひ訳は
　　よその見る目も気の毒ぞかし

夫を厳しく責め立てる一方で、その言い訳をみごとに茶化してしまった度量は女としてあっぱれだと、狂歌の師匠南畝先生も手放しで賞めている。

利口で度量があって肝の据わった女は、女からも慕われやすいのだろう。大文字楼の内儀は抱えの遊女らをみごとに束ねており、遊女らのほうもよく知恵がまわって芸事に長(た)けた者が多いのだという。

数ある大籬の中でも富吉がとりわけ大文字楼によく出入りするのもまた、友は類を以(もっ)て集まるといったところなのかもしれない。

「遊女といえど、言葉敵(ことばがたき)になれぬようでは話をするにも張り合いがない。そこへ行くと若(わこ)うても賀川はさすがに大文字楼の花魁じゃ。何を訊いても当意即妙の返事をする。時にはそれがしをやり込めるから愉快(ゆかい)でならん」

と抱一上人から惚気話（のろけばなし）を聞かされた時は多少ばかばかしいような気もしたが、善四郎は自分でも富吉を相手にしていて同様の思いを抱く時が少なからずあった。

富吉はその抱一上人にも遠慮がなかった。

「あなた様はいつもそんなに慌ただしく飛びまわっていなんすに、よくぞまあ腰を落ち着けて絵なんぞお描きになれるもんじゃ」

平気でそんなことをいうが、決して人を怒らせない独特の愛嬌が、声や表情にあった。

吉原では男芸者と呼ばれる幇間（ほうかん）の数よりも今や女芸者のほうが勝りつつあるから、富吉らは日々互いに鎬（しのぎ）を削り合うのだろう。片や善四郎は誰彼なしに福田屋（うち）の評判を高めてほしいという気持ちがあるので、勢い多くの芸者と愛想良く話しているのが、富吉は近頃だんだん気に喰わなくなってきたらしい。

「お前さんのほうが愛想を振りまくなあ、どうかしてるよ。男芸者のようで、みっともねえから止（よ）しにしねえな」

と酔った勢いで突っかかってきたこともある。それが商売敵に対する牽制（けんせい）なのか、女の嫉妬によるものかは当人にもわからなかっただろうが、善四郎のほうはだんだんと後者を望むような気持ちになっていった。

さりとて廓の中で女芸者を口説くといった、ご法度破りをする気は毛頭ない。会えば互いにもうひと組の恋路を気にしている顔だ。

抱一上人と賀川が馴染みとなってすでに三年。ふつうならここらあたりでめでたく身請け話となるか、立ち消えになるかのどちらかだった。

「何しろ大文字楼でも名代の花魁だから、全盛のうちに身請けをするとしたら千両は下りますまいよ。いくら元は酒井の若様でも、今のあの方に、正直いってそれだけの甲斐性がおありなさるかねえ」

と相変わらず富吉はずけずけいって、その件では善四郎も余り甘い見通しができなかった。

抱一上人が出家するにあたっては、実家の酒井家から千石五十人扶持が給されることになった話を付け人から聞いた覚えがある。すべて金に換えるとおよそ六百五十両。捨て扶持とはいい難い年収とはいえ、付け人らの家人を養った上で家財や画材を調え、毎晩の吉原通いを賄うには決して十分すぎる額ではなかった。

ましてや全盛の花魁を身請けするだけの、富吉がいう「甲斐性」があるはずもないのは、妓楼のほうでも十分承知しながら、どうやら仲を裂くことまではしないように見受けられた。

毎晩どんなに遅くまで過ごしても廓内では決して寝泊まりしない抱一上人を、善四郎は近所に住まう縁で送り迎えすることがしばしばある。昼は昼で何かと調えた料理を自分の手で運んだりもしている。ここに来て我ながら世話焼きの性分が高じているのは、相手の育ちの良さがただ放っておけない気にさせるだけなのか、あるいはほかに何か別な理由があるのかも正直わからなくなっていた。

今日も胡桃（くるみ）味噌をかけた蒸し茄子に茗荷（みょうが）の旨煮を添えて運んで来たところで、相手は絵筆を取る真っ最中だと聞かされた。

「いつもすまんのう」

とねぎらう付け人に、善四郎は思わずぽろりといった。

「お上人様がじっくりと腰を据えて絵筆を取られるお姿も、一度は拝見しとうございますするなあ」

廓でいつも慌ただしく帰り支度をするご当人に向かって、「よくぞまあ腰を落ち

着けて絵なんぞお描きになれるもんじゃ」と富吉が揶揄したのをふと想い出したのだが、

「ならば奥に行って、お邪魔をせぬように拝見するがよい」

すんなりお許しが出たのは望外の成りゆきだったかもしれない。

夏も盛りとはいえ、猛々しいばかりの青さに繁茂した大きな欅の木陰となる奥の間は、存外に涼しい風が吹き込んでいた。縁側を背にして畳へ直に座した抱一上人は、幅一尺長さ三尺ほどの絵絹を前に筆を翳している。眉間のあたりをぐっと引き絞った顔は、夜な夜な廓で器用に三味線を弾いて聞かせる男とはまるで別人だった。独り懸崖に立つような見えない垣根を張り巡らせて、うっかり声なぞかけられない雰囲気である。

じっと息を凝らしていると、上人の手だけがだんだん大きく見えだして、今や異様に大きな手ばかりが目に映って他は何も見えない。

「来ておったのか」

低い素っ気ない声が急に飛んで来て、善四郎は肝が縮んだ。

ここには抱一上人の画業を手伝うのか、黙々と刷毛を動かして紙に礬水を引く者もいたが、余人の侵入はやはりすぐに見つかってしまったようだ。鼻や舌のみならず、むろん目も耳も研ぎ澄まされた相手を甘くみてはならなかった。

「お邪魔を致して申し訳ございません」

恐懼して首を垂れたまま後ずさりし、そっと引き揚げようとしたら、

「まあ、待て。すぐに終わる」

意外な言葉が聞けたから、善四郎は黙ってその場に腰を下ろした。

絵絹の画面全体を眺めると、どうやら蓮池が描かれているようである。

「よう見ておけ。これが光琳に習うた技じゃ」

「光琳……でございますか」

善四郎はごくりと唾を吞み込んだ。抱一上人の口から前にも出たその名を聞いて、目に浮かぶのはありふれた模様でしかない。それに習う絵の技法とは思いも寄らなかった。

淡墨にどっぷり浸けた太筆を、抱一上人はいっきに下から上へと運んだ。先端は淡墨を大きく滲ませてぼんやりした膨らみができている。すぐさま今度は細筆に持ち替えて、太筆で引いた筋がまだ生乾きなのに、そこへ重ねて濃墨を垂らした。そ

れは抱一上人らしいせっかちさのようでもあったが、その生乾きならではの滲み具合で、意外にも太い筋が生々しく息づいたのである。

　墨一色の絵が濃淡の重なりで彩絵（だみえ）のような鮮やかさを持ち、ただの太い筋がちゃんと茎に見えてきた。さらにぼんやり滲んだ膨らみには真に迫った葉脈が走って、だんだんと蓮の葉らしくなるふしぎさに見とれながら、善四郎はほうっと感嘆の吐息を洩らした。

「ああ、みごとな絵でございますなあ」

　黙っていようと思っても、つい声が出てしまうのは善四郎が若い頃からの悪い癖だ。

　画面の下のほうには蓮華の蕾（つぼみ）が描かれていた。蕾だけは胡粉（ごふん）で白く塗られて、画面の中で際立っている。

　おや、ここにも、と善四郎が見つけて思わず顔がほころんだのは、その白い蕾の下にうずくまっている石亀の絵だ。甲羅（こうら）はもとより肢先（あしさき）までも写実な描き方がなされ、顔つきまでが妙に生々しく、何やら感慨深げに遠くを望むような目をしていた。

　善四郎は以前にも抱一上人が描いた亀の絵を見た覚えがある。

抱一上人は巳年生まれだから、よく江ノ島の弁財天に参詣し、善四郎もたびたびお供をしている。そこでは切り立った崖の合間から凪いだ青海原を望みつつ、山をどんどん登って行くと奥津宮に達した。弁財天のお使いはふつう蛇だが、奥津宮に祀られた多紀理毘売命のお使いは海亀なので、抱一上人がそこに奉納した天井絵も海亀の顔を真正面から見据えた絵であった。

善四郎は初めてお供した時にその絵を見せられ、天井の下のどこに立っても亀の目がこちらを見ているようなふしぎな気がして、その八方睨みの亀がなぜか抱一上人その人に見えたのである。

唐土では龍の子で龍になれなかったのが亀の姿をしていて、それが亀趺と呼ばれる石碑台の由来だという話を南畝先生から聞いた覚えがあった。先生は抱一上人のことを屠龍公と呼んで、その号は葬られた龍という意味らしい。それやこれやが入り混じって、抱一上人が自らを亀に見立てたように思えたのかもしれない。

もっとも抱一上人の姿形は亀と似たところなど微塵もない。早口でせかせかした様子もおよそ亀からかけ離れている。にもかかわらず首を引っ込めて前肢で守りを固め、四方八方に目配りする亀の絵に、善四郎は大名となれずに世を捨てた人の心をつい重ねて見てしまったのである。

今もまた絵絹の下方に描かれた石亀の絵には描き手の心模様が透けて見えるような気がした。水に浮かんだ大きな蓮葉の上に乗る亀は、胡粉で白く艶やかに描かれた蓮華の蕾にそっと寄り添うがごとくである。

「ああ、まるでおふたりを見るような……」

独り言がうっかり大きな声になって、相手がじろりとこちらを睨んだ。善四郎はそれこそ亀のように首をすくめたが、相手もこちらの思いを見通したように、ぼそっと呟いた。

「これは盲いた亀の絵じゃ」

意外な言葉で、善四郎は首を伸ばして絵をもう一度見直した。亀の眼はしっかり明いている。もの思わしげに遠い空を望んでいるふうにしか見えない。さかんに首をかしげたら、相手はちょっと苛ついたようなしぐさで筆を置いた。

「盲亀の浮木という言葉を知らんのか」

「は、はあ、存じませんで……」

善四郎の慌てた声に、抱一上人の目が微笑った。

盲いた亀があてどなく大海を彷徨っていると、水面に浮かんで流れ漂う枯れ木にぶつかり、その木の孔から空洞に潜り込んで、幸い無事に岸へ辿り着いたという話が仏典にあるのだという。

大海とまではいかなくても、吉原の廓という大きな池を長らくそわそわと泳ぎまわっていた石亀が、たまたま這いのぼった蓮の葉の上で、今にも美しく咲かんばかりの蕾を目にして、ついにそこを離れがたくなったらしい。

蓮華の蕾が大文字楼抱えの賀川であるのは間違いない。当時はまだ新造から座敷持ちになったばかりの若い花魁だった。四十を過ぎるまでずっと独り身を通してそわそわと腰の落ち着かない日々を過ごしてきた抱一上人に、ようやくこれぞと思う相手が見つかったのは、大海で盲亀が浮木に巡り会うほどの稀な縁といえるのかもしれなかった。

「あれは女ながらにあっぱれな能書で、美しい字を書く。絵の手ほどきをしてもことのほか上達が速い。俳諧には相当な心得があるとみて、今は漢詩を習わせておる。茶の湯の点前もみごとだし、身共が河東節を歌うには、あれの三味線がなくてはならん」

と手放しに賞めちぎるほど、抱一上人はかねてより賀川の才色兼備にぞっこんの様子だったのだ。

座敷持ちになるくらいの花魁は、幼い禿（かむろ）の時から聡明な子を選んでおいて、大名の姫君にも負けぬあらゆる習い事をさせるのだと聞いている。つまり妓楼のほうもそれなりの金をかけて育てた花魁を、そう易々（やすやす）と手放すはずはなかった。

しかし賀川は並の名妓ではない。盲亀の浮木に喩（たと）えられるほど、抱一上人ほどの人が、今まで巡り会えなかった唯一無二の相手なのだ。善四郎は図らずも見た蓮池の絵からそう悟ったような気がして、以来ますますふたりの仲が気になるのだった。

「どうにかまとまるよう骨を折りてえもんだが、所詮は金が物をいう廓の習いで、俺なんざやきもきしたって始まらねえんだよなあ」

富吉には何度もそんなことをいったせいか、ある晩とうとう呆れたような溜息を聞かされた。

「ああ、お前さんはいつもそうやって他人様の恋路ばかり気になさるが、ちったァ自分の周りも見たがいいよ」

女がこっちの顔をきゅっと睨んだ目には艶（えん）があった。

善四郎は相手の気持ちを察せないわけではなかった。だが察したとわかれば、お互いがたちまち厄介なほうへ突き進むのを恐れて、その夜は空とぼけたふりで通したのである。

何しろ女芸者の富吉はおしゃべりも達者である。ああいえばこういうで人を飽きさせない。それでも黙るところはしっかり心得て、ずけずけはいうが、決して角が立たないのはよほど利口な女なのだろう。人の心をよく読んで、人一倍気遣いをするから、どんな座敷に召(よ)ばれても重宝されている。女芸者でも今や一、二を争う稼ぎ頭との評判で、その女に吉原のご法度破りをさせてはならなかった。

相手もまたそれを承知してか、すぐ気を変えたふうに手酌で盃をいっきに干した。

「あんまり過ごすんじゃねえぜ。いくら百薬の長でも毎晩の深酒は躰に毒だ」

ついまた余計なお節介が出ると、相手は口元を覆ってくすくす笑いだした。

「あたしの身を案じて下さるだけなら嬉しいんだけどねえ。お前さんは誰にだって同じようにいうんだろうから、有り難みが薄いよ」

それを聞いて善四郎は一瞬どきっとした。ただの軽口が思いのほか耳に強く響いた。

「そうか、有り難みが薄いか。そいつァまずいなあ……」

客商売に気遣いは欠かせない。饗応(きょうおう)役を務める身としては、誰にでも親切な応対を心がけて今日まで来たが、それだけでは有り難みが薄い気のする客人もあるに違いなかった。

自分だけが親切にされてこそ嬉しく思えるのは、何も男女の間柄に限った話ではあるまい。そんなふうに思われてこそ、客商売は御得意様をつなぎ止められるのではないか。福田屋にもまだまだもっと細やかな気配りが要る。

富吉のちょっとした軽口を善四郎は重く受け取って、それを有り難く感じた。しかし残念ながら、それは妻のではなかったのだ。

仲之町(なかのちょう)の引手(ひきて)茶屋(ぢゃや)、近江屋(おうみや)。善四郎は今宵もここで抱一上人のお帰りを待つはめになった。それに付き合う富吉はしばし手酌を重ねていたが、ふいに立ちあがると障子を開けて、宴のほとぼりがまだ冷めやらぬ座敷に風を通した。そのまま縁側に出て空を見あげている。

「この分だと、明日はようやっと晴れてくれそうだねえ」

「ああ、何しろここんとこずっと雨続きだったからなあ」

善四郎はぼんやり応じたが、相手は酔っても血のめぐりは確かなようだ。

「十五夜の紋日に肝腎のお月見ができないなんてなあ、吉原としちゃァ痛かったさ。おまけに明日は辰巳芸者にしてやられ、こっちゃふて寝して過ごすんだろうから、今夜はいくら飲んだって罰が当たらないよ」

さらに手酌を重ねようとする女から銚子を取りあげて、善四郎は自らの盃に注いだ。

「ああ、うちもご同様の極みさ」

たしかに明日は人出が深川方面に流れて浅草界隈は閑散とし、福田屋も恐らく開店休業のありさまだろうと思われた。

隔年に御輿渡御をする習わしだった深川富岡八幡宮の祭礼が、十二年前に喧嘩騒ぎで御停止となり、今年久々に再開が許された話は江戸中を沸き立たせた。ところが運悪く祭礼当日の十五日から激しい雨が降り続いて順延を繰り返したので、皆が待ちかねた気分を持てあまし、わが家では久五郎と定七の兄弟が「お父つぁん、愛宕屋の小父さんといっしょに見に行ってもいいかい」と早くに許しを求めただけに、えらく焦れったがって毎晩のようにぐずついたものだ。

それだけに十九日の今朝は晴れ渡った空にまたとない快哉を叫んで、廊下をバタバタと賑わしている。

愛宕屋万次郎とお徳の夫婦が迎えに来た時、善四郎は店の若い者をふたりも呼んで「どうか気ィつけてやってくんな」とお供を頼んだ。祭はとかく御輿よりも、氏子の町々が披露する山車や練物が人気を集める。深川では辰巳芸者とも羽織芸者とも呼ばれる女たちの大行列がことのほか人目を惹いて、何が起きるかわかったものではない。腕白盛りの兄弟だから、愛宕屋夫婦だけではとても手に負えないと思われたのだ。

用心棒をふたりも付けたのは、どうせ店は暇とみたからだが、案の定お昼になっても閑古鳥が鳴く始末だった。帳場にいては手持ちぶさたなので、善四郎は久々に厨の框に腰かけて、繁蔵や清六らと冗談口に気をまぎらした。

厨は日々何かと人の出入りが多い。立ち売りや鳶の者が用もなく訪れては、無駄話に暇を潰してくれる。しかし今日飛び込んで来た男は一言の挨拶もなく、

「おい、橋が落ちたぞっ」

いきなりの大声で一同が顔を見合わせた。

「一体どこの橋が落ちたんだ」

善四郎が落ち着いた声を聞かせると、相手はまさか主人がここにいるとは思わなかったらしく、恐縮したように首を垂れた。

「へ、へえ、何でもあの、永代橋（えいたいばし）が落ちたという噂を聞きましたもんで」

「大水で流されたならともかく、今日みてえな好（い）い天気で、まさかあんなでっけえ橋が落ちはしねえだろうよ」

と繁蔵は笑うが、善四郎は笑えなかった。

今日の祭礼では富岡八幡宮の御輿はもとより、数々の山車や練物があの大川の河口に架かる百十間余の長大な橋を渡るはずだ。その橋が落ちたという噂はやはり聞き捨てならない。

「向こうに問い合わせてみてえが、清六、お前はどこがいいと思う？」

八幡宮の別当寺永代寺（えいたいじ）の門前町、仲町には名代の料理茶屋が三軒もある。善四郎は深川の土地に通じた清六と相談して、まず尾花屋（おばなや）に人を猪牙（ちょき）舟でやった。

その使いがなかなか戻らぬまま、永代橋はそこに群がった人の重みで落ちたのだという、にわかには信じ難い噂が町に広まりだして、見て来たように話す者が否応なく不安をかき立ててくれた。使いがようやく戻って来たのは八ツ半（午後三時）過ぎ。川も道も込み合って難渋したらしい。

ただ橋の崩落が始まったのは昼前の四ツ半（十一時）頃だというから、いくら道が込み合うにしても、うちを出た六人は戻りが余りにも遅い。

市中はどこもかしこもごった返している。この近所でも人が大勢門口に立って、寄ると触るとその噂だ。町内から出かけた連中の身内は誰しも陽が傾くのを見て気が気でない様子だった。

倅たちを見送ったお栄は居間に座り込んだまま、顔をこわばらせてひと言も口をきかない。善四郎も声を発する気力が失せ、代わって繁蔵が若い者を外へ捜しにやらせたが、混乱する市中で闇雲に捜しても埒の明くはずがないのはわかりきっていた。

にもかかわらず、暗い影が伸びて傾く陽は血の色を帯び、ついに上野の晩鐘が鳴りだすと、もう善四郎は居ても立ってもいられなくなり、外へ飛びだそうとしたそ

の時、

「ああ、くたびれちまった。まずは水を一杯もらおうか」

聞き覚えのある悠長な声が勝手口に響いて、思わず涙ぐんでしまった。

愛宕屋万次郎の着物は汗染みに黒ずんで、片袖がほころんでいた。背後には鬢のほつれが目立つお徳と、ひとりは若い者に手を引かれ、もうひとりは背中に負ぶさった兄弟の無事な姿があった。

「羽織芸者らが御殿女中の装をして練り歩くのを面白がって従いてったんだが、いやもう凄まじい人出だから、こっちゃはぐれないよう、皆で手を取り合うことにしたんだ。そしたらちっとも前に進みゃしねえ」

「そのうち橋の上で刀を振りまわすおっかない侍がいると聞いたもんで、引っ返すことにしたんですよ。何せ坊ふたりを預かってるから、無理はしちゃいけないと思って」

愛宕屋夫婦の賢明な判断は倅たちの命を救い、倅たちがまた夫婦の命を救ったともいえる。

十二年ぶりの大祭には江戸市中はもとより近在からもどっと人が集まった。永代橋は夥(おびただ)しい老若男女の重みに耐えかね、やや深川寄りのあたりから徐々に崩れ始めた。それと気づいた群衆は引きも切らずに押し寄せる人波に呑み込まれて、崩落はさらに進み、大勢が橋の下に投げだされた。折しも降雨が続いて水嵩(みずかさ)の増した大川の流れは無情にも多くの人を海へ押し流したのである。

敢然と刀を振りまわして群衆を喰い止めた武士もあったが、橋から文字通りの阿(あ)鼻叫喚(びきょうかん)地獄へ突き落とされた者は遺骸の揚がったものだけでも四百四十人を数え、三倍の千五百余人の男女がこの一日で命を喪ったと伝えられる。

*

永代橋崩落の大惨事から早や二年が経ち、一時は捜索人の噂や故人の想い出話で持ちきりだった世間もようやく落ち着きを見せ、大っぴらに祝い事をしても許される雰囲気になった。

法事の御斎で知られた福田屋も、今では祝い事に欠かせぬ料理茶屋として真っ先に名が挙がる。とはいえ今日の祝宴ほど善四郎が献立に苦心することはなかった。

集う人数はさほどでもないが、何しろ主賓が主賓だけに、へたな料理は出せないのである。

抱一上人がとうとう大文字楼の賀川を身請けしたという報せを受けたのは、つい先月となる文化六（一八〇九）年正月のことだ。同楼の別荘で善四郎がたまたまふたりの様子を目撃し、仲を気にかけてから早や足かけ六年の歳月が流れていた。

おふたり共によくぞ粘られた、というのが正直な感想だ。

男のほうは全盛の花魁を身請けするほどの甲斐性がなく、年季明けに近づくまで女を引っ張ったのだろうし、女もまたこの間にいろいろ起きたはずの身請け話を袖にしていたに違いなかった。加えて自らも狂歌で名を得た文人として知られる大文字楼の楼主や内儀の肩入れがあったからこそ成り立った、ふたりの仲だったのではないか。

酒井家もそれなりの理解は示して、吉原の花魁を僧籍に入った御曹司の正式な妻に迎えるのはさすがに無理でも、賀川を表向き酒井家の御付女中春條（はるえ）として身のまわりの世話をさせるという粋な計らいをしたようだ。

ともあれふたりは無事めでたく結ばれて、廓内の引き祝いはすでに済ませており、今日はここで懇意な人びとが集って祝言に相当する宴を催すのだった。

何せ祝言だからにぎにぎしい本膳料理に仕立てるよう、善四郎は手間暇をかけて口取りの肴を贅沢に取り揃えている。

古くは硯箱(すずりばこ)の蓋(ふた)に菓子などを入れたところから、酒の肴を入れる大きめの容器を硯蓋(すずりぶた)というが、今日そこに盛ったのは雲丹(うに)入りの鯛蒲鉾に鮑(あわび)の柔らか煮、車海老の照り煮と葛(くず)を打ったサヨリの吉野焼き。さらに慈姑(くわい)のきんとん、柚の甘煮、独活芽(うどめ)の三杯酢漬けを添えた。呉須の絵付けできりりと引き締まった磁器に、黄と赤と橙(だいだい)の色味が勝る七品を派手派手しく盛りつけると、我ながら色遣いの妙味があるように見える。

本膳料理の幕開きを飾る膾は、脂がのった平目の薄造りと海松貝を合わせ、これに浜防風(はまぼうふう)の新芽と独活と生姜の千切りを散らして煎酒酢(いりざけす)をかけた仕立てである。次いで壺皿には底に胡桃味噌を敷き、上に蒸した小鯛の身と、焼いた百合根(ゆりね)、短冊切りの革茸(こうたけ)を載せた。

平皿に盛るのは鯛の松笠造りで、皮付きの節に晒布(さらし)を巻いた上から熱湯を注ぎかけて皮を縮らしたものだ。これに丸三日三晩かけてじっくり戻した串海鼠(くしこ)と早蕨(さわらび)を添える。松笠造りはざらつく皮の舌触りが楽しめて、戻した海鼠はぷりっとした歯ごたえがよかろうと思う。

大きめの器に盛る鉢肴は鯛を丸ごと一尾使うけんちん鯛にした。これは鯛を背開きにして中骨を除いてから炒り豆腐と木耳と銀杏を詰めて蒸しあげたもので、見た目もめでたく豪勢だし、取り分けて食べやすいから祝い膳にはもってこいの逸品だった。

しかしながら、いかなる料理でも一番の眼目となるのはやはり吸物だ。

「やっぱり鶴にするか」

と初手から心の決した口ぶりで善四郎が周囲を顧みた時、清六はあっさり肯いたが、今や精進料理を専らとする繁蔵はいささか眉をひそめていた。

古来、鶴は肉にも血にも薬効があるとされて日本で貴人の食用となり、江戸では三河島、小松川、目黒の三カ所で餌付けされて将軍家の鷹狩りに供している。厳冬に将軍自ら狩った獲物を「御鷹の鶴」と称して宮中へ献上する習わしが恒例となり、それらの獲物は御三家を始め諸大名にも下賜された。

片や庶人が鶴を捕獲するのはご法度とされながら、肉を手に入れる術は意外にあって、汁物や鍋物、酒浸といった調理に向くのも早くに知られていた。贈答品として大名家を行き交う鶴が横流れする場合もあるが、ふつうは「塩鶴」と呼ぶ塩蔵肉として流通している。

鶴の中では文字通りの鍋鶴や、俎板の「まな」にも通じる真鶴が美味とされて、見た目が美しい丹頂鶴は貴人の庭で飼われる鑑賞用ながら、蝦夷地の松前からもたらされる塩鶴には丹頂も少なくなかった。活きた丹頂鶴は一羽十五両もの値で取り引きされた高級品で、塩鶴は内臓を取り除いて塩を詰め、羽をそっくり残して姿形をそれとわからせたものだ。

鳥肉の仕入れは〆鳥屋と決まっている。江戸に十軒と限られて、多くは魚河岸の按針町にかたまっており、名高い老舗の東国屋は一石橋にほど近い北鞘町にあった。〆鳥屋は鳥を飼って、その場で絞めて羽付きのまま持ち帰らせる商売で、鴨や雉や鶉や雀はもとより雁、鴫、青鷺までも扱っていた。鶏はこの時代上方で美味な黄鶏が普及しはじめたが、江戸で軍鶏を食用にする習慣はまだほとんどなかったとされている。

鳥肉は武家の間で精がつくといって好まれ、屋敷の土産になることも多い。土産用の料理は台引と呼ばれて座敷に飾り置かれた。

善四郎は今度の祝言の献立組みに際して、

「秋なら鴫か鶉の羽盛りを台引に仕立てられるんだがなあ」

と残念そうにいったものだ。

魚の活け作りのように、焼いた鳥肉の周りに頭と脚と羽付きの両翼を飛ぶ時の形に揃えて盛った羽盛りの台引は見映えがするが、大きな鳥は台に載せられない。それに向いた鴫や鶉はいずれも季違いであった。

春はやはり松前から届いたばかりの塩鶴を用いるのが順当で、東国屋から昨日仕入れたばかりのそれを俎板に載せたら、案の定、繁蔵が眉をひそめた。内臓を除いて羽付きのまま塩蔵した鶴の顔は生きている時と寸分も変わらず、瞼を閉じてさながら眠るがごとくだから、繁蔵ならずとも哀れをそそられた。しかし人に命を取られたものは、人がそれを有り難く戴いてこそ、供養にもなるのだと善四郎は思うのだ。

昨日のうちに面倒な細かい羽もきれいにむしり取った塩鶴は、血抜きがしてあるから捌く時はちっとも酷く見えない。つやつやした淡紅色の身には鳥の臭みもなかった。ただし、その身は得もいわれぬ香気を放ち、骨から取れる出汁には清涼な芳しさがある、とまでいうのははちと大げさで、鶴に思い入れがあり過ぎるようだ。何しろ唐土でも決して食用にしない鶴寿千年の霊鳥をこの日本で食すとなれば、そこに霊験あらたかな味覚を期待するのは当然だろう。

塩鶴はむろん肉に塩気があるから、善四郎は清まし汁に近いほどの薄味噌仕立てにして、胸肉の翼に近い部分と摘菜を汁の実とした。沈金蒔絵を施した朱塗りの椀に注いだところは、いかにも祝言にふさわしい吸物である。

宴席は二階をぶち抜きにした大広間で、金屏風の前に座した抱一上人は、それをひと口啜るとすぐに何の汁だかわかったようだ。

「千年の鶴にあやからずとも、われらは万代の契りを結んだ仲じゃ」

と嬉しげに笑って横を顧みた。

吉原で全盛を張った花魁の賀川も今は髪をすっきりと島田に結いあげ、黒縮緬に桜花を散らした江戸褄の留袖を装って面映ゆげに微笑っている。

「肝腎のお味のほうは如何でござんす？」

と例によって富吉が善四郎の一番訊きたいことを代わって口にした。ここにはほかにも何人か給仕に召ばれているが、吉原中の女芸者をかき集めても、およそ富吉ほど上人と気楽に話せる者はいないであろう。

「汁の塩梅はまずまずじゃが、如何せん鶴の肉は締まって硬いのう。もっとやわやわとして甘みのあるものと思うておったが」

　塩鶴でなく生け鶴を知る男は辛口の評を述べて、それを知る機会のない男は有り難く聞いており、片や女のほうはいかにも残念そうな顔をした。

「なんだなあ、お上人様がそう無下におっしゃられたら、福田屋さんが気の毒じゃござんせんか」

「ほほう、そなたはきつい福田屋びいきとみゆる。さては亭主に惚れたかな」

　その手の戯れ言にはただちにいい返すはずの富吉が絶句したので、抱一上人は呵々大笑した。

「ハハハ、吉原芸者に惚れられるとは、盲亀の浮木も顔負けの果報者じゃ。ただ福田屋は妻子のある身なれば、浮木はうきぎにあらず、うわきとなろうがのう」

　こちらを見て笑いかけた上人から善四郎はつい目をそらしてしまう。それは祝宴にありがちな戯れ言だったが、一笑に付すにはちと酸っぱいものがあった。

そもそも富吉との縁は上人と賀川の見初めに始まり、その仲にやきもきして互いにお世話をした毎日も、ふたりがこうして結ばれたからにはとうとう終わりを告げる。それを思うと妙に切ないような、淋しいような気持ちだ。

上人はこれで毎晩のように吉原へ足を運ばずに済むのだから、遠からず紙洗橋の袂から住まいを移す日も来て、善四郎はそのことでも少なからず淋しくなるように思えた。

宴が果てた後、女芸者が座敷に居残りして片づけまで手伝うことはまずない。富吉もよその店ならさっさといなくなるはずが、まだ名残惜しそうにぐずぐずして見えたので、

「どうだ、日を改めて一献酌んで、おふたりの想い出話に花を咲かせようじゃねえか」

と善四郎は思わず自分のほうから声をかけてしまい、そしてついにその日がやってきたのである。

吉原の大門口からまっすぐ進んだところが仲之町で、通りの左右には妓楼への案内役を果たす引手茶屋がずらずら軒を並べている。富吉はもちろん今や善四郎も界

隈では顔が売れているから、決してへたな真似はできず、抱一上人とのご縁もあって、名代の近江屋で小座敷を借り受けた。

まだ陽が高い時分から酌み交わしたのは富吉の稼業を邪魔せぬためで、まだ宵の客人が見えず暇な近江屋の亭主と内儀も交えて、馬鹿話に座が弾んだ。

「何といってもおかしかったのは、ほら、あれでござんしょう。お上人さんがあんまりうろうろなさんすもんで、大文字楼の禿どもがお煙草入れを針で畳の縁に縫い付けてしまい、そうとも知らずお上人が立ちあがりざまにすってんころり。皆あれには腹を抱えましたよ」

なぞと富吉は上機嫌で陽気に騒いでおり、ふだんほど酒を過ごすことがないのは何よりだった。芸者も引手茶屋もふつうは客のことをよそへ洩らしたりはしないものだが、相手は名高い貴人だけに、もはや何事も毀誉褒貶（きよほうへん）には当たらぬとして、皆が口々に馬鹿話を暴露し合った。善四郎は絵筆を取る上人の真剣な顔つきを見ているだけに、とても同じ人がするとは思えぬ滑稽な失敗譚（たん）が余計に面白く聞こえたようなところもある。

青簾（あおすだれ）越しに見える陽がだんだんと赤くなり、近江屋の夫婦が来客の迎え支度で姿を消すと、急に座敷が淋しくなって互いが気詰まりに感じられた。善四郎は腰がそわそわとし、富吉は手酌の重ね方が急に速まっている。

「お前さんも、そろそろ稼ぎに出る時分じゃねえのかい？」

と善四郎がいわずもがなを口にしたら、相手は盃を置いて、ほうっと溜息をついた。

「福田屋さんとはもう金輪際（こんりんざい）、こうして会うこともなさそうだから、ここらできちんと別れの盃をしておきましょうかねえ」

「おいおい、そりゃちと大げさだぜ。これから先もお互い廓じゃ嫌でも顔を合わせるさ」

さりげなくかわしたら、相手はきつい目で睨んだ。円らな眼が潤んで今にも滴を落としそうだが、善四郎は敢えてそれを見ないようにしていると、相手もころっと気を変えたふうにさばさばした調子でいった。

「ああ、殿方はようござんすねえ。今日あたしゃつくづくそう思いましたよ」

何をいいたいのかよくわからず、善四郎はおざなりな合いの手を入れた。

「ほう、また何だってそう思うんだね」

相手は手酌を重ねて、急に酔いがまわったように伝法な口調でずっけりといった。

「そりゃ、お上人さんはあのお歳で身請けができるんだから、御の字でござんしょうよ」

たしかに五十路を目前にして女を迎え、新たに所帯を持とうとしている抱一上人は、女から見ればいい気なものかもしれないが、

「ハハハ、お上人様だからこそさ。同じ男と生まれても、俺なんざひっくり返ったってあんな真似はできやしねえよ」

さらっと笑い飛ばそうとしたら、相手は却ってむきになった。

「できるもんか、できねえもんか、やってみなきゃわからねえじゃねえか。やる前から尻尾を巻くなんざ男の風上にも置けないよ」

富吉の顔が赤いのは何も酒ばかりのせいではなさそうだ。これまでずっと我慢を重ね、とうとう我慢しきれなくなった気持ちがいっきに顔面に噴き上げて、口から飛びだそうとしているのがはっきりと見て取れる。男の風上にも置けないのを承知の上で、善四郎は敢えてそれを聞くまいとした。

「お前さん、だいぶ酔ってるらしい。どれ、酔い覚ましの水でも持って来ようか」

立ちあがりかけたら相手はさっと着物の裾を押さえ、居ずまいを正してこちらに向き合った。

「どうぞ後生だから、ここで別れの盃を戴かしておくんなさい。あたしゃ今日できっぱり思いきるつもりだから、向後は廓でばったり会っても、なるべく知らん顔で通して下さいましな」

「何も、そんな……土台そりゃ無理というもんだぜ」

富吉はすっかり思いつめた表情だ。漆黒の眸(め)は濡れ光りして唇が震え、例の口のほくろまでがふるふる揺れて、善四郎の心も大きく揺らいだ。

今日まで自分が足繁く吉原に通っていたのは、やはりこの女のためだったのだ。それがもう会って話すらできないとなれば、想うだに切なくて胸が締めつけられる。かといってこうまで思いつめた女心を、男は今すぐにどうしてやることもできない。

急に襖が開いてハッとした。近江屋の内儀が再び姿を現して、引き揚げ時を目顔で知らせている。富吉にはそろそろお座敷がかかって、善四郎も店に戻らなくてはならない頃合いだった。

芸は売っても色は売らないというのが吉原芸者の掟(おきて)であり、矜持(きょうじ)ともいえる。だからこそ互いが相手の気持ちをうすうす知りつつ、知らん顔を通してきたのだった。それがついに今しがた破綻した気まずさと、羞じらいや切なさの入り混じった二人の表情を、廓の情に通じた引手茶屋の内儀はさすがにひと目で見抜いたらしい。

「積もる話がまだまだ沢山（たんと）ござんしょうが、今宵はまずお開きとなさんせ」

ふたりの間に割って入ると女の手を握り、男に代わってなだめるように手の甲をそっと撫（な）ではじめた。善四郎はそれを見て、正直ほっとした気持ちを隠せない自分が情けなかった。

結句、自分からは何も切りださず、この間ずるずると先延ばしにしてきた卑怯未練（ひきょうみれん）は、しかし今日でもう通用しなくなったのである。

女芸者との色恋は廓のご法度だから、お互いただの遊びでは済まない。ばれたら富吉はたちまち芸者の鑑札を喪うのも承知の上で、正直な気持ちを打ち明けたのだ。その気持ちを受け取るなら、こちらにも当然それなりの覚悟が要る。

富吉は今や吉原一の人気芸者だ。それに手を出したとなれば、ひいき連中が黙ってはいまい。

こちらも客商売をするだけに、無用な敵を作りたくない気持ちが少なからずある。

とはいえ若いうちはいくら人気があっても、遊女は浮き河竹の身というように、芸者もまた流れに漂う浮木の身の上であろう。どこかで流れを止めたい気があるのはもっともで、果たして止めてやれるのはこの自分かもしれない、という思いもあった。

　吉原の大門を出てからの道のりは、肚(はら)が決まらぬ思案の時に費やされた。紙洗橋を渡ったところでようやく足が急がれて、善四郎は勝手口からすぐに厨へまわり、繁蔵に今宵の段取りを訊くことにした。

　忙しい時は互いの顔も見ずに立ち話となるが、今宵は繁蔵も手が空いているのか、

「おや、旦那、気晴らしに行った帰りにしちゃ、顔が曇ってますねえ。吉原(なか)で何かあったんですかい？」

　幼馴染みが何かと心配してくれるのは有り難いけれど、やはり打ち明けられない話はある。

「吉原のことより、うちはどうなんだ。こうやって皆が暇そうにしてんのを見りゃ、顔も曇ろうってもんだ」

　ぶっきらぼうにいうと、厨で働く若い連中の目がおずおずこちらを窺うようだ。

「昨夜(ゆうべ)はあんだけ大きな宴会があったんだから、今宵はちったァ楽したって罰は当たりますまいよ。明晩も座敷がすべて塞がってるそうで、店のほうは何も案じることたあござんせん。なあ、みんな」

と繁蔵が磊落(らいらく)に受け流してくれたのは助かったというべきかもしれない。

ふと板の間のほうへ目をやれば、壁際の戸棚の前に女房が座っていた。黒塗の中(なか)足膳(あしぜん)をせっせと拭いており、それはお栄らしい、まだるっこいほどの丁寧な手つきだった。

着物や足袋の繕いでも焦れったいくらい慎重に針を動かして念入りに縫いあげる女房とは知るものの、棚に片してある膳をわざわざ取り出して拭こうとするのはどうも解せない。

「おい、そりゃもう拭いてあんじゃねえか」

善四郎は思わず声をかけ、お栄がハッとしたように振り向いた。

「おお珍しい。お早いお帰りでござんすなあ」

声に棘(とげ)があるように聞こえたのは、こっちに疚(やま)しいところがあるせいだろう。板の間に座り直した相手はゆったりと微笑んでいる。

「昨夜は使ったお膳が多かったもんで、ざっと拭いただけで片したのがあったんですよ。それが気になってねえ」

「そう聞きゃァもっともだが……」

「漆器(ぬりもの)は必ず二度拭きをしませんと、乾いてひびが入ったら、もう取り返しがつきませんからねえ」

その言葉がまた妙にちくちく胸を刺すのは、単にこちらの気のせいなのだろうか……。

お栄はまた黙々と膳を拭きだした。縁の隅から隅まで丁寧に布巾を這(は)わせてきゅっきゅっと鳴るまで漆器を磨き立てるさまは実に無心なようでいて、何らかの屈託を抱え込んでいるふうに見えなくもなかった。

店がここまで大きくなっても、お栄はときどきこうして厨を覗いては、女中に交じって昔通りの手伝いをしている。店が大きくなったのはこうして陰で地道に支えてくれる女房があったればこそだと重々承知の上で、近頃は夫婦が話をすることすら減ってしまった。ふたりの倅は手がようやく離れたというのに、夫婦水いらずの昔がもう戻っては来ないのだった。

思えば夫婦が少しでも話をするのは、女房がこうして厨で手伝いをする時くらいだ。居間におれば却ってお互い落ち着きをなくすくらいに、だんまりで通してしまう。昔は倅の話をよく聞かされて、こちらも店のことで相談をしていたはずなのに、いつの間にか話をするきっかけさえつかめなくなっている。

もっとも、お栄は自分では何もいいださない質(たち)なので、愛宕屋へ嫁いだお徳を交えて、三人でようやく話になるようなところは昔からあったのだが……。

何事も丁寧にと心がける女は言葉を選ぶのも慎重にならざるを得なくて、勢い人と話すのが億劫(おっくう)になるのかもしれない。それは何も夫婦の間ばかりではなく、裏で手伝いをするのは厭(いと)わないお栄が、表立って客人に挨拶するのは苦手とし、座敷で給仕を取り仕切る内儀の役目もさっさと降りてしまったから、それさえ善四郎が肩代わりする始末なのだ。

吉原の妓楼や引手茶屋には、人交わりの術に長け、亭主より巧みな話術で人を逸(そ)らさぬ内儀が大勢いる。大文字楼のお政や近江屋のお由(よし)がいい例で、常に気転が利くふうでいて、多少ざつな応対もしているのは、酒席で丁寧過ぎると却って客が寛(くつろ)げないと知るせいだろう。

そうした応対には向き不向きがあるのを百も承知で、善四郎はお栄に習い事をするよう勧めたこともあった。狂歌にしろ河東節にしろ、いっしょに習う仲間がいればその中で人交わりに馴れてくれるのではないかと思ったからだ。江戸で指折りの料理茶屋となった今、亭主の自分が精いっぱい背伸びをした付き合いをしているように、女房にも家事の切り盛りのみならず、福田屋の内儀にふさわしい付き合いをしてほしいという気持ちがどこかにあった。ただ勧めはしても、無理強いまではできなかったのである。

次の日はまた打って変わって店が繁盛した。朝から仕込みが大変で、ふつふつ滾(たぎ)った沢山の鍋釜を前に、昨夕のことはすっかり胸から噴きこぼれていた。

善四郎は猪口に取った出汁を次々と味見し、あれこれ注文をつけていると、若い者がそばに寄って来て、「旦那にこれを」と一通の書状を手渡した。封じ目には「近江屋内」と記してある。

水茎の跡もまだ生乾きといった急ぎの文で、内儀のお由が今夜にでも会いたいとのこと。否応なく昨夕の話が蒸し返されたものの、今宵はとても店を離れるわけにはいかなかった。

翌日は近江屋のほうで差し支えがあって、三日目にようやく再会した相手は、思いのほか無愛想な面もちで青簾の内へ誘った。

内儀は煙草盆を前に置いて自ら先に火を点じ、朱羅宇の長煙管を静かにくゆらしている。紅を濃く引いた唇は真鍮の吸口を含んで玉虫色に輝いて見える。

やっと吸口を離した内儀は辛い紫煙と共に、ここへ呼んだ肝腎の用件を吐きだした。

「おふたりのためを思って、富吉さんには懇々と意見をしたんですがねえ」

相手はきつい目でこちらを睨んでいた。

「廓のご法度破りがばれたらどうなるかは、福田屋さんもようご存じのはず」

まるで脅されているようだが、善四郎にはそれほど疚しいところがあるわけでもなかった。富吉とはまだ酒を酌み交わして、別れ際にせいぜい手を握って湿し合う程度の仲でしかないのだ。お互い廓の法を守ろうとするあまり、却って余計に思いが高じたような、皮肉な成りゆきともいえる。

内儀のほうも富吉には早めに釘を刺すだけのつもりだった。ところが逆に泣きつかれて困ったのだという。

女はもう退くに退けない気持ちで、こうした生煮えのような時がこれ以上続くなら、いっそ自ら火をくべるか消すかしようとして男に迫ったにもかかわらず、男がさっぱり煮え切らないので業を煮やしたといったところらしい。

「吉原一の女芸者をあんなに泣かせるなんざ、福田屋さんも罪なお人だねえ」

相手はぴしゃりと決めつけた上で、

「でも、まあ、お立場が苦しいのはお察し申しますよ。ご同業とはいいますまいが、お互い廓で評判を落とすわけには参らぬ稼業だからねえ」

と煙管の雁首をわざとらしく灰吹筒に打ちつけて、こちらの目をまじまじと見た。

「されば、うちがお手助けを致そうかと存じまして」

との文句は何をいわんとするのか、善四郎も一瞬わからなかったくらいだ。

引手茶屋はとかく花魁の肩を持ち、時には妓楼に内緒で馴染み客との恋仲を取り持つという話を小耳に挟むが、近江屋の内儀はどうやら女芸者との仲まで取り持ってくれるつもりのようだった。これはいわば損得を抜きにしたお節介で、他人のことなら自分がしそうなお節介だけに、善四郎はその申し出を無下に断れなかった。

「ただしその前に、これだけはきっちり聞かせておくんなさいよ。廓の法を犯せば富吉さんはたちまち今の稼ぎを喪って、路頭に迷うも同然の身の上。そうなったら福田屋さんが一生世話するお覚悟が、本当にあるかどうかをお尋ねしておきませんとねえ」

そうまでいわれたらなおのこと、これで断ったら男が廃る、どころか福田屋の名に傷をつけるような気がした。

善四郎は自らも煙草入れを取り出し、一服吸って、おもむろに返事をする。

「お内儀さんのご親切、誠に痛み入ります。こっちも覚悟を致しました。ただ富吉ほどの女が、二枚目から程遠いご面相のわっちなんぞに、何だってそこまで惚れてくれたんだか、男冥利に尽きるとは申せ、ちとふしぎな気も致しますよ」

正直な気持ちを訴えてまた一服すると、相手はくすくす笑いだした。

「福田屋さんは常日ごろ他人様の世話ばかり焼いて、気配りも人一倍なさる方なのに、まあ、それだからこそかもしれませんが、ご自分のことはとんとお留守でござんすねえ」

軽く受け流してもいいような話なのに、近江屋の内儀はなぜか急に真顔になって、じっとこちらの目を見つめた。

「きっとお前様の性根が冷やっこいから、富吉さんは惚れたんでしょうよ。フフフ、女子(おなご)は誰しも暑苦しい男が苦手なもんでしてねえ。そこへいくと、いくら他人様に親切で情に篤(あつ)いように見えたって、心の底に冷やっこいもんを抱えた男はすぐにわかりますのさ。それに気づくと女は男を放っておけなくなるんですよ」

ふいの当て身を喰らったように善四郎は目を伏せた。わが胸の裡(うち)を覗き込むようにして目を這わせると、相手がまたおかしそうに笑った。

男女の機微を知り抜いた相手がいうのだから、まんざら当たっていなくもないのだろうが、ここまではっきり芯が冷たい人だといわれたら、一体いつ何を見てそう思われたのかを気にせずにはいられなかった。むろんあの女から何かと聞かされたのだとしても、ならば女は果たして男のどこを見て、心の底に冷たいものを抱えていると気づいたのだろうか。

思えば富吉とはもっぱら抱一上人と賀川の話ばかりしていたのだった。親しくなるにつれ、向こうは日々の廓話を面白おかしく聞かせ、こっちは料理の工夫をあれこれ話したりもした。が、お互い廓で真面目な話をするのも野暮だから、大概は馬鹿話で明け暮れたはずだ。

ただ、いつぞや何かの拍子で富吉が珍しく身の上話を始めたことがあった。幼い頃からさまざまな芸事を厳しく仕込まれ、一本立ちになるまで面倒をみてくれた夫婦がいて、それが本当の両親ではないのをある時に知って、しばらくは何を信じていいのかわからなくなったという、この世界では実にありがちな話だった。

だが善四郎は富吉がその話をした時の衣裳まで妙にはっきり憶えている。藍鼠（あいねず）に干網（ほしあみ）と千鳥が散った江戸褄を黒繻子の帯ですっきりと引き締めながら、いつになく当人が柄にもない湿っぽい声になったのが気になって、うっかりわが身の上までも明かしてしまったのだ。

福田屋の親父が亡くなってもう五年。福田屋の親父よりずっと若かった水野の親父も去年の暮れに急逝したが、目の黒いうちに借金を返せたのがまだしも親孝行だったかもしれない。そんな話を聞かせた上で、こういった覚えがある。

「血のつながらねえ親子はやっぱり何かと気を遣うもんさ」

その時は別に何とも思わなかったが、以来、相手が目に見えて打ち解けてきたのは確かだった。それはまず似た者同士といった親しみが湧いたのだろう。思えば富吉も自分も込み入った生い立ちだからこそ、幼い頃より他人への気遣いが習い性になったところが多分にあるのかもしれない。

だとすれば他人への気遣いは、確かに胸の内に潜む冷めたものから出てくるのだろう。そのおかげで今はお互い商売が巧くいって御の字ではないか、と男は思うばかりだった。

しかし女のほうは男の心の底にわだかまる冷やっこいものがどうしても気になって、それを温めてやりたくなるらしい。富吉が自分に惚れてくれたのはそういうことなのか、と善四郎は合点した。冷やっこいものを承知してくれている女がこの世にあると思えば、それだけで妙に気が楽になった。

実父は水野だと早くに知っていながら、その件については当人にも、母親にも、福田屋の親父にもちゃんと話したことがなかった。親たちが倅にきちんとそれを伝えようとしなかったから、こちらも話せなかったのである。従って親たちの生前この話は誰にもできず、繁蔵にも、お徳にも、そして肝腎の女房にも話すきっかけがないままに、まるで大切なお宝のようにして胸の蔵にひっそりと納められていたのだ。

それをあの晩うっかり富吉に洩らしたのは、他人だから却って打ち明けやすかったというところもある。打ち明けて、こちらもがぜん親しみが増したのは確かだし、さらに気が楽になったのは、まさしく宿世の縁というものかもしれなかった。

　思えば善四郎が富吉を気にかけるようになったのは、あの顔立ちと口もとのほくろ。初恋の女、千満にどこか似たところが胸をくすぐったのだった。決して手が届かなかった千満と同様、富吉にも手が出せない枷があったからこそ余計に執着したのかもしれない。その枷が外れて、手を伸ばせばつかめる女にめぐり逢えたというのもまた、何やら深い縁を感じさせた。

　近江屋から二度目の手紙が舞い込んだ夜、善四郎が家を出たのはいつも通り店の帳場を片づけてからだ。表に出れば澄んだ星月夜で、日本堤は提灯が要らないくらい明るかった。

　衣紋坂を下って大門に辿り着けば、いつもと逆に暗く感じられたのは、仲之町で早や表座敷の灯りを消した茶屋が少なくないせいだろう。近江屋もすでに二階座敷の灯りはなく、ひっそりと静まって、戸口の掛行灯ばかりがやけに目立つ。

　内儀は待ちかねたといわんばかりにこちらの腕を強く引っ張ると、案内したのは四畳ほどの小座敷で、奥のほうを仕切った枕屏風の手前に女がうつむき加減で座っていた。隅の丸行灯に照らされて、海松茶の千筋縞に包まれたうなじの白さが眩しかった。

女はいつもと別人のように饒舌が鳴りを潜め、目は下を向いたきりだから声をかけるのも躊躇われた。こうした成りゆきを後悔するかと案じられたが、それは余計な取り越し苦労であろう。そばに腰を下ろすと、向こうからこちらの膝に手をかけた。善四郎は黙ってその手をぎゅっと握っている。これからのことは俺に任せておけといったふうに何度も強く握りしめ、そのつど握り返してくる女の力が可憐に思えた。

いくら芸事で鍛えあげても、女は力の弱さに変わりがない。宴席であれだけ気転の利いたやりとりをする女が、ここでは妙に落ち着かないそぶりでいるのがむしろ好ましく、ふだん少しも遠慮をしないくせに、今は羞じらいに身を包んだ様子が微笑ましいぐらいだ。

稼業がら世馴れた口を利くようでも、こうして女を改めて見れば自分よりはるかに若い。肌はたるみなく、鯛の白身を丹念に擂りあげた糝薯のような光沢と弾みがあった。

甘酸っぱい脂粉の香りがいやが上にも食指をそそり立て、掌が自ずと肌に吸いつけられた。生き物を日頃扱い馴れた指は巧みに急所を探り当て、女は甘い吐息や呻きを洩らさぬ隙とて与えられずに気息奄々となっている。男は久方ぶりに若さを漲らせて猛り立ち、女をさらに攻め立てて切ない悲鳴をあげさせた。

芸は売っても色は売らぬという話に偽りはなさそうで、祭りの後は口ほどにもなく初心な女の狼狽ぶりが男心をめっぽう酔わせていた。しかし、こうなるとますます遊びでは片づけられない。約束通り一生世話する覚悟はあっても、家内で起きる波立ちを前にして、男はただ酔ってばかりもいられなかった。

すでに一本立ちをした自前の女芸者は誰と結ばれようが遠慮はない。片や善四郎のほうでは事がそう易々と運びそうもないのは、近江屋の内儀も疾くより承知の上だったらしい。

「手助けをすると決めた日から、うちはそれなりの心づもりをしておきました。後は福田屋さんのお覚悟次第でござんすよ」

その心づもりなるものを話してくれたのは、秋も深まった頃である。

仲之町の引手茶屋は簾が年中青いものと決まっているが、釣瓶落としの陽が簾越しに当たる座敷は陰翳に富んで、内儀の表情も見えづらい。

「年明けには別荘をお求めなさんせ」

　といわれた一瞬、善四郎は絶句した。相手はこれに含み笑いで応じた。

「何も驚くこっちゃござんせんよ。そちら様のご繁盛は、もはや世間で知らないほうが珍しかろう。吉原で繁盛する大籬では、寮や別荘と名のつくものを持たぬほうが珍しうござんす」

　抱一上人が賀川を見初めたのも大文字楼の別荘だったし、そこをお忍びの遊び場とする妓楼は他にも少なくない。福田屋がそうした別荘を設ける気はないかという持ちかけで、

「そこでなら、富吉さんもお役に立てるかと存じまして」

　接待を得意とする女にそこを仕切ってもらうのは、たしかに福田屋にとっても悪い話ではなかった。

「うちのお客様で、石浜の茶寮（さりょう）を手放したいとおっしゃるお方がござんすゆえ、よろしければお取り次ぎを」

　と相手は素早く耳打ちする。

あまりの早手回しには呆れるばかりだが、そこは仲立ちを生業とする商売ならではで、こうして家作の仲介に労を取るのも厭わないのであろう。

その昔は橋場のあたりまでが石浜だったというが、今は橋場から少し隅田川を遡って朝日神明宮を背にした河岸沿いを称している。同社は石浜神明とも呼ばれ、鎌倉の将軍家が参詣したという由緒にふさわしく、高い杉木立が鬱蒼とした境内にはいかにも神さびた風情があった。

神明宮より川の流れに近い場所には真崎稲荷がある。真崎を「まっさき」とも呼ぶのは、大昔の合戦で先駆けの栄誉をもたらした霊験によるものらしい。ここも古くから参詣が絶えず、社前にはそれを目当ての茶店が軒を連ね、今や逆にその茶店のほうを目当てに参詣する人びとのほうが多かろう。

真崎稲荷と聞いて、それこそ真っ先に豆腐の田楽が浮かぶのは何も善四郎ばかりではない。吉原で知られた山屋製の柔らかな豆腐を使った近辺の田楽茶店は早くから江戸で評判となり、繁盛して立派な料理茶屋に成り遂げた店が何軒かある。中で最も名高い甲子屋には、善四郎もかつて水野のお供でよく訪れていた。

甲子屋の二階座敷は眺めが抜群で、晴れた日は彼方に筑波の男岳と女岳がはっきりと見えた。春は向島の大堤に桜花が繚乱して目を和ませる。ちょうど渡った先が隅田川の悲話を留める木母寺で、寺の背後に広がる御前栽畑には人手を加えて凝った姿に作り変えた松の並木が奇観を呈し、四季折々に見応えのある景勝の地であった。

つまりは眺めがいい上に渡し場に近いし、吉原からもそう遠くない石浜辺は客人を招くのに好都合で、そこにある別荘は福田屋に箔を付けることにもなりそうだ。

「いかがでござんしょう。向こう様は長く空き家にして朽ちさせたくはないようでして、ただお厭いがないお方ゆえ、お金のほうではそうご無理をおっしゃらぬかと存じます」

と近江屋の内儀はこちらの返事を催促し、これほどいい買い物はあるまいとの笑みを浮かべてみせた。善四郎はもう後には退けない気がした。もしこれを断れば、福田屋の懐具合を疑われて店の暖簾にも傷が付こうというものだ。

「相承知致しました。諸事万端お仲立ちをよろしくお願い申しまする」

と頭を下げての戻り道は久々に躰がくわっと火照るようだった。

紙洗橋を渡ってからも気の昂ぶりが冷めやらぬまま、勝手口を入るなり厨の若い

者に声がけをしたら、

「へへへ、今宵の旦那はえれえ張り切りようだ。吉原（なか）でなんぞいいことがありましたかねえ」

　繁蔵の冷やかしで一瞬ハッとし、少し迷いはしたが、

「張り切らなくてどうするものか。来年から、うちはまたもっと忙しくなるぜ」

　そんなふうに切り出して、別荘の件だけは早々と打ち明けてしまったのである。

　善四郎は今や商売の手を広げることにばかり目が向いていて、それが富吉との縁から生じたことには目を塞ぎたい心の動きを如何ともしがたい。できれば一生の秘密にしておきたい気持ちさえないとはいいきれなかった。

　石浜の茶寮を買い取る話は着々と進んで、善四郎自ら現地に足も運んだ。八畳と四畳半の茶室を備えた立派な数寄屋普請だが、敷地が思ったより広いので建て増しもできそうだった。枝振りのいい松の樹を川風除けに並べた庭にはささやかな築山や泉水も設（しつら）えてあり、先方の言い値は確かに買い得で、近頃の世間の景気ならすぐにも元が取れそうに思えた。

だが事が何もかもそうとんとんと巧く運ぶはずはないのである。

この日、魚河岸から戻った善四郎を待ち構えていたのは愛宕屋の夫婦だ。居間で膝を揃えてこちらを見あげた顔には渋い表情が浮かんでいる。

「どうした、ふたりとも朝っぱらから湿気(しけ)た面(つら)ァしやがって」

善四郎はわざと陽気な声を放ったが、お徳はにこりともせず、箱火鉢を抱えて躰を丸めた万次郎の袖を引く。

「いやね、昨夜(ゆんべ)吉原(なか)に行ったら、ちょいと妙な噂が耳に入(へえ)ったもんで」

そう聞いただけで、善四郎は万事休すの面もちだ。自分の口から先に耳に入れるつもりだったが、まさに後の祭りである。思えばこの話はどこからどう洩れてもふしぎはないのだ。誰も責められず、自分が打ち明けそびれた意気地なさこそが責められるべきだった。

「嫂さんにはまだ話しちゃいないんでしょ」

お徳が嚙みつくようにいっても、善四郎はただ黙って肯くしかない。

「ついさっき下の坊を連れてお使いに出られたのを幸いに、今ここで申しますが、別荘の話は嫂さんに気づかれないうちに、無かったことになさんせ」

「いや、そいつはできねえ相談だ」

咄嗟に出た声で、相手は信じられないという表情をした。

「今になって変改したら、俺の男が廃るというんじゃねえ。福田屋の名に傷を付けるのが怖えんだ」

大きく見開かれた女の眼がじわじわと濡れてゆく。

「兄さんは福田屋に傷が付くのは嫌でも、嫂さんに傷が付くのは何とも思わないんだね」

火を噴くような怒気に満ちた女の声が男の耳朶を襲った。

善四郎は自分の身勝手な嘘を認めないわけにはいかない。浮気の根が張るのを隠して、店を手広くするという花だけを見せるのは、明らかなすり替え以外の何ものでもなかった。

お徳は嫁いでからますます美しくなって、愛宕屋の内儀らしい品や落ち着きも備わっていた。それが今はすっかり取り乱した表情で善四郎に喰ってかかる。

「この福田屋を、女芸者ごときに乗っ取られてたまるもんですかっ」

「馬鹿をいえ。何も知らねえくせに余計な口出しはするなっ」

思わずかっとなった調子で、相手はさらにむきになった。

「いいえ、黙っちゃおれないよ。事がこのまんま進んだら、死んだお父つぁんやおっ母さんが浮かばれない。あたしゃともかく、兄さんは顔向けができないんじゃないのかい」

「馬鹿野郎、手前（てめえ）にいわれる筋合いはねえ」

痛いところを突かれたせいで、つい売り言葉に買い言葉がとうとう相手に深傷（ふかで）を負わせてしまったようだ。いっきに泣き崩れた女房の背中を万次郎が抱きかかえて、こちらを見た。

「まあ、お前もちったァ気を落ち着けたがよかろう」

相変わらずのおっとりした口調でたしなめられて、

「すまん。何もかも俺が悪かった」

善四郎もさすがに神妙な顔つきである。福田屋の両親を最期まで親身になって看（み）取（と）ったのは、ふたりとは血のつながらない娘だったことを、決して忘れてはならなかった。

詫びる相手はお徳ばかりではない。富吉もとんだ悪者にされて気の毒というものであろう。幼い頃より精進を重ねて腕を磨いた女芸者が職を失うのはどんな気持ちか、自分にはわかっていても、堅気の女にそれをわかれというほうが無理だ。別荘の件は富吉の居場所を見つけて身が立つようにする計らいだったが、お徳の目には男を誑す妲己のような悪女にしてやられたと見えても仕方がない。もはやあれこれ言い訳しても始まらず、時がなだめてくれるのを待つしかないように思えた。

　しかしながら時もなだめようがない相手には、この始末をどう話せばいいのだろうか。

　善四郎は思案に尽きた面もちで、愛宕屋夫婦がひとまず引き揚げるのを見送っている。お徳は草履の先で沓脱の石を腹立たしげに蹴って鼻緒を深く差し入れながら、

「兄さんがいわなくても、嫂さんには必ずあたしが話しますよ。他人の口から耳に入るよりも、まだそのほうがましでござんしょ」

　と、きつい捨てぜりふを放った。

　下の子を連れて使いに出たにしては、女房の戻りがやけに遅い。もしかしたら道でばったり愛宕屋夫婦に出くわし、何かと聞かされてうちに帰りづらく、いや帰る

気がしなくなったのではないか。

あのお栄に限って、まさか実家に戻ってしまうような気遣いはあるまいと思っても、どうしてそんなふうに決めつけられるのか。自分はあの女の何を知っているのか甚だ心もとなくなって、善四郎は今さらながら夫婦仲にわりあい無頓着だったことが悔やまれた。

昼過ぎになってようやく戻って来た時には心底ほっとして出迎えたが、お栄は別に言い訳をするでもなかった。お徳のようなはっきりした顔立ちではないから表情が読みにくいし、淋しげに見えるのはいつも通りとはいえ、上がり框に足がかかってもまだわが子の手をしっかり握ったままでいるのが少し妙といえば妙だ。

下の子の定七はお栄と顔立ちも似て、次男坊には珍しくおとなしい気性を受け継いでいる。大きくなればこれも母親と同様、何事も丁寧にするいい料理人となりそうだった。

もっとも今はまだ腕白盛りだから、母親の手をさっと振り切って廊下を駈けだしている。それを淋しそうに見送る女の横顔に自ずと目が行った。

ああ、女房はもうとっくに知っているのだ、という気がした。これだけ吉原に近い場所で何も聞こえてこないはずがない。いや同じ家にいて感づかないほうがおかしい。早くに悟ってお徳にそれとなく愚痴ったりもしながら、ずっと素知らぬ顔をしてきたのだ。どうもそんなふうに思えてならなかった。

　いっそお徳のように面と向かって自分を罵ってくれたほうが気が楽になる。いや、この女にそれができるくらいなら、こうした成りゆきではなかったかもしれないと思いつつ、むろん善四郎は自分がそんな不義理をいえた筋合いではないのを重々承知している。

　お栄はふたりの倅を立派に産み育てた。そればかりか福田屋の店がここまで立派にやってこられたのも内助の功あってこそなのだ。良縁に恵まれたと感謝もし、その大切な夫婦の縁を見変える気など毛頭なかった。

　ただ富吉とは、また違った縁で結ばれているような気がするのも本当なのだ。決して若気の過ちとはいえない年齢に達して、あの女ともただの色恋でなく、己れになくてはならない縁を感じたのだと、夫は自らにいい聞かせても、それが妻への言い訳になるはずはなかった。

　思えば夫婦が別々の部屋で寝むようになったのは次男坊が生まれてからだ。定七は虚弱な質だったので母親が付きっきりの看病をしているうちに、夫は夜の付き合いが次第に増えていったのだった。かくして母と子がひと間で先に寝るのがいつしか当たり前のようになっている。

今宵そこの襖を開けると子供たちを寝巻に着替えさせる最中で、お栄は一瞬びくっとしたようにこちらを振り向くと、子供たちの躰を素早く両脇に引っ張って抱え込んだ。それはまるでふたりの子を盾に闖入者から身を守るふうにも見え、善四郎は自ずと声が尖った。

「すまねえが、後で来てくれ。話がある」

夫婦が差し向かいで話すのはいつ以来かと思うようだが、夫がしゃべる一方なのは昔からそう変わっていない。妻も若い頃はまだ懸命に相づちを打とうとしていたし、話を面白がって聞いているふうにも見えた。

しかし今宵は当然そんな暢気な話ではなかった。妻を傷つけずにはおかないことを、夫は洗いざらいぶちまけようとしている。噂で耳に入るよりは、むしろ自分の口で正直に打ち明けたほうがまだしも傷は浅いと思われた。

最後まで黙ってそれを聞いていたのが、いかにも善四郎の知るお栄だった。さして取り乱しもしない顔を見れば、お徳より、いや、富吉よりずっとずっと強い女に思えた。そして強い女には、得てして男のほうが泣きを入れる始末になる。

「お前には詫びて済むこっちゃねえが、どうぞ聞き入れてくれ。この通りだ」

畳に両手を突いて深く頭を下げると、相手の口からひと言ぽろりとこぼれた。

「喰えぬお人じゃ……」

善四郎は虚を衝かれた面もちで、相手の顔をまじまじと見る。

「兄さんは本当に喰えぬお人じゃと、お徳さんが、ようおっしゃっておいでで」

ここでもまた他人の口を借りようとするところに、女のしたたかさが覗いた。

善四郎はうちにいてしばしばお栄の人使いの巧さに舌を巻くことがあった。見た目が頼りなげだし、当人も弱りきったふうに頼むので、誰もが放っておけなくなるのだろう、気難しい清六や荒っぽい見習いの若い衆も案外素直にいうことを聞いている。女中は誰もが率先して喜んで手を貸すようだった。

お栄はいつも口癖のようにいう。

「あたしは何ひとつ満足にできなくて、皆には本当に済まないねえ」

それでどんな相手も手伝ってやらないといけないような気になるのだろう。いわば人使いの妙を天性心得ており、だからこそ頼りなげに見えても家人をよく束ね、主が留守がちの家を切り盛りして諸事万端遺漏（いろう）なく運ぶに違いなかった。

いくら客あしらいが苦手でも、お栄は間違いなく福田屋の陰の大黒柱だ。その女房がもし去るようなことにでもなれば、愛宕屋夫婦のみならず繁蔵や清六も主人を見限るだろう。ふたりの倅は母親について出て行き、家も店もたちまち崩壊してしまう。

それより何より善四郎は自分自身が立ち行かないことを認めないわけにはいかず、

「たしかに俺は、お前やお徳がいう通り、箸にも棒にもかからん、喰えねえ野郎さ」

と苦い笑い声を聞かせた。

喰えない野郎が他人様にご馳走を喰わせようというのだから、思えば何ともおかしな話であった。

お膳を前に迷い箸は禁物ながら、あれこれと味見をしたくなる男の悪性（あくしょう）などとっくに失せている。にもかかわらず善四郎は、ここに来て浮木の縁に囚われた身を恥じながら、それを捨てられない正直な胸の内を明かさなくてはならなかった。

喰えない野郎の人を喰った願いは聞き入れられなくて当然だ。それでも自分の気持ちをごまかさずに話すことだけが、せめては目の前の相手に誠を尽くす道だと信じた。

燭台を並べた客間に比して居間は薄暗く、かすかな炎を揺らし続ける行灯は、女の顔にさまざまな影を落として心模様を見づらくさせた。しかし長い沈黙の果てに、

「委細、承知いたしました」

淡々とした声が響くと、刹那ぱっと後光が差したように妻の顔が照り輝いた。今にも泣き崩れそうなその笑顔を、夫は拝みひれ伏すようにして額を畳にこすりつける。あの飢饉の折には、いかなるご馳走も白い飯には勝てなかったのを想い出しながら。

三 別離に涙して帰根の苦みを知る

福田屋の朝は早い。主（あるじ）の善四郎は白みかけた空を見あげ、薄靄（うすもや）をかき分けて日本橋の魚河岸へと向かう。その足でさらに神田の青物市へまわって、帰りがけには竹町河岸の前栽市に立ち寄ったりもする。

見習いの連中はみな襷がけで表に出ている。江戸自慢の水道（すいど）で汲んだ水を厨（くりや）へ運び、井戸端に盥（たらい）を置いて大根や蕪の土を棕櫚束子（しゅろだわし）で落とし、大きな桶に浸けた芋の子を棒でぐるぐるかきまわす。厨では大瓶（おおがめ）にざぶざぶと注がれた水を鍋釜に分かち、竈の薪（たきぎ）がぱちぱちとはぜ、鰹節（かつおぶし）をさりさりと掻（か）く音が響き合う。

厨が出汁（だし）の匂いで満たされた頃には座敷の掃除もあらかた片づいて、「八百善」の三文字を白く染め抜いた紺暖簾が通り沿いの入口に掛けられた。山形に善の字の印半纏（しるしばんてん）を着けた若い衆が前栽や露地に水打ちを始めると、主もぼつぼつ来客の迎え支度に入らねばならない。

時候により、また客人によって、座敷の室礼を取り替えるのも主の大切な務めだから、今日は跡取り息子の久五郎を二階の奥座敷に呼んで、床の間の絵軸を掛け替えさせた。

「おっと、お軸が歪んでんじゃねえか。えらく右に偏ってるぜ。やっ、今度は左に寄りすぎだ。

　いくら包丁が手早くとも、手前は盛りつけなんぞがザツでいけねえ。そいつがこういうとこにも出てくんだ。何でも手え抜いちゃいけねえぜ」

　なぞと親父は日頃から口やかましくいいながら、一方で倅にも何かと意見をいわせる。

「どうだ、この絵は？」

「うーん……この文晁先生は、それこそちょいと手抜きじゃねえかなあ」

　と来春早くも二十歳を迎える倅は生意気をいって親父を苦笑させた。

　若い頃は、誰しも丹念に描けば、そこに精魂が込められたとするのだろう。谷文晁先生も若い頃は丹念に精密な絵を描かれていた。だが近年はそこから離れて、意の赴くままに恬淡と描かれた絵が増えている。今倅に見せているのもひと筆がきに近いような省筆の梅だが、線の確かさや伸びやかさはさすがに文晁先生ならではで、むしろこの種の俳味こそが絵師の技量を物語るような気もした。

　長い間きちんとした行儀のいい絵を描いてこられた文晁先生がこうした洒脱な画境に達した背景には、松平定信公が一昨年隠居をされ、それに伴って主君付きの身分から解かれたことが大きいのかもしれない。人一倍気遣いの働く先生が、これでようやく誰にも遠慮なしに思い通りの絵をのびのびと描けるようになったのではないか。宮仕えで長年辛抱をさせられながら、五十路(いそじ)の坂を越えてようやくそこに辿り着いた相手を、善四郎は心から祝福したい気持ちだった。

　善四郎も早や五十路が遠くない年齢で、それにふさわしい恰幅(かっぷく)が備わって、鬢(びん)に白いものが混じるようになった。とはいえ血気盛んな昔と同様、魚河岸へ毎朝足を運ぶのは苦にならない、どころかまだ楽しみでもある。

　魚河岸に行けば「八百善さん」と方々で声をかけられた。近所でも今や福田屋より八百善のほうが通りはいいのだ。山谷の八百善といえば江戸で知らぬ者なき名代の料理茶屋と目されて、それだけに料理のみならずあらゆる面で江戸随一といわれるもてなしを心がけなくてはならないから、主は気が休まる隙(ひま)とてなかった。

今日も取り替えた絵軸を仕舞いかけたところで、

「旦那、ちょいとお話が」

若い衆に声をかけられて、善四郎は少しばかり胸が騒いだ。声の調子からして何やら厄介事のような気がしたからだが、振り返って相手を見れば顔の表情にもそれが歴然としている。

「何だか妙なお客が」

と、おずおずいうのを聞いて、

「妙なお客もねえもんだ。ちった言葉に気をつけるがいい」

すぐにたしなめたが、久五郎は笑って親父の顔を見た。

「また馬喰町(ばくろちょう)の客じゃねえのかい」

店の名が揚がると、お陰でときどき珍客が訪れるのは思わぬおまけといえそうだ。

馬喰町には、訴訟のために地方から出頭して宿泊するための公事宿(くじやど)が軒を連ねている。訴訟が長引けば逗留も長引いて大変な負担になるが、一方で退屈もする客人を、時に宿の主が江戸案内でここに連れて来る。去年連れて来た上州の豪農は、

「まあず、何喰うても、えっれえうんめえのう。おら毎日でも喰いてえが、通うの

はちと遠すぎらいのお。どうぞ在郷に店を出しとくれんか。地所はいくらもあるで、ここよりまっと大きな店にすべえ」

と絶賛してくれたはいいとして、その後が大変だった。上州に出店するのは一体いつになるかと矢の催促の書状に添えて、向こうから上八や斜子織の反物を次々と送って来るので、善四郎はそれにいちいち丁寧な礼状を書き、出店はなかなかできない言い訳をしている。

「もういい加減、放っておきなよ」と倅は親父の律儀さを嗤うが、さほどに歓んでくれた客人とのご縁は大切にしておきたい。もしそれをなおざりにしたら、蟻の一穴から堤が崩れ去るようにして、折角ここまで築きあげた店の評判も台なしになるような気がした。

どんな料理であれ、さほど難しい技やコツが要るわけではないのだ。ただちょっとした手数で仕上がりがまるで違ってくるのだから、手間暇を惜しんではならないのである。善四郎は料理だけでなく何事にもこうして損得勘定抜きに誠意を尽くさずにはおれない質だが、それにしても今日のお客は対応に苦慮した。

「茶漬けが喰いてえの一点張りで。何しろ江戸一ならではの茶漬けが所望なんだとおっしゃいまして」

　と若い衆から聞くにつけても不審は募るばかりで、

「そんなら茶漬け屋に行きゃいいじゃねえか、なあ、お父つぁん。こりゃ何かいわくがありそうだぜ」

　と久五郎が訝るのも無理はなかった。

　江戸に茶漬け屋というものが初めて出現したのは善四郎が幼い頃。浅草並木に「海道茶漬」という行灯を掲げた店がそれだ。その後も銀座の「山吹茶漬」や七種の香の物を出す「七色茶漬」が流行った。

　近年はことに煎茶の普及に伴って茶漬け屋が市中に簇りだした。名のある店だけでも二十軒を超える。それなのにわざわざ山谷の八百善に来て茶漬けを注文するのは奇妙だった。

　八百善の通称通り、八百屋を出自とする福田屋はもともと蔬菜の調達に長け、香の物で評判を取った店である。今はちょうど炭団を燃やした温室に育つ早生の瓜や茄子の粕漬けが珍しいと評判を呼んでいた。

　料理茶屋で高い代金を払うからには、ふつうでは喰えないものを喰わせてほしいと客人が願うのは当然だし、店もなるべく珍しい材料(ねた)を調達するよう努めてはいる。ところが茶漬けとなればせいぜい香の物に凝るしかない。むろんそれくらいのことなら多くの茶漬け屋でしているはずだ。

「江戸一ならではの茶漬けが所望だなんていわれた日にゃ、うちも断じて後には退けねえ。なあ、父つぁん、そうだろ」

倅に焚(た)きつけられる恰好で、善四郎は意を決したように若い衆の顔を見た。

「馴れねえもんを拵(こさ)えるのに手間取って、大分とお待ちを戴くかもしれねえが、まずそれをご承知くださるかどうか、お尋ねしろ。ご承知なら、愛宕屋さんを今すぐここへ呼んで来てくんな」

相手が首をかしげながら階下(した)へ降りて行ったら、今度は善四郎が首をひねる番だった。

果たして江戸一の茶漬けとはいかなるものか、首をひねっても見当がつかない。ここは伊勢参りのタビヅレをあてにして、神のご加護を祈るのみだ。愛宕屋万次郎は暇に任せて方々で食べ歩きをしている男だから、茶漬け屋にも詳しいはずだとみたのだが、

「別に……どこといって……そう違いはねえなあ……茶漬けはやっぱり、茶漬けさあ」

いつも通りの間延びした声に、今日ばかりはちょっと苛ついた。

「茶の良し悪しはあるけどなあ」

「そいつだ、そいつを聞かせてくれっ」

善四郎は胸ぐらをつかまんばかりだが、相手はあくまで悠揚迫らぬといった態である。

「煎茶の葉は山本嘉兵衛に限るが、葉は同じでも水が変われば味は変わるさ」

お茶の味は水の良し悪しで決まると愛宕屋万次郎に断言されて、善四郎はうーんと唸らずにはいられなかった。今のうちの井戸水は神田上水の水と比べてもあまり良いほうとはいえない。しかしながら緑い煎茶が世間に広く出まわるようになった当節、万次郎が付き合う通人らの間では、聞き酒をするように煎茶の飲み比べをする遊びが流行っているらしい。

「飲み比べて水の当てっこをするんだよ。たとえばこれは玉川の水、そっちは隅田川の水、これは麴町の井戸水だとかいってね。で、おいらは外したことがねえのさ」

と万次郎は自らの舌を自慢した。

「それでお前の舌はどこの水が気に入ったんだ？」

「そりゃ玉川だねえ。やっぱり六玉川（むたまがわ）のひとつに歌われるだけのことはあるのさ」

「なるほど調布（たつくり）の玉川ってやつか……」

古来、歌に詠まれた諸国六箇所の玉川のうち、武蔵の国を流れる玉川の下流は六郷（ろくごう）の渡し場になるが、その川を遡れば崖下からいくらも湧き水が出て、江戸市中に玉川上水を行き渡らせている。上水の源に近いあたりでは清浄至極にして澄んだ水が手に入るので、煎茶道楽の者はなんと飛脚を頼んでそこから運ばせるのだという。

うちの鮎（あゆ）もたしかその辺から仕入れているはずで、川魚の仲買から聞くところによれば、四谷（よつや）の大木戸（おおきど）からでもたっぷり十里はあって、たぶん甲州街道の府中や日野宿に近いのではないか。山谷堀から四谷の大木戸までは三里だから、つまりは十三里の道のりを往復しないとその水は手に入らないのである。

「江戸一の茶漬けとあらば、長らくお待ちを戴くことになりますが、それでもよろしうございますかと、もう一度お尋ねしろ」

と若い衆にいいつけて、善四郎はその返事を待った上で近所の町飛脚と談合した。客の人数からすると水は倍量にしても一升では足りず、少なくとも一斗樽で運ばなくてはならない。しかも急ぐのだといえば、

「そんなら早荷になりやすが、ようござんすか？」

と相手は気の毒そうな顔をした。

手紙でも早状が並状のなんと五、六倍の値になるのは何人かで中継して運ぶためだが、荷物の場合は重量によっても変わるらしい。ならば玉川の水一斗を山谷へ急行させるには、一体どれほどの金がかかるのだろうか。

「そうさなあ、どんなに急いでも二刻はかかるし、どうしたって人頭が増えるんで、安く見積もっても三両ってとこかねえ」

と聞かされて善四郎は目を丸くするしかなかった。水だけのためにそこまで金をかけるのはいくら何でも馬鹿げている。けれど馬鹿を承知で頼んだのは行きがかりだけではない。今時こうした馬鹿は評判になる、と踏んだからだ。

山谷の八百善は茶漬けにも水を選んで莫大な出費をしたという噂が広がれば、長い目でみたら決して商いの損にはなるまい。仕入れにはそれほど気を遣う店だと知

って評判になり、それが却って店の信用にもつながるはずだ、と自身にいい聞かせた。

　往復十三里はひとりがふつうに歩けば一日がかりでも無理な距離(みちのり)だが、そこは早荷だから日が傾く頃には何とか玉川の水が到着した。

　竈で炊きたての白飯がさっそく茶碗に盛られて芳(かぐわ)しい湯気を立てるなかで、お膳の脇には春茄子と瓜の粕漬けを細かに刻んだ覚彌(かくや)の香の物が添えられた。これとは別に山本屋で仕入れた宇治の煎茶を土瓶に入れて、鉄瓶でふつふつ沸いた玉川の水が座敷へ運ばれると、本日のささやかでいて文字通り大変な馳走(ちそう)をさせられた注文はようやく片づいたが、

「旦那、お勘定はどういたしやしょう?」

　配膳の若い衆は帳場の善四郎を恐る恐る窺って、厨からも繁蔵が心配そうに首を伸ばしたものだ。

「わしがご挨拶に参ろう」

　若い衆のほっとしたような顔を尻目に、善四郎は廊下をすたすた奥へ進んだ。襖を開けて素早くお辞儀をした途端に、

「たかが茶漬けでえらく待たせやがって。八百善は随分と勿体をつけるもんだぜ」

頭ごなしの横柄な剣突でむっとさせたのは意外にも見知った顔である。たしか魚河岸の行事役ではないかと見ていたら、向かいに座った年寄りのほうが穏やかにこうたしなめた。

「伊豆屋さん、そう荒けなくはいわねえもんだ。こっちが無理をいって頼んだんじゃねえか。いや、さすがに八百善さんの煎茶は格別で感服しましたよ」

この年寄りの顔もよく見かけるので、魚河岸の行事仲間づれで来たかと思いきや、床の間の前にひとり武士が混じっていた。身なりはそこそこ立派だが、頭鉢が開いて口もとが突きだした品のない人相で、善四郎はふしぎとその顔も前にどこかで見たような気がする。

「決して勿体をつけたわけではござんせんが、江戸一の茶漬けをご所望なさると伺って、こっちも精いっぱい手を尽くしました。ご賞美戴いて幸いでございます」

と如才なく挨拶すれば、

「茶漬けをご所望なされた宇津野様は、ご満足なされましたか？」

この年寄りの声で急に昔の記憶が蘇った。床の間の前に座った武士を改めて見直すと、たしかにウツボ顔である。だが、まさかあの時の侍であるはずはない。あれはもう三十年以上も前の、大昔の話なのだ。

もっとも若い頃の記憶は先月のそれより鮮明で、洲崎の升屋における見聞は善四郎の胸にきちんと畳み込まれて、今でも容易に取りだせるのだ。それにしても世話になった升屋の亭主はともかく、彼を悩ませていたウツボ侍の顔まで瞼の裏に留まるのだから人の記憶は妙である。

ウツボは見てくれと違って漁師らが喰えばたいそう旨いという話だが、ウツボ侍はてんで喰えない野郎だった。ただ万が一あの侍が生きていたとしても、今は白髪頭の腰折れに相違なく、今ここにいるのは倅か何かだろうと思われて、善四郎は奇しき因縁に感じ入るばかりだ。

「ふん、身共は馳走改めに飽きたから申したまでのこと。たかが茶漬けごときに精いっぱい手を尽くしたなぞと、恩着せがましいことをぬかされては迷惑千万」

嫌みな受け答えも実に親譲りといえそうだが、ここは八百善の主として尋常に詫びなくてはならない。

「何かと手間取りまして、恐れ入りまする」

「いや、おかげでこっちも何かと話ができました。貸座敷代わりに使ったようで、すまねえと思ってるんだ。八百善さん、ありがとよ」

と先ほどの年寄りは正直に仔細を述べた。

「手間取った分のお代はちゃんと払うから、遠慮なくいってくんな」

善四郎はほんのしばし躊躇(ちゅうちょ)したものの、相手に倣って正直に告げた。

「はい、では、おふたり様で一両二分。併せて三両を頂戴致しとう存じまする」

これには四人の客がぐっと息を呑んだようにして顔を見合わせた。

「そりゃ席料としても、法外だねえ……」

「席料ではございません。正味の値でございます」

善四郎は堂々といい切った。何しろそれだけ貰っても、こっちの儲けはまるでないわけだし、魚河岸を牛耳っているほどの大問屋が相手なら遠慮は無用と思われたのである。

ふつうなら三十六文、安い店なら十二文でも食べられるお茶漬けに、八百善が二人分で一両二分もの値をつけた話はたちまち魚河岸で大評判になった。

月の終わりにはもはや誰知らぬ者なきありさまで、意外なことに八百善のやり方

を褒める声のほうが大きい。たしかにそれは気っぷがよくて豪儀な、いかにも当世の江戸好みらしい話にも聞こえたが、

「いい気味だ。胸が空くようだぜ」

と、別に何やら仔細があるのをはっきり匂わせたのは伊勢屋の若主人、亀太郎である。

伊勢屋は本船町の魚問屋で、善四郎はよく店の前を通って、ガキの時分から見ている。

きょろりとした眼で下唇をむっと突きだしたこの男の顔はカサゴに似て愛嬌があった。昔はいたずら小僧で生傷の絶え間がなく、今でも額にうっすらと向こう傷を残した顔で、印半纏に三尺帯を締め、棒手振り仲間と河岸を闊歩している。若い者からは俠気のある兄貴分として慕われる一方で、竹を割ったような気性は年寄り連中にも案外と受けがいいのだ。

片やいい気味だといわれた連中は魚問屋仲間で近頃めっぽう評判が悪い。それはどうも建継所とやらに関係するらしかった。

日本橋の魚河岸が幕府に鮮魚を上納する件では、以前からさまざまな揉め事があ

ったのを善四郎はよく承知している。上納を渋って魚を隠匿する側と摘発する側のせめぎ合いは、時にあのウツボ侍のような毒を持った役人も介在して、洲崎の升屋にまでとんだとばっちりを及ぼしていた。

　そもそもは幕府の支払いが遅くて、しかも金額が引き合わないために起きる上納逃れは一向になくならず、ことに去年の秋はひどい時化だったのがきっかけで、ついに建継所なるものが誕生したのだった。そこでは各問屋から取り引きごとに全額の百分の一を除け銭として徴収し、それを積立金にして、上納による損失の補塡をするという仕組みだった。

　一見うまくいきそうだったこの仕組みが、なんと半年も経たないうちに破綻しかかっている。それはそこを切りまわしている行事役連中のせいだと亀太郎は息巻いた。

「金を集めるだけ集め、こっちにゃ何だかんだとこじつけてなかなか出しやがらねえもんで、ありゃきっと連中が着服してんだろうと噂になり、こっちも金を出し渋るようになっちまった。おまけに、ほら、あのざまをご覧なせえ」

　と亀太郎が指さした彼方には継裃の男がいて、こちらにゆっくりと向かって来る。

狭い河岸の路地で、若い者に露払いをさせて裃姿で歩く様はいささか滑稽だが、顔を見れば、

「ああ、あれはたしか……」

先日お茶漬けを注文した行事役のひとり、伊豆屋と呼ばれていた嫌みな男ではないか。

男は二軒手前の店で立ち止まり、わざわざ腰に差した白扇子を抜いて店頭の魚を指す。それはいかにも勿体ぶっているふうで、魚河岸には似合わない仕方である。

「ふん、どうとちくるったもんやら、すっかり役人気取りなんだから笑わせやがる」

という亀太郎に笑顔はなく、見るからに苦々しい表情だ。

ふいに「おっとご免よ」と声があがって、棒手がひとり伊豆屋の前に躍り出た。途端に天秤棒が伊豆屋の鼻先をかすめ、即座に「無礼者めっ」と突き飛ばされた棒手は尻餅をつき、盤台の魚があたりに散乱した。

「何しやがるんでえ」

「てめえこそ何だ。棒手の分際で、お上の御用に楯突く気か」

このやりとりの間に鰺や鶏魚や鱚が地べたでぴちぴち飛び跳ねるのを見て、善四郎の顔にも苦々しい表情が浮かんだ。

伊豆屋も本来は魚問屋仲間だから、こうした役人風を吹かすのが顰蹙を買うのは明らかである。

「連中は御納屋の役人に成り代わったつもりなんだろうよ。それで御納屋の上役に袖の下をしこたま使って、その分こっちの払いが悪くなったというわけさ」

そもそもは魚河岸の川向かいになる四日市町に御納屋と呼ばれる役所があって、そこが魚の上納を取り仕切るはずだったのに、建継所がそれを肩代わりしはじめたところに摩擦が生じたらしい。

袖の下の件はさもありなんというべきか。善四郎は例の茶漬けの一行に混じっていたウツボ侍の倅を想い出す。あれが亀太郎のいう御納屋の上役ではないか。だとすれば、こっちが清浄な水の入手で奔走する最中に、汚れた金の受け渡しが行われていたということかもしれない。

思えば「お上の御用」という文句には一種の魔力が潜んでいた。その魔力が、時には伊豆屋のような、さらにはウツボ侍のような毒魚を泳がせて世間に幅を利かせることにもなるのだろう。そうした連中に店を使われたことが善四郎はえらく不愉快で、客を選べぬ客商売の辛さを改めて思わずにはいられなかった。

夏の終わりから秋の始めにかけて海が時化がちなのは例年通りだが、今年は秋が深まってからも不漁続きで河岸が喘いでいる。善四郎も近頃は朝出かけるのがおっくうになるくらい、板舟の鮮魚ばかりか河岸自体もそれらしい活気に乏しく、何だか妙にぎすぎすした雰囲気だった。

不漁の際にもむろん将軍家が召しあがる鮮魚の上納は怠れない。例の建継所の連中が相変わらず「お上の御用」をいい立てて、亀太郎はきっと血が上っていることだろう。ただし伊勢屋の前を通りかかっても、近頃はあまり姿を見かけないのがちと気がかりだった。

とうとう事が起きたのは文化十二（一八一五）年十一月五日。この日、善四郎はいつも通り河岸から戻って料理の支度をし、そろそろお客を迎えようかという頃合いに繁蔵が傍に来て、

「旦那、さっき来た者がいうには、何でも河岸にえれえ騒ぎがあったんだとか」

善四郎は起きるべくして起きた事の見当がすぐについた。

手鉤と包丁を持った野郎百人ほどが建継所になだれ込んで、切った張ったの無茶をやらかしたんだと聞けば、

「そいつはいくらなんでも穏やかじゃねえなあ……」

と思わず唸ってしまう。

魚河岸の連中はいずれも血の気が多い。おまけに刃物が手近にあるからとかく物騒なことになりかねない。それは福田屋にとっても他人事ではなかった。善四郎はたちまち明日の仕入れが心配になって、安眠が得られぬまま、次の日も気がかりで夜明け前に家を出た。

ところが江戸橋で舟を降りたら存外いつもと変わらないから、まるで悪い夢を見たような気分だ。河岸通りを行けば、むしろ近頃にない活気が感じられる。印半纏にねじり鉢巻きの若い衆が皆きびきびと立ち働いて、声の調子もいつになく陽気で威勢がいいのである。

河岸通りから一本裏の路地に入って伊勢屋の前を通りかかったら、久々に亀太郎の元気そうな姿が目に入った。

「おお、亀や、昨日は大変だったそうだなあ」

後ろ姿にさりげなくそう声をかけたら相手はすぐさま振り向いて、

「ああ、八百善の旦那、まあ聞いてくれ」

と得意満面の笑みを浮かべて一気呵成に語りだした。

建継所の横暴に憤っていたのは何も伊勢屋亀太郎ばかりではない。西宮利八、伊勢屋七兵衛、神崎屋重次郎、佃屋彦兵衛ら共に若き魚問屋の五人が一味結束し、ついに明らかな不正を摘発して昨日は直談で追及した。

当初は五人だけで出かけるつもりが、これを放っておけないとみた若い衆がてんでに包丁や手鉤を振りかざして後を追い、日本橋を渡る頃は総勢百人近い大群に膨れあがっていた。

「嬉しいじゃねえか。これぞ河岸の心意気ってもんだぜ。もっとも決して手出しはならねえといいつけたんで、誰も手ェひとつ振りあげたわけじゃねえんだよ」

と、亀太郎の目は笑っている。

「ところが意気地がねえ連中は、腰を抜かすやら震えあがるやらして文句もいえず、ついに建継を取り止めにする約束までしやがった。どんなもんでえ。日頃いくら威張りくさったって、こっちを本気で怒らしたらどれほど怖いか、連中もこれで思い知ったに違えねえや。へん、いい気味だぜ」

威勢のいい勝ち鬨を聞きながら、一抹の不安が善四郎の胸をかすめずにはおかなかった。行事役を務めるほどの老獪な連中が、若い者に脅されたくらいでそうあっさりと引き下がるだろうか。また誰にもケガがなかったからいいようなものの、大勢が徒党を組んで役所を襲った件は、繁華な日本橋に近い出来事だから今や江戸中の噂になっていそうである。噂が大きくなれば、隣の御納屋にいた役人もそれを見過ごすというわけにはいかなくなるのではないか。

案の定ひと月近く経った暮れには五人が町奉行所に召し捕らえられた噂を聞くはめになった。喧嘩両成敗で建継所の行事らも一応召喚されたとはいえ、こちらが町預けで詮議を受けるのに対し、亀太郎ら五人は気の毒にもこの極寒の季節に伝馬町送りとなったらしい。

「金をくすねたのは行事のほうなんだ。それが町預けで済んで、なんだって悪事を暴きに行ったうちの若旦那が牢屋に入らなくちゃなんねえんだいっ」

と伊勢屋の若い衆は憤懣やるかたない調子だが、徒党を組んで世間を騒がしたことの罪が重いと奉行所は判断したのだろう。

そもそもは勘定が合わない「お上の御用」に端を発した一件で、それ自体を理不尽と奉行所がみることは、まずあり得なかった。

牢屋敷の食事は朝晩の二度と定まっている。日に五合の飯と味噌汁と大根の糠漬けのみ。牢名主以下の牢役人はお膳代わりの折敷や茶碗が使えるが、平の囚人は箸だけで盛相と呼ぶ曲げ物に入れたままの飯を喰わねばならず、盛相飯は冷えきって臭いのが通り相場だ。ただし届物と称する差し入れは案外許されており、牢屋敷の門前にはそれを請け負う店が軒を連ねていた。

「八百善さんに届物なんぞお願いしてもいいのかねえ」

と魚河岸の旦那衆からおずおず頼まれるつど、善四郎は歓んでそれを引き受けた。時には自前ですることもあった。

建継所を襲った五人は魚河岸を守るために決起したのである。とにかく善四郎はガキの時分から見馴れた亀太郎が不憫で気の毒だが、助けてやりようがない。ただ人はどんな時でも喰い物が一番の慰めになると信じるばかりだった。

もっとも届物は飯も肴もすべて牢屋の張番が用意した大きな笊に明け、汁も手桶で運ぶため、いくら八百善でも贅沢な料理は拵えられない。仮に拵えてもそれは張番の余得になるだけだ。平の囚人は茶碗が使えないのでせいぜい菜飯や赤飯をおにぎりにして、海苔で巻くか胡麻をまぶすくらいが関の山だが、

「中に豆板を混ぜたのが一番おいしいと聞きやすぜ」

と清六が柳刃の眼を光らせて教えたものだ。平の囚人はツルと称する金品を牢名主に渡せば少しは楽をさせてもらえるから、おにぎりの中に豆板銀を忍ばせて届ける者もあるのだという。

牢名主にすら賄賂（まいない）が効くとなれば、娑婆（しゃば）ではなおさらだろう。例のお茶漬けの一件で善四郎は建継所の行事らとウツボ侍のつながりを図らずも知り、そのことが強くひっかかっていた。

町奉行所の詮議は年をまたいで延々と続いた末に、建継所の行事は不正が認められていずれも罷免となり、新たな行事役が選任された。しかしながら長い詮議の間に入牢中の五人が次々と獄死を遂げたのは、河岸のみならず江戸中の痛恨事であった。

善四郎にはこの一件がことのほか強く響いた。しばらくは目を閉じると亀太郎の

カサゴに似た愛嬌のある顔とウツボ侍の顔が交互に浮かんで歯ぎしりをした。

武士の不正は見逃され、町人は命を落としたことが悔しくてならなかった。

さらには五人の死をもたらした騒動の発端が、将軍家の召しあがる魚の調達にあったことは、この料理人の魂に沁徹して深く刻まれたのである。

*

建継騒動がまだ奉行所での落着を見ない頃に、善四郎は全く別の、こちらはちょっとおかしな話を聞かされている。話し手は相変わらず喰うことに目がない伊勢参りのタビヅレにして、お徳の亭主の愛宕屋万次郎だ。

「俺も若けりゃ万八楼にすっ飛んでくとこなんだが、今それをしたら女房が座敷牢に閉じ込めちまうさ。何せこの躰だからなあ」

と大黒様も顔負けの下腹をさすってげらげら笑った。

建継騒動が持ちあがった亥年の冬には千住で酒合戦が催されて、亀田鵬斎と谷文晁の両酒豪ばかりか抱一上人まで来賓に招かれたという話を、善四郎は南畝先生から伺った憶（おぼ）えがある。大盃で飲み競べをしてなんと六升二合もいった強者や、酒と酢と水と醤油をそれぞれ一升ずつ飲み干した奇人がいたらしい。下戸の抱一上人はその場の様子をしっかり写し取ってみごとな絵にされたというが、善四郎はまだその絵を拝見したことがなかった。

丑年（うしどし）のこの春、柳橋（やなぎばし）の万八楼で催されるのは大酒のみならず大食を競う会だそうで、

「料理茶屋ですることとも思えねえが、当節はそんなのが客寄せになるのかねえ……」

と善四郎は首をかしげるばかりだ。

「おいらもふしぎだよ。この世に生まれて、人はただ大喰いすればいいってもんじゃねえ。死ぬまでにどれだけ旨いもんを喰うかが勝負なんだからねえ」

とはこの男らしいいい分ながら、万次郎はやはり気になったらしく、自らそれを見物に行って詳しい報告をしてくれた。日頃は大喰いで驚かせてくれる男が開口一番「いや、驚いたのなんの」というのだから、善四郎も耳を貸さないわけにはいかなかったが、

「まず菓子組には饅頭五十と羊羹七棹、薄皮餅三十をいっきに喰った野郎がいた」と聞いただけで気持ちが悪くなった。

「ただ飯組は味噌と香の物で六十八杯だろ。蕎麦組はもりでせいぜい六十三枚ってとこさ。おいらが若い時ならもっといけたぜ」

そう聞いて、善四郎は若き日の出来事がつい昨日のように想い出された。

ふたりが伊勢参りをしたちょっと前までは奥州の飢饉で大勢の餓死が出た。江戸でもまともな飯が喰えないありさまで、米屋は軒並み打ち壊しに遭った。思えばあれからもう三十年。施粥の一杯を求めて長い行列ができた当時を知る身としては、食べ物の有り難みが何だかすっかり薄れたご時世に、罰が当たりそうな気もする。そんなふうに思ってしまう自分は、いつの間にかすっかり年を取ったような気もした。

柳橋の万八楼で大食会が催された翌年は、元号が文化から文政に替わっている。人は長生きをすれば辛い哀しい出来事に見舞われ、馬鹿げた目にも遭うとはいえ、それなりの慶び事にも恵まれるのを、五十路の坂を越えた善四郎は心底有り難く思うのだった。

とうに二十歳を過ぎた跡継ぎの久五郎は文政二年の春ついに嫁を迎えた。包丁の腕は師匠の清六も筋が良いと請け合うくらいだから、これでもう何も心配はいらなかった。片や次男坊の定七を仕込んだ繁蔵は、糝薯（しんじょ）や蒲鉾（かまぼこ）を作らしたら天下一品だろうと賞（ほ）めてくれる。

「何しろじっくりと腰を据えて、こっちが目え剝（む）くほど丁寧に鉢をあたりなさるんで、つやのある綺麗なすり身ができるんですよ。へへへ、親父さんの若い頃はもっと腰がそわそわしてやしたぜ。ありゃ誰譲りなんでしょうかねえ」

答えるまでもなく、定七は顔立ちも気性も母親お栄の血を受け継いでいる。控えめで、しかも何事も丁寧に務められるのは料理人として天性の取り柄といえるだろう。

どんな料理も手間のかけ方ひとつで味がまるで違ってくる。料理は何もないところで一から生みだすものではない。昔から伝わる仕方にほんの少し工夫を加えたり、しっかりと手間をかけることで独自の味を作るのだ。捌（さば）いた魚をすり身にする時は、並ならぬ丁寧さが他に優（まさ）る味を生みだすのだった。

一方で魚を捌く時には思いきりの良さが要る。何事も手早くして、熱い汁は熱いうちに出すのがやはり料理の肝腎要。久五郎を仕込んだ清六は、その度胸の良さを父親譲りだと大いに買ってくれている。

料理人はそうした果断な魂と、地道な性根の双方を兼ね備えるのが何よりとはいえ、兄弟がそれを巧く分け持ってくれたのは親として嬉しいことだ。

定七は兄とふたつ違いだからこちらもそろそろ嫁を迎える年頃だ。至って兄弟仲がいいので夫婦揃ってひとつ屋根の下に住むのも厭うまい。兄弟夫婦が共に力を合わせれば、福田屋の将来は盤石であろう。あの時、無理をしても店を広げたことに間違いはなかった、という思いが父にはある。

もっとも兄弟に店を譲った後はどうするかも、そろそろ考えておかなくてはならない。思えば自分が三十路を迎えた年に親父が隠居をしたのは、今にしてつくづく頭が下がる。自分はあんなふうにあっさりと潔く身が退けるとはとても思えないし、さりとて倅たちの邪魔になりたくはなかった。

折しも訪れた南畝先生にそんな気持ちをふと洩らしたら、

「升屋で見かけた小僧が随分と大人になったもんだのう」

と大笑いされたものだ。

今や蜀山人の号が通り良くなった南畝先生こと大田直次郎も早や古稀を超えて、病がちとはいえ健筆に変わりはなく、曲がった腰を伸ばすようにして折々の物見遊山に出向いていた。

ちょうどこの頃、長崎奉行所に赴任した際の知人、中村李囿宛の手紙に認めた狂歌が、

詩は五山　役者は杜若　傾はかの
芸者はおかつ　料理八百善

後に「詩は詩仏、書は米庵に狂歌おれ」などと自讃した茶目っ気のある狂歌のほうが世に広まっている。菊池五山、大窪詩仏は共に当時の流行詩人で、市河米庵は書の大家。杜若は名女形五代目岩井半四郎の俳名。かのは吉原の花魁私衣、おかつは駿河町の芸者。いずれも当代きっての稼ぎ頭とみられており、他の四人はいろいろと詠み替えられても、末尾の「料理八百善」は不動であった。

「おぬしは果報者だ。出来のいい息子がふたりもいて、その歳で早々と隠居の思案

をしておる。片やうちの倅はぼんくらで四十になってもお役に就けんから、当主にすらなれん。されば俺はこうして古稀を超えながらおちおち隠居もできん始末だ」

南畝先生がそんな愚痴を洩らしてから、さほど日を置かずにある客人が訪れた。

それで、その客人がてっきり先生の紹介に違いないと思ったのは、

「昔は蔦重、今の泉市、といったところかのう」

と、いつぞや聞かされた憶えがあったからである。

芝神明前の甘泉堂和泉屋市兵衛は、耕書堂蔦屋重三郎が東洲斎写楽を売りだした向こうを張って、歌川豊国の役者絵連作を同時に版行。地元芝在住の、当時まだ無名だった浮世絵師を起用したこの勝負は泉市が圧勝している。

泉市はもともと仏典などを商う堅気の書物問屋だったが、今の四代目当主から庶人向けの浮世絵や草双紙にまで手を広げるようになったのだという。南畝先生にその話を聞くと、精進料理から手を広げて福田屋の店を大きくした善四郎は、何やら親近の情らしきものが湧いたのを想い出す。

訪れた相手はさっぱりとした造作の顔に優しげな微笑を湛え、まずこちらが戸惑うほどに腰が低かった。

「八百善さんのお料理は何度か戴きましたが、今日はご亭主のあなた様にひとつお願いがございまして」

「へい、へい、何なりとご注文くださいまし。うちはご法要の御斎(おとき)でも、書画会の宴でも、存分に包丁を振るいますんで」

「いえいえ、そういう話ではございませんで」

相手は穏やかな表情で即座に打ち消し、善四郎は首をかしげた。

「包丁でなく、筆を振るって戴こうと存じて参りました」

善四郎はますます当惑しつつ、

「まあ、詳しい話をお伺い致しましょうか」

相手の目をじっと見ながら煙草盆を前に進めると、やはり初対面のような気がしない親しみの湧く人相で、その穏やかな声にも素直に耳を貸せた。

にもかかわらず、どうも話が腑(ふ)に落ちない。とにかくそれは余りにも突飛な注文で、およそ前例というものが身の周りに見当たらないから、

「お前さん、正気でおっしゃるのかい？」

と何度もしつこく問い質(ただ)すはめになった。

「はい、左様で。江戸一の料理茶屋、八百善のご亭主にしか書けない本を、この泉市が作らせて戴きたいのでございます」

相手はあくまで真顔の真剣な口調だった。

日本に料理本が出現したのは案外と古く、鯛を巻頭に据えて素材別の調理法を列記した『料理物語』が出版されたのは木版印刷が普及しはじめた十七世紀半ばの寛永年間。その後七巻八冊の大部で調理法の詳細を記した『古今料理集』が登場するなど活発な版行を重ねる中で、次第に実用書から離れて趣向を凝らした筆遊びの本が増えていった。中でも『豆腐百珍』は、たったひとつの素材で百種もの調理法を並べ立てた文字通りの珍本として大評判となり、これに追随して卵、鯛、柚、大根、甘薯などを同様に仕立てた本が現れている。

善四郎はそれらのめぼしいものには目を通しており、近年また『素人庖丁』などさまざまな料理本の出版が相次ぐのも知ってはいたが、まさか自ら筆を執ることなぞ思いも寄らず、

「うちは代々の料理屋だが、父つぁんから聞いた話はあっても、書き残したもんなんざひとつもござんせんぜ。そもそも料理の肝腎要となる塩梅というもんは、口に

出すのも難しい。ましてや書いて伝えられるもんじゃねえんですよ」

暗に断ろうとしたが、名うての版元泉市はそう容易く引き下がるわけがなかった。

「仰せの通りでございます。ゆえにこれまでの料理本は大概が素人衆の書いたもので、その通りには作れぬ料理が山と書いてございます。なぜ本職の方が筆を執ろうとなされんのか、それはいくら包丁の名人でも、一丁字を識らず筆のおぼつかない方ばかりだからだと思い込んで、諦めておりました」

今はもう諦めるつもりがないことを、その目がこちらにはっきりと伝えていた。

若い頃に水野の屋敷で奉公した善四郎は読み書きをみっちり仕込まれたばかりか、俳諧や狂歌にも馴れ親しんだ。南畝先生らとの付き合いでそれなりの耳学問も得ている。今や料理茶屋仲間で筆頭株として皆に一目を置かれるのは、店の繁盛のみならず、耳学問の裏打ちによる見識の高さによるところが少なくない。

それにしても遠い芝の版元が突然それを思いついて山谷にまで訪ねて来たとは思いにくい。そこには誰かの入れ知恵が働いたというより、少なくとも善四郎の人となりを知らせた者がいるはずだ。それはひょっとしたら南畝先生ではないか、と善四郎が思うのは、先日会ってたまたま隠居の話をしたからだった。

ふたりの倅が二十歳を超えればそろそろ隠居のことを考えだしてもおかしくはないが、まださほどに躰も気力も衰えずにいて、あの世へ逝くまでの間をどう過ごせばいいのだろうかという迷いを、先生にふと洩らしたのは確かだ。

　ならば筆を執るがよい、と勧めるつもりで先生はこの相手を焚きつけたのではないかと思われた。いかにも筆を執って天下に名だたる先生らしいお勧めだが、善四郎はまるで立場を異にするため、とても本気にはなれず、丁重に断ると相手も存外あっさり引き下がった。

「初手はきっとお断りになると存じましたが、わたくしは諦めておりません。近いうちにまた改めてお邪魔を致します」

　捨てゼリフを何も本気にしたわけではなかったが、この夜は帳付けを済ませた後も善四郎は珍しく筆を放さなかった。

　白半紙に細かい字で「けん浜防風(はまぼうふう)、うすつくり平目、若しそ、しらがうど、栗生姜(くりしょうが)せん」と書いていたら、ふいに後ろから久五郎が声をかけたものだ。

「父つぁん、こんな遅くまで何してんだい？」

「ああ、こりゃ今日の献立を想い出して書いてんだ。膾(なます)は平目の薄造りにして、けんが浜防風、若紫蘇の掻敷に、ツマは独活と栗生姜の千切りで間違いねえなあ」

　昔から日本料理の要となる膾では添え物をツマと称し、下に敷く緑の葉が掻敷で、盛りつけの見映えを助けるのがけんである。

「なるほどねえ。そうきちんと書いといてくれたら後で助かるよ。父つぁんが死んでも献立に迷わなくて済むさ」

「縁起でもねえことをいうねえ。俺はまだまだくたばりゃしねえぜ」

「当たり前じゃねえか。今くたばられたら店がたちまち潰れて、おいらたちまでくたばっちまうよ」

　親子でこうした冗談をいい合えるのもあと十年あるかどうか、二十年後はもうないと思えばしみじみ人の命は儚い気がする。

　あれだけ精進料理の味つけにこだわった親父も、鯛の鮮やかな捌きようを見せてくれた升屋の主人も今はこの世の人ではなかった。ふたりに教わったことは胸の内に留まって、自分の料理の中に込められはしても、料理は口に入ればすぐに消えてしまう、人の命よりもさらに儚いものだ。

　それに比べて、と善四郎が今ふと想い出すのは、抱一上人が先ごろ根岸の、たしか永称寺とかいうお寺で催された「尾形光琳居士一百週諱展覧会」なる催しだった。
あの花魁賀川を身請けしてすぐに抱一上人は根岸に住まいを移され、今そこは雨華庵と呼ばれていた。たまに雨華庵を訪ねると、上人はますます画業に磨きがかかって絵にも凄味すら出てきたように窺えるが、そうして上人の絵心に火を点けたのが、百年も前に世を去った絵師だということを忘れるわけにはいかなかった。

上人は会ったこともなく、ましてや先祖でもないその人を六月二日の命日には必ず供養し、四年前の百年忌には各所から百点もの遺墨を集めて展覧するという大変な企てを断行された。そこで光琳の絵を初めて目にした善四郎は、百年も前の絵がまだこうしてこの世にあることに改めて深く感じ入ったのだった。

いつぞやは抱一上人が光琳の絵から学んだという技法を間近で見せられて、絵師は直に教えなくとも、この世に絵を残して、はるか後世の人に何かを伝えられると知った。

料理は決して後に残せない。けれど献立を書き残すことくらいはできそうである。その献立を読んで、あれこれと想いを廻らしながら料理の工夫を凝らしてくれたら、自分もひょっとしたら後世の人にほんの少しは何かを伝えられるのかもしれない。

善四郎はふとそんなふうに考えて、それが鵬斎先生にいわれた、自分がこの世に生まれた証（あかし）になりそうな気がした。

　もっとも泉市から近いうちにまた改めてといわれてもそれを本気にはしなかったので、月をまたがずに相手が再訪したのは意外に過ぎたといえる。

「いくら書けとおっしゃっても、わっちに書けるのは献立くらいのもんでして」

と善四郎は今度もあっさり断ったつもりだが、

「それでよろしうございます。いや、それこそ願ったり叶ったりでして」

　相手のしぶとさはそれを上まわっていた。

「料理屋の献立を読んでも、そう面白いとは思えませんがね」

　ついつい皮肉な調子になると、相手はやや厳しい表情に変わった。

「この広い世間で八百善さんの料理を召しあがれる方は幾人（いくたり）おいでか、ご存じでございますか。そりゃ一度くらい召しあがった方は結構いらっしゃるかもしれん。したが春夏秋冬四季折々の料理を口にされる方は限られましょう。八百善の評判を耳にして、ああ、一度は食べてみたいと念じながら、果たせずに世を去る人のほうが百層倍も多いのをお忘れくださいますな」

　善四郎は虚を衝かれた面もちで黙り込んだ。たしかに自分はこれまで店を訪れたお客のことしか念頭になかったし、商売は大概そうしたもんだが、版元という商売はどうやらそうではないらしいのである。

　思えば絵草紙問屋の店頭にわざわざ出向いて本を買い求める者はさほど多くない。大方の本はそれを風呂敷包みで背負った貸本屋の手で市中に出まわっている。つまり版元は絶えず目の前に現れない客を相手にしなくてはならないという、善四郎から見れば実に奇妙な商売なのだ。

「八百善の献立を本にすれば、諸国津々浦々のお人が、お江戸では斯様に立派な料理が喰えるのかと感じ入って、何かの折には出て来たいと念じましょうぞ」

　それを聞いて善四郎の胸にぱっと浮かんだのは、あの上州の客だった。今でもまだ盆暮れに便りをくれるあの客が望んだように、上州へ出店するのは無理としても、四季折々の献立を本で目にしてもらえれば、毎日でも通って来たい気持ちをほんの少しは晴らせてもらえるのかもしれない。

「素人の筆遊びではなく、江戸一の料理茶屋で本当に食べられる献立を載せるからこそ値打ちがあるのでございます」

と、泉市はさっぱりした風貌に似合わぬ粘っこさで熱心にかき口説くのだった。

三国志の諸葛孔明（しょかつこうめい）が三顧の礼を受けた故事に倣って、人に大事な用を頼む者は必ず三度訪れるというが、二度とも振られた泉市は以来ずっと姿を見せなかった。

早くも梅雨時に入って、店はいずこも客足がばったり落ちている。この日は重い雲が垂れ込めて朝からしとしと降り続け、昼になっても蒸し暑くならないのはいいとして、店は閑古鳥が鳴く始末だし、暇を持てあましながら出歩く気にもなれない。善四郎にしては珍しく居間に引っ込んでくさくさしていたら、若い衆が飛んで来て、

「旦那、例の芝のお客人が」

慌てて出迎えたら、相手は茶色い半合羽（はんがっぱ）を脱いでずぶ濡れの着物を見せ、泥だらけの足を盥で濯（すす）ぐ最中だった。芝神明前からここまでは二里をゆうに超える道のりで、さぞかし足下に難儀をしただろうが、顔は相変わらずさっぱりとしたものである。

「今日ならばきっとお手空（てす）きで、お話がゆっくりできるかと存じまして」

その粘り強い声はついに善四郎の陥落を余儀なくさせた。

以来、先方の求めに応じて四季替わりの献立を書きはじめ、ただずらずらと書くのではわかりにくいから、一応の部立を試みた。

部立の冒頭はやはり膾で、八百善らしい精進の膾も加えて、三杯酢や胡麻酢といった膾のかけ酢を書き並べてみたら、それだけでなんと十六種類にもなった。

膾の次は汁の部で、そこから先は素材別でなく、料理屋らしい容器別の部立にした。同じ魚鳥や蔬菜でも、小さな深めの壺皿か大きめの平皿か、あるいは猪口か茶碗か、鉢か硯蓋かで調理の仕方を変える。書き並べてみたら、本朝の料理は器の違いが意外なほど大きくものをいうのに改めて気づかされた。

片や唐土に倣った卓袱料理は大皿でひと盛りにして取り分けるから、器の形状にはあまりこだわらなくても済むのだ。それなのに卓袱料理を初めて手がけた際は、やたらと器に凝ってしまい、鵬斎先生のお叱りで目を見開かれたことを想い出しながらそれを書き足して、ひとまず見せたら、

「おお、これは重畳。美味なる料理の数々が目に浮かぶようでございます」

泉市は嬉しそうな笑顔を見せつつも、

「ただ、できればもうひと工夫が欲しいところ。八百善さんならではの秘伝がほん

の少しでも載っておれば、読まれた方がもっと満足なさるかと存じます」

と版元のしぶとさを前面に押し出してきた。

年が改まると版元の訪れがさらに頻繁となった。主自らではなく手代がやって来て、過去のさまざまな見本を示して本の作り方を説明してくれるのだが、何しろ畑違いの話で善四郎はへたに文句もつけられず、毎度ながら「どうぞよしなに」と応じるしかなかった。

当の泉市は一体どこを飛びまわっていたのやら、春も終わりかけにようやくまた姿を現して、喜色爛漫といった面もちである。

「八百善さんの本といえば、さすがに皆様が気持ちよく応じて下さいました」

「はあ？　皆様とは……」

善四郎は怪訝な面もちだが、版元は自信たっぷりの顔つきでこの出版の陣容をとうとう明らかにした。

「扉絵と題字はやはり抱一上人にお願いを申しあげました。序文は亀田鵬斎先生と大田蜀山人先生がお引き受け下さることに」

他にも今や田安徳川家の御絵師ともいうべき谷文晁と、津山松平家の御絵師、鍬（くわ）

形蕙斎(がたけいさい)が挿絵を手がけてくれると聞いて、この出版が版元にとっては容易ならざる企てであったことを善四郎は初めて思い知らされた恰好だ。

「たしかに、いずれもうちのお客様でございますがのう……」

献立を本にしたいというのは口実に過ぎず、本当は八百善に集う客がお目当てだったのかと疑うほどに、泉市は当代の名士をしっかりと口説き落としており、それは後世にも実に前代未聞の豪華な顔ぶれと受け止められそうである。

「もちろん八百善さんにも、これから料理の由来やら心得やら、まだまだ沢山(たんと)書いてもらわねばなりません」

善四郎は版元の押しの強さに呆れながら、それより何より亀田鵬斎、大田南畝の両先生方と並んで筆を執るのは余りにも畏(おそ)れ多い気がしてならなかった。

「妙な遠慮をなさいますな。料理のことでは八百善の亭主に何かと教わるところが多いのだと、蜀山人先生もおっしゃっておりました」

「そりゃどうも……」

面映ゆさと晴れがましさに包まれて、善四郎は南畝先生にただならぬ恩義を感じた。こちらが何もお返しできないのは申しわけない気持ちにすらなった。

「蜀山人先生に限らず、名士の方々が大勢ここへ足をお運びになるのは、八百善さんのお力でもあるのをお忘れなく。わたくしはいわばそのお力を世間に広く知らしめる橋渡し役でございます」

と泉市は誇らしげに版元の夢を語った。

「ついてはそろそろ書名を決めねばなりませんが、名は体を表すで、本も名題が肝腎要のところ。わたくしもかねてより思案を重ね、今日はこれぞという名題を書いてお持ち致しました。どうぞご覧くださりませ」

目の前に差しだされた半紙に並んだ三文字を見て、善四郎は実に意外な気がしている。

その意外な書名は半紙の真ん中に堂々と記されていた。上に小文字で「江戸流行」と角書(つのがき)がしてあるが、これでどうかと訊かれても、善四郎は首をかしげるばかりだ。

「書名が『料理通』とはどうも……」

料理通とはあの愛宕屋万次郎のような男のことを指すのではあるまいか。とても本職の料理人が出す本の書名とは思えないのだが、

「当節はいずこでも片腹痛い半可通（はんかつう）が大流行り。さほどの味わいも知らず、どこそこのあれは旨いとか、不味（まず）いとか、勝手なことをいい散らす輩に、真（まこと）の『料理通』とはこうしたもんだと示すのも一興でして」

と版元は皮肉な胸の内を明かしたものである。

かくして文政五（一八二二）年の春には、八百善主人著と明記され、『料理通』と題した一冊四十丁の本が芝神明前の書肆（しょし）甘泉堂の店頭に並んだ。版行に当たっては一枚摺（ず）りのちらしも撒（ま）かれ、そこに軽妙洒脱な広告文を載せたのは柳亭種彦（りゅうていたねひこ）、後に『偐紫（にせむらさき）田舎源氏』で一世を風靡（ふうび）する人気戯作者だった。

泉市が総力をあげた出版の甲斐（かい）あって、この料理本はたちまち江戸市中の大評判となり、売れ行きも上々ですぐに版を重ねている。

「早く続篇を出しましょう。わしも八百善の馴染み客なのに、『料理通』を出すなら出すで何故ひと声かけてくれなんだと、ほうぼうから愚痴られて参っております。そこで次は葛飾北斎（かつしかほくさい）と渓斎英泉（けいさいえいせん）のご両所に挿絵をお願いしたら、おふたりとも願ってもないと大乗り気でして」

と泉市は早手まわしでせっついたが、善四郎のほうは本業の繁盛が重なって当分は筆を執る暇もないに等しいなかで、まずは版行の内祝いとして同業や近所の仲間内、吉原の廓内にも挨拶かたがた配り物をしている。むろん世話になった先生方をお招きしての祝宴もあった。

　抱一上人と亀田鵬斎、谷文晁先生の三幅対は相変わらず仲良くまとまって来られたからよかったが、真っ先にお礼をいわなくてはならない相手を招くのが意外に難しかった。

　古稀をとうに超えた南畝先生は、まだ出不精というのではないが、調子を崩される日が多くて、ようやく独りでふらりと現れたのは二月も半ば過ぎのことだった。

　この日はちょうど彼岸の入りとあって、二階座敷から吉原田圃に沈む夕陽が美しく眺められた。田植えはおろか代掻きもまだ始まらぬので、稲の切り株がみごとな黄金色に染まっている。先ほどまでは眩しかった夕陽も今は地面に接して輪郭がくっきりとし、その壮麗な雄姿に目を瞠るばかりだ。

「美しうございまするなあ……」

　善四郎の口から思わず洩れた嘆声で、南畝先生はおかしそうに笑った。

「ハハハ、生まれて以来ずっとここに住んでおる者が、今さら感心してどうする」

そういわれてみたら、お彼岸の時期は昔から御斎の仕事に追われ通しで、夕陽をじっくり眺める余裕なぞまるでなかったのが想い出された。

しかし今日は違う。南畝先生に心ゆくまでお礼を申し上げるつもりで、善四郎はこうして自ら二階の離れに案内したのだ。

座敷に入るなり先生は窓辺に腰を下ろして、ただじっと外を眺めている。背中は丸まって、夕陽をまともに浴びた月額はてらてらし、今やすっかり白銀色になった鬢髪が燦めいて、そこには洲崎の升屋で出会った日から流れた長い歳月が偲ばれた。

「此度の版行につきましても、先生には何とお礼を申してよいやら」

「改まって何の礼だ。俺は泉市に頼まれて序文をものしただけだぞ」

きょろりとこちらに目を向けた先生は、本当に何も知らぬげな空とぼけた顔だ。

「それにしても泉市は相変わらず商売が上手だのう。店が街道に近いせいもあろうが、豊国の役者絵を売り出した時と同じで、此度も良い江戸土産となりそうな本にまんまと仕立てておる。おぬしの店も向後は東海道の客が押し寄せてますます繁盛しようぞ。万事めでたし、めでたしではないか」

善四郎は、なるほど、そんなものかと思いながら、例の上州の客からまだ時々送って来る紬や何かが目に浮かんだ。今後は東海道からの来客が増えるかどうかはともかくも、江戸土産としてこの本が上方に届いてくれたら、若い頃に升屋の祝阿弥から受けた恩義に少しは報いることになるのかもしれない。

大昔から多くの人がさまざまな工夫を凝らして、それを隠し立てせずに世に広めたからこそ、料理というものは今日に大輪の花を咲かせているのだ。そこに自分が加えたほんのささやかな工夫でも上方に伝われば、かつて向こうで修業をした祝阿弥は黄泉の国で隔世の感を抱きつつも誇らしく思ってくれるだろう。

日輪がついに燃え尽きるようにして姿を消すと、たちまち濃い夕闇が忍び寄る。座敷が暗くなっても、南畝先生は木像のごとくに凝然として窓辺を離れなかった。善四郎は自らの手で蠟燭の芯切りをして、座敷がぱっと明るくなったところで声をかける。

「お酒はこうしていつものをご用意しておりますが、お肴は今日お召し上がりになりたいのを何なりとおっしゃって下さいまし」

「ああ、そういわれたらこっちも助かる。天下一の料理茶屋でせっかく馳走に与れるというのに、残念ながら昔ほどには喰えんのだ。そうさなあ、今の時候なら、せいぜい脂がのった平目の刺身くらいかのう。余ったら茶漬けにして喰おう。それでもう十分だ」

　そう聞けばちょっと淋しい気もするが、古稀を過ぎてなお矍鑠と独りで出歩くだけでも立派なものであろう。

「先生には、まだまだお元気でいてもらいませんと、皆が困りまする」

「ハハハ、誰も困りはせぬ。老骨を顧みずにこの歳まで忠勤に励んでも、いまだ上様の御目見得すら叶わぬ身だ」

　これには善四郎も返辞のしようがなく、黙して酌するのみだ。

　大田南畝の文名は町家のみならず武家の間でも高々と鳴り響いており、時には諸侯の宴に招かれたりもしている。にもかかわらず昇進が再三再四見送られ、まだ御家人の身分で下役に甘んじるのは、文名が却って嫉視の種となって妨げをなすものか、あるいは死罪になった勘定組頭との親交が今に尾を引いているのかもしれなかった。

「おぬしのほうは、身共が睨んだ通り、料理の道で天下を取った。礼をいうぞ」

と先生は旨そうに盃を干す。

「何を仰せられます。それでは話があべこべでして。何もかも先生のおかげをもちまして今日の八百善がございます」

「いや、然（さ）にあらず。この店が吉原の近所にあって助かったのはわれらのほうだ。身共に限らず、多くの文人や絵師が八百善を有り難く思っておるに違いない。ここへ来れば必ず誰かに会える。誰かと会えばそこで互いに想が湧いて、また何かの作物が誕生する。この店はさまざまな書画や戯作のいわば苗床（なえどこ）なのだ。これから先もきっとそうであろう」

　先生には常にこうしておだてられ、それがまた励みともなり、つまり善四郎は先生に導かれるようにしてここまで歩んできたつもりだが、それにしても昔から何故こう親切にしてもらえるのかふしぎでもあった。今日はそのことを素直に述べたら、自ずと首（こうべ）が垂れ下がった。

「親切なのは、俺よりおぬしのほうだぞ」

　先生はあっさりと返盃し、善四郎はおずおず受け取っている。

「いつぞや酔っ払って二階から転げ落ちた時も、おぬしはそれをどこからか聞きつけて、すぐに見舞いの肴を届けてくれたではないか」

「ああ、あの時は本当に心配を致しました。しばらく気絶をなされて、落雷の音でやっとお目覚めになったとかで」

「ハハハ、年がら年中おぬしは他人様の心配ばかりしておるようだのう。鵬斎先生は八百善から毎月欠かさず旨い肴が届くので、酒がなかなか止められんと聞いたぞ。あの抱一上人も賀川の身請けの折には、おぬしが何かと案じてくれて有り難かったとおっしゃっておる」

「め、滅相もない。わたくしごときが案じたところで、余計なお節介に過ぎません」

「左様。おぬしはお節介だ。人が困っておるとみれば捨ててはおけん性分なんだろう。そこでつい世話を焼いてしまう」

「はい。仰せの通りで……」

善四郎は先生に頂戴した盃を飲み干した。いささか辛口の酒が喉に浸みて、自ずとまた首が下がっている。

「何を恥ずかしがることがある。お節介、結構。若いうちは他人のお節介が面倒な気もするが、年を取ればやはり人の親切が身に沁みるもんだ。俺だけではない。抱一上人も鵬斎先生も、おぬしの日頃の行いを有り難く思えばこそ、あの本にも手を貸して下さったんだろう。おぬしの親切を歓ぶ者は他にも大勢おる」

「はあ……畏れ入りましてござりまする」

と善四郎は盃を素早く拭いて先生の手に戻した。

「見返りを求めぬ人の親切は尊い」

「いや、それは……」

再び酌をする手が止まった。

「違うというのか」

「正直に申しまして、まったく見返りを求めぬかといえば、そうではないように存じまする。やはり福田屋の名を広めたい、高めたいとする気持ちが、どこにもないと申せば嘘になりましょう」

「ハハハ、おぬしはよくよくの正直者だなあ」

先生は晴れやかに笑いながら盃を重ねた。窓の外はもう真っ暗で何も見えない。

善四郎は慌てて障子を閉め、燭台を先生の傍に引き寄せた。燭光に照らされた先生の表情は実に穏やかで、野鳥のごとき円らな眼はもはや昔のように炯々(けいけい)とした光を発せず、うっすらと脂の膜が張ったように曇って見える。その脂には世の中を長らく俯瞰(ふかん)してきた人の滋味といったものが湛えられているのかもしれなかった。

「たしかにおぬしにも欲がないとはいえんだろう。だが最初(はな)から見返りを求めた親切ならば、人は断じて寄っては来ぬ。まずは、おぬしの生まれ持った親切心が人を惹きつけるのだ」

「は、はあ。左様なもんで……」

「相手が誰であれ、おぬしは気の毒に思うと放っておけなくなるんだろうが、相手が求めもせんのに手を出すのは難しい。なかなか出来ることではないが、思いきってそこに踏み込んでこそ、人を救う道にもつながる。踏み込んで親切を施すには、それなりの勇気と度胸が要る。それは持とうと思って持てるもんではない。天性の勇気と度胸が備わったればこそ、おぬしはこうして江戸一の料理茶屋が営めるのだ」

善四郎が先生におだてられるのは、この日がとうとう最後となった。

長らく江戸文人の牽引役(けんいんやく)を務めた大田南畝は翌年の四月に没して、『料理通』の続篇に序文を寄せることはついに叶わなかったのである。

＊

江戸一の料理茶屋と南畝先生折紙付きの八百善こと福田屋の売り上げは、今や年に二千両を軽く超えている。とはいえ日々新鮮な魚菜の仕入れは馬鹿にならず、贅沢な味にふさわしい器と、座敷の調度や書画を次々と買い調(ととの)える一方で、大勢の男女を家人に雇うのだから、およそ貯えというものはできない勘定だ。盆暮れ節句の物入りは募るばかりで、おまけに寺社から寄進を頼まれたらこれも無下には断れない。たまには善四郎も幼馴染みの繁蔵に愚痴りたくなるのだった。

「ずっと御職(おしょく)を張るのも辛気(しんき)なもんだぜ」

仲間内で頭に立つ者は御職と呼ばれて、吉原の花魁にもそれがある。周りから御職と認められるにはそれ相応の気遣いが欠かせず、勢い、付き合いの金遣いも荒くなるのだ。

そもそもが抱一上人のお付き合いで始めた江ノ島(えのしま)参詣は今やひと月置きに欠かさず続けており、品川から神奈川までの駕籠賃を大いにはずんでいるのもまた、駕籠屋の口を通じて店の名広めになると踏んでのことだ。すなわち江ノ島への道中は名広めに持ってこいなのである。

伊勢参りまでは無理としても、せめて江ノ島の弁財天に詣でる遊山旅くらいは楽しみたい老若男女が江戸にはごまんといる。近頃では弁天様に百種の供物を捧げ、伊勢の太神楽（だいかぐら）もどきに百味神楽を催す講中まで流行りだして、

「去年はさすがに旦那も大変でしたねえ……」

と繁蔵が今でも嘆息するのは、伊勢講に詳しい善四郎がその世話役を買って出た件だろう。

八百善が引き受けるのなら、という期待に応えて善四郎はうちの料理人を率いて行った。新鮮な魚介は当地で手に入るにしろ、青物や乾物が必ず不足するとみて、それらの荷は馬の背に括りつけて運んだ。いくら旅先でも店の味を落としてはならないという一種の意地がそこまでさせたのである。

「それもすべて持ち出しなんだから恐れ入りやすぜ。いやはや豪儀な話さね。おまけに物入りは料理ばかりか、あの花火も、おっしゃらねえが、きっと旦那の仕掛けだったんでござんしょ？」

善四郎はその夜の光景を懐かしく思い返した。昼間の江ノ島は絶景でも、夜は闇に沈んで海の水明かりすら見えづらい殺風景さだ。ならば隅田川にも負けないくらいに夜空を賑わしてやろうと考え、鍵屋（かぎや）に頼んで片瀬（かたせ）の浜に打ち上げ花火を仕掛けさせたのだった。

「ちょうど料理が片づいた頃にでっけえ花火がドンドンと上がったから、皆もう二階の欄干にしがみついて大騒ぎさ。片や施主の旦那はどこ吹く風の澄まし顔で、何をおっしゃるでもない。そこらが旦那の憎いところで、女が放っておかないわけですよ」

と繁蔵は最後にやや皮肉な調子を聞かせたものだ。

あれはたしかに初手から店の名広めのつもりでしたことではなかった。まずは皆がただ驚いて歓ぶ顔が見たかったのだと思う。善四郎には常に人を驚かせたい、歓ばせたいという気持ちがどこかにあって、それでつい何かをしでかしてしまう。そのことがたまたま人に親切なように見られるだけで、南畝先生のいう生まれ持っての親切心とは少し違うような気もする。またもし先生のいう天性の度胸というものが自分に備わっているのだとしたら、それはすべて人を驚かすことに向けられているようにも思えた。

南畝先生亡きあと『料理通』続篇に独り序文を寄せた亀田鵬斎先生もまた上梓の翌年、文政九（一八二六）年の三月に他界された。

鵬斎先生は最期の時に当たっても、人が死ねばあの世に逝って仏になるとは思われなかったのであろう。それならば先生はご自分の死をどんなふうに受け容れられたのだろうか、と善四郎は葬儀の席で思いを巡らして、まだお元気な頃に伺った話が胸に蘇ったものである。

「老子では帰根という。万物は等しく花が咲き、実が生って、ついには枯れ果ててしまうようだが、それは各々がまた元の根に帰って復することとなのだ」

その話が妙にわかりやすく聞けたのは、毎年同じ季節に同じ蔬菜を仕入れる料理人だからかもしれない。

蔬菜も、野辺の名もなき草も、名だたる人の一生も、生じては繁り、やがて枯れゆくことに変わりはない。人は誰しもどこからかこの世に生まれ来て、またそこへ帰って行くのであろう。

恩人との別れが続いて、それがしみじみ悟れる年齢に、自分もいつの間にかなっているのが善四郎は恐ろしいようだった。

　南畝先生と鵬斎先生は三つ違いにして同じ七十五歳で亡くなっている。こうして先達を相次いで見送りながら、善四郎とほぼ同年輩の谷文晁は、老いてますます絵筆が壮んな様子に見受けられたが、飲み仲間の鵬斎に逝かれたことでは「お淋しゅうなられましたなあ」と声をかけずにはいられなかった。

　しかし去る人あれば、また来る人ありという。葬儀からひと月ほどして座敷の中でも初夏の陽射しが眩いこの日、文晁は門下生をひとり連れて福田屋の店を訪れた。

　その門人は髭の剃り跡にもまだ青さが覗く、ややいかめしい顔立ちの若侍だったが、口調は意外におとなしく訥々としている。

「三河国田原の三宅家中、渡辺登と申す。見知り置かれたい」

「渡辺君が写山楼の門を叩いたのはたしか十七の歳だから、思えば今年でちょうどそれと同じ年数を重ねた勘定になる。去年家督を継いで、今年は殿様の取次役に取り立てられたとか。向後さらに出世を重ねて、ゆくゆくはご家老にもなられようが、それでおささ絵も描いておれぬ身となっては余りにも惜しい腕の持ち主だ」

朴訥そうな当人に成り代わって世馴れた画業の師匠がさりげなく紹介し、善四郎はちょうど倅と歳が同じくらいとおぼしき相手を、ぶしつけな眼差しとはならない程度にしっかりと見ていた。殿様の取次役で末は家老にもなるという人にしては、いささか粗末で野暮ったい身なりだが、三宅家中とは余り聞かないだけに、たぶん小国の家来なのだろう。ただし人品は卑しからず、ぴんと跳ねあがった眉尻には客気のようなものが窺えた。

「文晁先生のお墨付きとあらば、取次役でのうて御絵師にもなられましょうに。勿体ないことでございますなあ」

といわれて、相手はあっけにとられたように黙り込んでいる。善四郎は武家で取次役と御絵師のどちらが上かは知らず、ただ光琳の百年忌で、絵は後世にまで長く残ることに感じ入ったから、これは一応お世辞のつもりだったのである。

「文晁先生はさまざまな絵をお描きなされまするが、渡辺様はどのような絵を?」

これは軽く訊いたつもりだったが、相手の口が重くて気詰まりになると、如才ない師がまたしても手ならぬ口を貸した。

「この男はこう見えて、絵の道では欲が深い。若い頃から唐絵大和絵を問わず、画法は何でも身につけようとした。近頃は蘭画にも食指が動くそうな」

「蘭画……阿蘭陀流の絵でございますか。左様ならば、長崎へも参られますのか？」

今度は思わず訊いたが、相手は残念そうな表情を浮かべて素っ気なく頭を振るばかりだった。

蘭画と聞いて長崎が真っ先に浮かんだのは、師の文晁から「われらも若い時分に長崎へ渡った覚えがある」と聞かされていたせいだ。師はそこで本物の唐絵を知り、唐と日本の国土や風土の違いに気づいて、画法は学んでも絵をそっくり真似ることはないとし、富士の山を始め日本ならではの風景を各地に見いだして独自の画境を拓いていた。善四郎はその話を聞いて、自分も本場の卓袱料理を習い、清国や阿蘭陀流の料理を口にすれば、逆に日本ならではの料理がもっと追究できるのではないかと考え、長崎に渡りたい誘惑に強くかられたのである。

南畝先生にいつぞやそんな気持ちを正直に訴えたら、先生は例の円らな眼をきょろっとさせて、長崎奉行所に赴任した折に親しくした知人があるから、今もよく人に頼まれて紹介の添状を認めていると話された。生前にそれをお願いできなかったのが、今にして返す返すも残念でならなかった。

『料理通』は続篇も売り上げが好調で、版元の泉市からはさらに三篇、四篇と筆を執るようせっつかれている。だが善四郎としてはこれまでの焼き直しで間に合わせにしたくないのである。江戸一の名に恥じぬためには、率先して江戸料理に何か新規な工夫を取り入れなくてはならない。そのためにも長崎に渡りたい願望が日ましに大きく膨らんでいる。

とはいえ長崎は東海道と西国(さいごく)街道を経てゆうに三百里を超すはるか遠方の地。すでに東海道を二度往還して西国まで足を延ばした善四郎とて、そう易々(やすやす)と行ける先ではなかった。目の前の渡辺登という若侍にとっても長崎遊学は夢のまた夢なのかもしれなかったが、

「蘭画のどこが面白うございますか?」

と真っ直ぐに問えば、相変わらずの仏頂面だが、今度ははっきりと答えてくれた。

「蘭画はそのものの真を写しだす。山水ならばその地を踏むがごとく。人の顔ならば、あたかも血が通い、呼吸(いき)するごとくだ」

そうした蘭画の技法で料理を描けば、そこからあたかも匂いが漂って、歯ごたえや舌触り、酸(す)いか甘いかまで知れる絵になるのだろうか。善四郎は何を聞いてもそ

れを料理と結びつけずにはいられなかったし、飲食にまつわる話はふしぎといつまでも心に留まっていた。

「長崎といえば、亡くなられた南畝先生が、向こうの奉行所へ出役なされた折、たしかレザーノフとか申したオロシャ人と対面をなされて、カウヒイとかいう焦げ臭い飲み物を召しあがった話を伺った憶えがございます」

「おお、かの蜀山人先生は、蝦夷地を荒らしたレザーノフとも会われておったのか。それはなんとも奇遇と申そうか……」

相手は感に堪えないといった表情で初めて話に乗ってきたが、善四郎のほうは知らないことが多すぎて、

「へええ、レザーノフとやらは、長崎からなんと蝦夷地に渡って悪さを働きましたのか」

と、ただただ驚くばかりである。

日本人漂流民の送還と共にロシア皇帝の親書を携えた遣日使節のレザーノフは、長崎の出島に半年間留め置かれた末に通商交渉を打ち切られ、本国への帰途で樺太の松前藩番所などを襲撃する事件を引き起こしていた。この事件と直接の関わりは

ないが、近年は英米の捕鯨船がしばしば漂着するようになったことで、去る文政八（一八二五）年には幕府が異国船打払令を発布したばかりである。

「南畝先生は、レザーノフが何も悪さをするような男だとはおっしゃっておられませんで」

重苦しい表情の渡辺登に向かって善四郎がおずおずといえば、かつて松平定信の近習を務めた文晁が意外に軽い調子で口を挟んだ。

「ああ、あれにはこちらも落度があったのだ。以前、白河侯はオロシャとの通商を許すお考えもあって信牌（しんぱい）を渡されたが、代替わりで何もかも有耶無耶（うやむや）になったのが、向こうにとっては気の毒だった」

幕府の政権交代による外交の不手際などむろん善四郎の知ったことではなかったが、レザーノフの一行と実際に対面した男の目だけは今も信じている。

「われらと肌の色や躰つきは随分と違うが、あれも人間の内には相違ないと、南畝先生はおっしゃっておいででした」

これにはさすがに相手も深く肯（うなず）いて、硬い表情を解き、

「左様。異国人を鬼畜のようにみて、ただ打ち払えば済むという話ではない」

わりあい穏やかに応じてくれたので、善四郎も自ずと舌が滑らかになる。

「はい。同じ人間ならば、旨い酒と肴を飲み喰いしながら話をすれば、どのような揉め事も片づかんということはございますまい。それが証拠に、うちではどなたも喧嘩になりませぬ」

今や江戸一の料理茶屋を営む主は自信たっぷりの笑い声を聞かせた。近海に異国船が頻繁に出没するようになっても、江戸の町はまだまだ太平の世を謳歌していたのである。


嫌なことは長引き、良きことはすぐに過ぎ去るように、太平の世は時の経つのがあっという間なのかして、抱一上人が尾形光琳百年忌の法要を営まれたのは早やひと昔も前。善四郎はその顰(ひそ)みに倣ったように、今年がちょうど玉菊(たまぎく)の百年忌に当たると聞いて、またひとつの催しを企てた。

玉菊は美貌と人柄で男たちを魅了し、全盛を迎えた二十五歳の若さで世を去ったことによって吉原の伝説と化した遊女である。今もお盆前後には仲之町の引手茶屋と妓楼とで各自に工夫を凝らした切子(きりこ)灯籠(どうろう)を軒先にぶら下げて、それを玉菊灯籠と呼んでいる。

絵師が光琳を神仏とも仰ぐのなら、吉原の住人が追善すべきは名妓だとして、善四郎はまず古くから大籬（おおまがき）として名高い扇屋（おうぎや）に話を持ちかけた。すると諸芸に秀でて和歌も詠み書が達者だった玉菊には遺墨があるのも判明し、それを掛物にして供養する運びとなった。忌日は七月とも三月ともいわれるが、敢えてお盆の時期を外した八月に催して、十五夜は吉原の大紋日（おおもんび）で廓中が大騒ぎのため、十三夜に宴を張ることが決まった。施主はあくまでも扇屋であり、善四郎は石浜の別荘を宴の場に提供する恰好だ。

ここは風光明媚な川縁にあって、夏場は新鳥越町（しんとりごえちょう）の店より涼しくて居心地が良いとする顧客も多い。当初はごく限られた客人がお忍びで訪れるくらいだったが、今ではその人数も相当に増えているので、これを機に思いきって再度の建て増しを図った。

石浜の別荘が人気を博すのはそこを切り盛りする女の腕にも拠（よ）るのだろう。かつて吉原芸者の富吉（とみきち）が、本名のお富に立ち戻って早や十余年。思えば二人の縁が生じたのも八月十三夜の宴であったことが想い出された。あれから互いに長い年月を重ねて、今では色恋をすっかり抜きにした商売上の良き相方となっている。

　そのことはすでに一家中が承知しているにもかかわらず、お富のほうはいまだ正妻に義理立てをして、福田屋の店はおろか新鳥越町界隈にも足を踏み入れようとしない。料理茶屋の内儀に向いていることは自他共に認めるところだからこそ、うかうか乗り込んではまずいという判断が働くだけの利口な女でもあった。

　ここではいつも水を得た魚だが、ことに今宵は施主を始め廓内のお馴染みが多いから、声も立ち居振る舞いも昔に戻ったように若々しく、安心してもてなしを任せておけた。

　十人がゆったり座を占めてもまだ余裕があるこの数寄屋の広間は、建て増しの際に屋根を茅と瓦の二重葺きにし、思いきって天井を高くしている。庭に広く縁側を張りだした造りだから、耿々（こうこう）とした十三夜の月が障子を白く光らせて畳座敷は昼時のような明るさだ。

　暝（くら）い床の間には遺墨の軸が掛けられて、それを左右の燭台が照らしつける。庭にすだく虫の音に囃（はや）されるようにして光焔（こうえん）が優雅に舞い躍り、書軸にさまざまな影を落としていた。

宴の料理は卓袱式で用意をし、客人の前にはひとまず平膳だけを据えて、畳の上へ直に大小の鉢や皿を並べた恰好だ。大皿には鮑の柔らか煮、鯊の大根巻き、皮付きの鯛蒲鉾、鶉の山椒焼き、新慈姑の琥珀煮、むかごの雲丹焼き、蓮根の葡萄酢煮と七色の品を盛りつけた。鉢には子持ち鮎の煮浸しや鴨の鍬焼き青唐辛子添え、鯛の飛竜頭、串海鼠の旨煮など四品を取り揃え、それらを銘々の取り皿によそいながら、お富は皆に酌をしてまわっている。

片やこの家の主は片襷をして床の間の横にいた。目の前には分厚い俎板が据えられており、善四郎は久々に人前で包丁を取ることで武者震いを覚えるほどだ。近頃になく八百善の主人自ら包丁を振るうのが、今宵いわば一番の座興でもあった。

店が大きくなった今は厨で仕事をすることも減っただけに、人目にさらされて包丁を握るのは心配だったが、幸い昔取った杵柄には裏切られずに済んで、平目を手早く五枚におろし、きれいに皮を引いたところで、

「さすがに本職じゃのう」

と、今宵も相変わらずの正客である抱一上人が冷やかすようにいう。

艶やかでぷりぷりした平目の縁側を指で外す間も目をじっと注がれているので、

善四郎は面映ゆさに閉口しつつ、こちらも相手をそっと窺えば、箸があまり進まぬように見えるので気にせずにはいられない。

　思えば古稀に近づきつつある人に、昔の健啖ぶりは望めるはずもなかった。洲崎や王子で出会った当時の精悍にして闊達な面影を瞼に留める善四郎は、今そのことが身に沁みて淋しい気がした。

　もっとも相手は少しも屈託のない笑い声で、

「この小さいのは、やはりそなたに顔が似ておるのう」

　と交互に見ている。

「お上人様、ご挨拶が遅れましたが、それはわたくしの孫めでございまして。これ、千太郎、ちゃんとご挨拶を申し上げよ」

　祖父にいわれて、きちんと袴を着けた幼子が扇を前に両手を突いた姿は座中の微笑を誘った。

　来年とうとう還暦を迎える歳となった善四郎は、今宵の宴に孫を呼び寄せ、お茶汲みかたがた皆に挨拶をさせる狙いもあった。残念ながら惣領の久五郎は男子に恵まれず、千太郎は次男定七の子だが、いずれはこの子が福田屋の跡継ぎにもなろうから、なるべく人前に出すようにした。

その昔、南畝先生に「天性の勇気と度胸が備わったればこそ、おぬしはこうして江戸一の料理茶屋が営めるのだ」と賞められたことを善四郎は今でも誇りにしている。ただし、それが先生のいうように天性であるかどうかはわからなかった。むしろお武家が相手でも物怖じしないのは、若い頃に水野に奉公をして、そこで大名の家来が金を借りに来る姿に接していたせいではないか。

どのような客人にも愛想良く丁寧かつ親切でいながら、相手に対して卑屈にならず常に堂々と渡り合える料理茶屋の主となるには、それゆえまず幼少より人馴れすることが大切（だいじ）なのだ。善四郎は近年とみにそんな思いを抱くようになった。

幸い千太郎は人怖じをせず、それでいて気の優しい生まれつきのようで家人にも当たりがいい。おまけに顔立ちや物言いが親父や伯父に勝って自分と一番似ているように思うのは、祖父にとって何より嬉しいことなのかもしれない。

箸が進んで料理をひと通り味わうと、皆は思い想いに席を移して、互いに酌み交わしつつ話し込んでいた。中でひとり座敷の隅で紙を広げて、黙々と絵筆を運ぶ男の姿があった。

宴には谷文晁も招いたが、三幅対の飲み仲間を喪った男は出席を見合わせ、共に招いた門弟の渡辺登だけが律儀に姿を見せた。近頃は何かしら催しがあるごとに場の様子を描き留めるのが盛んで、今宵はどうやら師に代わってこの男が描くようだ。

相変わらず遠慮のないお富が傍に寄ってそれを覗き込み、

「おやおや、これはこれは。皆様もご覧じませ、面白うに描いておられまする」

ゆらりと立ちあがった抱一上人も傍に座り直して、じいっと見ている。

「先年亡くなった鍬形蕙斎は『略画式』という絵の手本を出したが、これはその伝かな？」

「いえ、それがしは北斎に習うたつもりで」

と渡辺はぼそっと応じた。

「まあ、ここに千坊の姿が」

女のはしゃいだ声が速やかに祖父を呼び寄せていた。

初対面の時は「そのものの真を写しだす」という蘭画の面白さを説かれたはずだが、当人が今ここで描くのは対極の戯れ絵のように簡略な筆遣いである。にもかかわらずひとりひとりの声まで聞こえそうに活き活きと描かれた、それはまさしく写生画であった。

「この隅に座っておわすのがお上人様じゃのう。扇屋さんがここで。おお、ここに立っておるのは紛れもなくわしじゃ。お富もいて……ああ、千太郎まで、こんなにしっかり描いて下さって、何とお礼を申せばよいやら……」

善四郎は声が湿っぽく目頭が熱くなるほどに気を昂(たか)ぶらせ、相手は釈然としない面もちでこちらを見ていた。善四郎も自分は何がこんなに嬉しいのかと思うが、それはもしかしたら絵にされたことで、自分と孫の千太郎が共に鵬斎先生のいう「この世に生まれた証」を得られたような気がしたせいかもしれない。絵は後の世に残って、自分が紛れもなくこの世に生きていたことを伝えてくれる。そろそろあの世への旅立ちを考えないわけにはいかない年齢ゆえに、そうした歓びが大きかったのだろう。

「有り難うございます。本当に有り難う存じまする、渡辺様。いや、あなた様をちゃんと雅号でお呼び申さねば」

「号は崋山(かざん)だ」

と相手は実にそっけなくいった。

この場にいるすべての者を律儀に描き留めてくれた画家渡辺崋山に、善四郎はひたすら感謝の念を捧げるのみだった。

＊

何か催しをするつど物入りが多すぎて勘定が合わなくなることばかりだが、それでも何かしないと気が済まないのはもう善四郎の病といってよい。年を取ってますます病が高じている。

今や跡継ぎの久五郎や帳場を預かる番頭には毎度渋い顔をされており、若い頃から知る繁蔵だけが、文句をいう番頭の宥め役にまわってくれた。繁蔵にいわせれば

「今の八百善は旦那が一代で築いたようなもんなんだから、その旦那が金をどう遣おうが、どっからも文句が出る筋合いじゃござんせんぜ」とのことだ。

玉菊の百年忌でも建て増しが思いのほか高くついたのに文句が出たので、

「これで当分あの別荘の手入れはしなくて済むじゃねえか」

と宥めてくれたのも束の間、秋も深まる頃には、またもやとんでもない話が舞い

込んできたのである。

木枯らしが吹き荒れたこの日は土埃まで家の中に舞い込んで、一度ならず水打ちを重ねていた若い衆が慌てて善四郎のもとへ飛んで来た。

「お武家の衆がふたり、すぐにも旦那に会わせろと大変な剣幕でして」

武士の来客は珍しくないし、主人が挨拶に出向くのも当然だ。しかし突然現れてすぐに会いたいというのは余りにも性急で、たぶん野暮な田舎大名の用人か何かがやって来たのだろうと思い、取り敢えず表口に近い小座敷に通しておいた。そこの襖を開けた途端、それはどうやら見当違いだったことを悟って、善四郎はおもむろに平伏して挨拶する。

ふたり共ぶっさき羽織の略装ながら、およそ陪臣とは思えぬ権高な雰囲気は身分ある旗本のそれだ。といってもひとりはまだ三十になるやならずの若侍で、もうひとりは四、五十だろうが善四郎から見ればそこそこの年輩でしかなく、平べったい蟹のような顔をしている。片や若侍はカンパチのように眉を怒らせて力み返っていた。

「身共は御本丸御小納戸の頭取を務める朝倉播磨と申す」

と蟹が鷹揚に挨拶すると、続けてカンパチがせっかちにいった。

「同じく御小納戸の平岡越中だ」

蟹顔の朝倉播磨とカンパチの平岡越中。両人のいささか気負った表情に何やら妙な不安を覚えながらも、善四郎は速やかに応じた。

「ははあ。ご用件を承りとう存じまする」

「ここは思ったより手狭だのう」

蟹からいきなりそういわれて返答に詰まった。相手が身分ある旗本とわかっておれば、こんな小部屋に通すのではなかったが、今さら取り返しはつかない。

「恐れ入りまする。奥には広い座敷もございますので急ぎ片づけまして……」

いわせも果てずカンパチが、

「座敷だけのことではない。この店が狭いというのだっ」

「おまけにごみごみとした町屋続きだし、ここではとても……」

善四郎はすっかり呆れていた。てめえらわざわざ喧嘩を売りに来やがったのかっ、と怒鳴りつけてやりたいくらいだが、ここはひとまず辛抱しなくてはならない。

「大勢様でお越しとあらば、ここことは別の寮へご案内を致しましょう。石浜の真崎稲荷に近いあたりでございますから、ここより人目につかず、お武家様にはおよろしいかと」

「なるほど、石浜か……して、その寮は広いのか？」

「ここより庭がずっと広うございますし、数寄屋なれど、去年たまたま普請をし直した折に材をよく吟味して用いました。眺めもよろしうございますから、あそこならどなた様でもお気に召して戴けるかと」

善四郎はかつて見た洲崎の升屋に倣うつもりで、石浜の別荘に手を入れたのだった。海に面した雄大な景観は望めなかったが、対岸の木母寺（もくぼじ）とその後ろに広がる御前栽畑の松並木が凝った樹形で興趣ある眺めを呈している。泉水を巡らした庭には春日灯籠を配し、延段（のべだん）の石組にも凝って、当代きっての風雅の目利きともいうべき抱一上人にいちいちお伺いを立てたのだから、誰が相手でも自信を持って案内できた。

「ならば早速（さそく）に案内を致せ」

「その前に、どなた様がお越しになるのか、お尋ねしてもよろしうございまするか」

このふたりを使いに出したのが正客のはずで、となれば相当な身分の旗本か、あるいは大名ということになる。

両人は黙ってしばらく顔を見合わせ、順当に蟹のほうが口を切った。

「お越しになるのは、われらがお主じゃ」

「あなた様方のご主人と仰せられますと……」

今度はカンパチが低く唸った。

「畏れ多くも、上様であらせられる」

善四郎はぽかんとした。果たしてこれは妙な夢でも見ているのだろうか。いや、きっと何かの悪戯か騙りだが、一体うちから何を騙し取るつもりなのだろうか。それにしても、いうに事欠いて上様の名を持ちだすとは畏れ多いにもほどがあるとしながら、

「寮をご覧戴くにしても、こちらも支度がございますんで、後日になすって下さいまし」

あっさりと断ったら、相手はいささか鼻白んだ顔つきで、

「では、明日また参るとしよう」

これまた存外あっさり引き揚げていった。

そこで若い衆にそっと後をつけさせたら、両人を乗せた乗物は常盤(ときわ)御門を通過し、まっすぐ城中に向かったとのことで、どうやら少しは真実味のありそうな話に思えてきたところで、次の日も両人は約束通りに訪れた。

速やかに別荘へ案内したら、枝折門(しおりもん)を通る手前で蟹が静かに呟いたものだ。

「ここは御上がり場の側になるのか……三河島からも案外と近いのう」

「今、三河島からと仰せになりましたのは、御狩場のことで？」

おずおずと訊けば、相手はすぐに肯いた。

「左様。御鷹狩の還御(かんぎょ)に当たっては、ここを上様の御休所(おやすみどころ)と定めよう」

厳(おごそ)かな口調が事の重大さを物語っているが、善四郎はまだ眉に唾を塗りたい気持ちだ。悪戯だとしても、こんな大それた話を誰が思いついたのか見当もつかない。

「あの……わたくしどものことを……まさか上様がご存じ、というようなことは……」

途端にカンパチ侍がこちらをじろっと睨みつけた。

「上様は何事もよくご存じでおわす」

あれやこれやがいっきに目まぐるしく善四郎の胸に去来した。上様と自分を結びつけるものなど考えもつかないが、取るに足りない想い出がふと蘇って胸をくすぐった。

あの女と最後に会ったのはもう二十年以上も昔の話。今は生きているかどうかさえわからない相手だ。生きていても還暦に近い歳のはずだが、上様と聞いて真っ先に浮かんだのがあの若い娘の顔だったのは、我ながらおかしかった。

いくら大奥で上様の身近に仕えるといっても、まさかあの千満（ちま）という女が自分のことを話したとは思えない。けれど上様がご存じだというのなら、八百善こと福田屋の噂は千満の耳にも入っているはずなのが痛快で、江戸一の料理茶屋になった甲斐がこれであるとすら思えるのは、たわいない男心というやつだろう。

ともかく理由は何であれ、八百善の別荘に上様の御成（おなり）があるのはいよいよ真実らしい。一方で松平南海公の扁額（へんがく）を掲げた升屋でさえ、そうした例があったとは聞かないから、両人を見送る善四郎はどうもまだ狐につままれたような面もちだった。

両人は御成がいつになるともいわなかったし、本当に御成があるのかどうかも定かでない。それでも放っておくわけにはいかないのが実に厄介なところである。断じて他言無用といわれても、善四郎は話してまず意見を求めたい相手がいた。

山谷堀から三ノ輪に出て日光街道を上り、そこからさらに間道を少し西へ向かうとはるか先に、名にし負う御行の松が緑の翼を寛げている。それを目印に曲がり角を見つけて小径に入れば、あたりは小柴垣を巡らした簡素な侘び住まいがあちらにぽつん、こちらにぽつんと見える。住まいの周りは灌木の茂みが広がるも、葉を落としはじめて寒々しく見え、却って寂寥感を増すくらいだ。

こうした閑寂な根岸の土地に雨華庵を結んだ抱一上人だが、絵筆のほうは枯れるどころかいっそう艶めいて、絢爛たる屛風絵や軸絵を手がけ、今では多くの門人を擁している。当人は以前より少し面瘦せたが、色白のきめ細かい肌にはまださほどのたるみがない。共に剃髪して今は妙華尼を名乗るかつての花魁、賀川もまた法衣をまといながら至って瑞々しく見えた。

ふたりが偕老同穴の契りを結ぶまでやきもきさせられたことを善四郎は懐かしく想い出しながらも、この一件を打ち明けるには、上人にそっと人払いを願うしかなかった。ひと通りを話した上で、

「どうもまだ真実のようには思えませず、さりとてわれらを騙ることで誰が何を得するのかと思えば……」

「騙りではなかろう。いかにも、ありそうな話じゃ」

「はあ……左様ならば、上様が本当に……」

　善四郎は声に詰まるほど喉元がかっと熱く火照りだした。片や上人は至って涼しげな面もちで、当代の十一代将軍家斉公が「昼夜を分かたずご壮んなお方」であるのを、幾分かおかしそうに物語った。

「何しろ去年の春には五十三人目の御子が誕生された。まだ還暦にはほど遠い御歳に鑑みて、きっとこれから先もご誕生があろう。朝は朝で鶏鳴には必ずお目覚めになり、遠乗りやら、御狩場へやら、そのつどお供をする連中が大わらわだそうじゃ」

　抱一上人の実家では甥に当たる忠実が当代の酒井雅楽頭となって上人と親交を深めている。さらに忠実の跡継ぎとなる忠学がすでに家斉の息女喜代姫と許婚を交わしており、ゆえに何かと詳しいのは当然ながら、善四郎は目の前の相手が将軍家と近しい名家の御曹司だったのを改めて想い出す始末である。

「もしや、お上人様が上様のお耳に……」

と思わず口走ったら即座に笑われてしまった。

「雅楽頭殿には話したかもしれんが、上様のお耳に入れたのは雅楽頭殿に限ったことでもあるまい。八百善は諸家に出入りをするではないか。どなたの口から上様のお耳に入ったとしても、ふしぎはあるまいて」

善四郎は今さらに料理人であることを誇らしく思った。往古（いにしえ）より人は身分の高下（こうげ）を問わず食べなくては生きられない。人の世のあらゆる場所であらゆる者が料理をし、それが美味かどうかは、むろん作り手の身分に関わりがないのである。だからこそ福田屋が大名旗本諸家にお出入りの適（かな）う店になったとはいえ、将軍家にはやはり格別の感慨を覚えずにはいられなかった。

「そういえば上様は将軍位四十年の大功によって、年明け三月には太政大臣（だいじょうだいじん）の御位（みくらい）に就かれることが決まったそうじゃ。太政大臣は天下一の御位なれば、神君家康公ですらお就きにはならなんだ。足利義満（あしかがよしみつ）公以来の武門の誉れということじゃ」

「はああ、左様でございますか……」

将軍よりも偉い位がこの世にあるとは知らない善四郎には、天下一という言葉だけが強く響いた。それなら福田屋もまた江戸一ならぬ天下一の料理茶屋になるのだろうか……。

まばらに空いた灌木の茂みを寒風が啾々と吹き抜け、地面の冷気が足もとに這い寄って、先ほどまでのほとぼりはようやく収まってくれた。だが気の昂ぶりは醒めやらず、足が一瞬ひとりでに御行の松の方へと向かってハッとする。もうそこに訪ねて行っても、会いたい人はいないのが胸に迫って、善四郎はいいようのない淋しさを覚えた。

その人徳を慕って抱一上人がわざわざ近くに移り住んだといわれる相手、亀田鵬斎先生が世を去って早や半年。先生なら此度の件をどういわれるのか、善四郎は今それを切に聞いてみたい気がする。

余計なことは考えんでもいい。おぬしは自分の舌が旨いとする料理を拵えればいいだけの話ではないか。身分なんぞというのは所詮この世の形だ。そんな形にばかり囚われてどうする、と先生に強く叱られたら、もっと肚が据わって気が楽になるであろう。

南畝先生ならどういわれただろうか。例のきょろっとした眼で「おぬしはとうとう本当に天下を取ったのう。俺が睨んだ通りだ」と満足そうにおっしゃっただろうか。それともまた例のとぼけた調子で「羨ましい限りだ。俺は古稀まで勤めてもついに上様の御目見得は叶わなんだ」と悔しがってみせられたかもしれない。いずれにせよ南畝先生にはわが事でも他人事のように淡々と受け止めて茶化すくらいの度量があった。もし両先生方の気構えがほんの少しでも自分にあれば、此度の件でこうも心を煩わせずに済むのだろうか。

紙洗橋で猪牙舟を降りてからも、善四郎はまだ舟に揺られるように腰が落ち着かなかったが、本当は故人よりも抱一上人よりも先にこの件を報せて、相談すべき仲間があるのを忘れてはならなかった。

福田屋の厨はすでに宵の仕込みで騒々しく、今や一人前に包丁を握る久五郎が、

「親父、えらく遅かったじゃねえか」

と剣突を喰らわすような調子でいう。善四郎はそれに構わず横の男に声をかける。

「繁、手が空いたらちょいと来てくんな」

繁蔵は屈めた腰を伸ばしながらゆっくりと肯いた。

奥の居間で見る幼馴染みの姿は、ここまで共に歩んできた久しい歳月を想い出さ

せて善四郎の胸に安らぎを与えた。が、今や髷は茄子のへたほどに縮んでしまい、鬢髪も削げて簾(すだれ)じみた男の顔は、いかにも爺臭くて同志と頼むには物足りなく見える。案の定こちらが話をするにつれてその顔はだんだんこわばっており、ひと通り話し終わると、意外なくらいにそっけない返事をした。

「旦那そいつァきっぱりとお断りなすって下さいまし。そんなことを引き受けてた日にゃ、こちとら首がいくつあっても足りやせんぜ」

善四郎は虚を衝かれたように黙り込んだ。将軍の御成が町人にとっていかに晴れがましい前代未聞の珍事かは説くまでもなかろう。土台それを断れると思うほうがどうかしている。しかし相手の懸念にも無理はないところがあった。

「上様にはきっと鬼役とかいうお毒見役がくっついておりやしょう。そいつらがちっとでも腹が痛(いて)えとかいいだした日にゃ、それへ直れってんでバッサリだ」

まさかそこまで芝居がかった話ではないにしても、御成があった時の気遣いたるや尋常でないことくらいは見当がついた。しかし、それをいうなら今になって断るほうがもっと難しい。なまじ石浜の別荘に案内したのが間違いだったというのは、まさに後の祭りであろう。

何より善四郎はこの降って湧いた難題で、近頃になく自分の気持ちに張りが出てきたのがわかる。これはこの上ない栄誉と引き替えに命を張る博奕のようなものだ。あるいは思いがけない籤を引いたのと同じで、誰彼なく当たる籤ではないのだから、吉にしろ凶にしろ、こちらはできる限りのことをするのが神仏の思し召しに適った道ではなかろうか。

にもかかわらず繁蔵のほうは危惧ばかりを募らせて、

「上様の御膳を調える連中だって快く思わねえでしょうよ。常日頃さんざっぱらご馳走を用意しながら、町人の料理屋に見変えられたとあっちゃ、腹切って死ぬやつが出たっておかしくありやせんぜ」

いい方がいちいち大げさだが、善四郎のほうにもそうした懸念がまるでないとばかりはいえなかった。

御城の本丸には御膳所台所頭の下に組頭と小間遣頭が置かれ、配下となる台所人は五十余人、小間遣いがその倍近い人数。さらに膳奉行と呼ばれる毒見役がおり、表台所や大奥とは別にして、将軍たったひとりの食膳が総勢百五十人近い人手で成り立っている。

善四郎はそこまで詳しい様子を知らなくても、取り巻き連中の思惑がいかに大変かは容易に察しがついた。直に包丁を振るう台所人は来ないまでも、上様の御食事を町人の料理茶屋ごときに任せてたまるかという意地で、無用なあら探しをする役人が来る恐れは多分にあった。何しろ役人は縄張りを冒されるのが一番嫌だから、そんな時はとんでもない意地悪をするもんだと、自らも役人の南畝先生から聞かされた憶えがある。日々つまらぬ役目をさせられる下役の多くは次第に心が歪んで狭量となり、そうした意地悪で憂さ晴らしをするしか能が無いからだそうである。

もっとも中には南畝先生のように別世界で心をのびのびと羽ばたかせた方もあって、役人は皆がみな心の狭い男というわけでもなかろう。ことに料理の道は心を広くしたほうが勝ちなのは武家も承知で、お出入り先の台所役人はこちらから何かと調理の技法を聞き出して、そのつどしっかり書き留めたりしている。此度の件でも善四郎はさまざまな懸念が徒らな杞憂に終わってくれるよう願いたいが、上様の御膳といえば、どうしてもあの二代にわたって祟ったウツボ侍の顔が浮かんできた。洲崎の升屋で見かけた初代のウツボも、八百善で茶漬けを注文した二代目も、共に御城の食料を調達する賄方の役人だったのではないか。

賄方が法外な廉価で仕入れようとするために、魚河岸とたびたび悶着を起こし、それによって魚河岸の将来を担うべき五人が捕縛され、獄中で命を落としたのは忘れられない痛恨事だ。善四郎は今でも瞼を閉じると、あの伊勢屋亀太郎の愛嬌に富んだ笑顔が浮かんでくる。

初代のウツボが升屋で威張りくさって賄賂を召し上げたのも、二代目のウツボが建継所から賄賂を取って亀太郎らを死に追い込んだのも、もとを正せば共に「お上の御用」という逆らえない言葉の響きがもたらしたのだ。

つまりは上様が召しあがるご馳走のために起きたことだと思えば、此度の件はますます感慨深いものがあった。

「旦那、悪いこたいわねえ。この歳になったら、もう何事も高望みはせず、無事に過ごすのが一番でさあ」

幼馴染みの忠言に善四郎がとうとう耳を貸さなかったのは、町家の料理人が上様の御膳を調えるという前代未聞の栄誉に浴したい気持ちがまずはあったからだろう。しかし一方でそれ以上に、亡き升屋祝阿弥や伊勢屋亀太郎の無念を晴らすいい弔い合戦になるかもしれない、という判断が働いたのも確かだった。

果たして上様の御成はあるのかどうかもわからぬまま、石浜の別荘では網代天井や襖の貼り替えをしたり、新たな枝折門を設けたりと、またしても物入りが嵩んだ。いつ何時御運びいただいてもいいように炉の炭を常に継ぎ足して部屋を暖かくしておくのもばかにはならず、もし本当ならせめてその日にちが知りたいのだが、なかなかそういうわけにはいかないらしい。

あれから半月ほど経ったある朝、御小納戸の朝倉、平岡の両人が三河島の御狩場から戻りがけに石浜の別荘へ立ち寄ったとの報せを受け、善四郎は慌ただしく駈けつけて、待たせた詫び言をした上で、両人の現れる日が予めわかっておれば前の晩から待っておられたのにと恐る恐るいえば、

「御鷹狩は上様が朝お目覚めになってからお躰のお具合でお決めになる。予め定まったことではないっ」

と若いカンパチ侍はけんもほろろだが、年輩の朝倉はそれでもまだある程度は的が絞れるように話してくれた。

「まずは鶴の御成をお済ませにならぬと話にならん。ゆえに年内の御成はないもの

と思って間違いなかろう」

鶴の御成は将軍の年中行事である。寒の入りの後、自らの放鷹で狩り獲った鶴を京の朝廷に献上し、その肉は新年三が日の吸物になるため、必ず年内に済ませなくてはならない。

三が日は将軍家でも大切な儀式がある。元日はまず御三卿の、次いで御三家と前田家の、さらに徳川一門や譜代大名の年賀を受け、二日は御三卿、御三家の嫡子と国持ちの外様大名が、三日にその他の大名や寄合の旗本、江戸町年寄らが続々と参上する。それがいかに大変な儀式であるかは登城の大名行列が表通りを埋め尽くす町方でも見当がついたし、上様もさぞやおくたびれであろうと拝察された。三が日明けも新年は何かとお忙しく、気晴らしの御鷹狩があるとしても、それは小正月が過ぎてからのことであろうと推量した。

払暁の御鷹狩は一刻ほどで済み、三河島から石浜までは馬駈けで小半刻もかからないという。

上様はふだん五ツ時（八時）に朝食を召しあがり、朱塗りの本膳には飯に御汁と膾と煮染めと香の物が並んで、二の膳で吸物が付き、他には鯛や魴鮄などの焼物か煮立てが添えられることまでも、善四郎はこの日しっかりと朝倉から聞き出していたのである。

かくして文政十（一八二七）年正月十八日。この日は善四郎が生涯忘れられない日となった。

朝靄がようやく薄らいだ頃合いに、蹄の音が徐々に近づいてきたのも束の間、前庭が馬の嘶きと人の話し声で騒然としていた。小正月明けからずっと石浜の別荘に詰めきりだった善四郎はすぐさま新鳥越町の店と根岸の雨華庵の双方へ使いを走らせた。抱一上人には必ずお立ち会いを戴くよう、その日が来たら早駕籠で雨華庵にお迎えにあがると約束をしておいたのだ。

「上様にでもそなたは遠慮なく話しかけそうじゃから、その場に居合わせたらこっちがひやひやしそうじゃ」

と抱一上人は冗談めかしたが、いくら物怖じしない質の善四郎でも、今日ばかりは胸が早鐘を打ち、胃の腑がきりきりと痛んだ。

庭には裁付袴に陣羽織の朝倉と平岡がいて、外にも知らない侍が何人か屯していた。

半刻ほどもすれば上様が御自らお越しになると聞かされて、善四郎は腰から下がふわふわとし、浮き足立つとはまさにこのことである。待ちに待った時がようやく目前に迫った。八百善こと福田屋はすでに名だたる客人を数多く迎えたが、今日のお客はこの春に太政大臣ともなられる天下一の征夷大将軍なのだから、主としては舞いあがらないほうがおかしい。

まず驚いたのは、首が白く羽先が黒い灰色の大きな真鶴（まなづる）が三羽も骸（むくろ）で運ばれて来たことだ。いずれも「上様が御自らお挙げになった」獲物だと厳かに告げられた。これをよく見えるよう飾り置けと命じられ、善四郎は家人にてきぱきと指図をし、縁側の正面に川風除けとして植えた松の樹に青竹を渡させ、そこに三羽を並べて吊した。

つい先ほどまで生きていた真鶴は手に触れるとまだ生温かく、日ごろ調理をする塩鶴とはまるで別物だ。これを調理するには羽をむしり取るのも大変だし、血抜きも結構手間がかかるだろう。それでもかつて抱一上人から聞いたように、塩鶴とはまるで違った柔らかさと甘みがあるのだろう。料理人としては何とぞ一度この手で生け鶴の調理をしてみたい。それが一番の夢でもあったのを想い出すと、善四郎は少し気持ちが落ち着いたのだった。

　半刻はあっという間に経ち、すでに鳥越からの家人も、根岸からの抱一上人も到着していた。再び蹄の音が轟（とどろ）いて、今度は先ほどよりさらに多くの騎馬武者と徒（かち）姿（すがた）の御鳥見（おとりみ）や鷹匠（たかじょう）らがぞろぞろ姿を現した。大勢の吐く息でまたもや白靄がかかったような庭に、善四郎は倅ふたりと主な家人を並ばせた。何方（いずかた）かは知らず、自分たちが土下座をする先には必ずやその人の姿があるはずだった。

「この家（や）の主は前に出ませい」

　朝倉の声で善四郎は面（おもて）を上げずに腰だけ浮かせてしずしずと前に寄り、その場で素早くまた平伏する。

「面を上げよ」

　といわれて少し顔を持ちあげながら、そっと上目遣いに窺えば、早くもこの家の縁側に腰かけた人の姿があった。

　話に聞いていた通りの大柄で頑健そうな躰には、目の覚めるような藤色の陣羽織が着けられていた。左肩から腕にかけては艶やかな白練（しろねり）絹に金糸の刺繍（ぬいとり）で葵（あおい）の定紋を散らした美々しい射籠手（いごて）に包まれている。

なかった。

「主か、造作をかける」

低い早口の声で善四郎はハハアと突っ伏した。それは待ちに待った人の声に相違なかった。

ところが嬉しいとか晴れがましいとかいう気持ちはちっとも起きないのが実に奇妙だ。まさかこんなにあっさり対面が叶うとは思わなかったから、いざ叶ってしまうと実にあっけない気もしている。

だがそれより何より上様のほうから先に「主か」といわれたことで、善四郎は昂ぶる気持ちがすうっと鎮まったのだ。これまでいかなる客人に対しても、同じように「主か」と問われて挨拶をした。相手がたとえ上様でも、そのことに全く変わりがないのを卒然と悟れたのである。

誰が訪ねて来ようが相手は客で、この家の主は自分なのだ。そう思うと、ふいに亡き南畝先生の言葉が胸をよぎった。自分は上様に御目見得できるかどうかが一生の浮沈ともなる武士ではない。今そのことが、しみじみ有り難く思えるのだった。

「お疲れ休めにお茶を一服、聞こし召されてはいかがでございましょう」

善四郎は今や堂々と言葉を返し、抱一上人はやはりひやひやなさっているのだろうかと思いまわせるほどに落ち着いたものだ。

家斉公は数寄屋の縁側に腰かけて、吐く息がまだ白くなるほどの寒さの中で射籠手を外して片肌の汗を拭わせながら、正面の竹棹に吊された自らの獲物を満足そうに眺めている。一方、隅に切った炉の前で茶を点てるのは抱一上人で、今日ばかりはきちんと権大僧都らしい法衣をまとう姿であった。

善四郎はこの間に厨へ退って自らの手で朱塗りの椀に熱い汁を張った。椀の中には豆腐と若布と芳しい独活芽が入れてあるのみで、決して凝った吸物ではない。いくら相手が将軍でも急な訪れでは凝った糝薯の吸物を手がけられようはずはなく、善四郎はまた最初からご馳走を用意する気もなかったのである。

そもそも今日は朝倉も予期しなかったという突然のご休息で、せいぜい薄茶を一服召されたら程なくご帰城と聞かされている。とはいえ払暁に御城を出られたとしたらちょうど空腹を覚える頃合だから、料理茶屋の主たる者、せめて朝の御膳を用意するほどのことはしておいたのだ。

本膳には飯と蜆の御汁と鯛膾、この時期ならではの茗荷竹の三杯酢漬けと牛蒡の煮染め、細根大根の香の物を並べ、二の膳で豆腐の吸物と小鯛の焼物を添えたばかりだが、いずれも素材は吟味に吟味を重ねている。尾張の細根大根なぞは辛みが増さぬよう、水の代わりに味醂で膚（はだ）を洗うというくらいの目立たぬ下拵えで贅を尽くすのが八百善流だ。鰹節をふんだんに用いた引き立てのだしの香りは厨から庭のほうにまで達して、いやが上にも食欲をそそるのだった。

　善四郎は調えた御膳を自らの手で運んで座敷の隅に置いた。上様の腰かけられた縁側からは離れた場所だが、匂いが漂ってお鼻をかすめ、もしかしたら箸をおつけになるのではないか、というごくごく淡い期待があるにせよ、よしんば放置されてもむしろそのほうが自然なことのように思えた。

　御付きの従者がしっかり背後と脇を固めた上様の姿はかなり見づらい。だが一度はたしかにこちらを少し振り向かれたような気がした。

　あれはきっと召し上がりたかったのだろう。けれど周りの目を気にして我慢をなすったに違いないと、善四郎はまたもや勝手な解釈をしている。そして自分の食事すら思い通りにならない上様の身の上がとても気の毒になった。

　何しろこの世に生まれて空腹時に物が食べられないほどの不幸はないように思うから、誰彼おかまいなしに気の毒がる善四郎のおかしな癖は、将軍の御成でまさしく頂点に達した観があったのである。

薄茶を一服召されるのも縁側に腰かけたままで、春は名のみの季節とあって、障子の開け放たれた座敷は相当に冷え込んでいた。先ほどまでは炉の前で暖が取れた抱一上人も今は縁側に出て、上様と何やら言葉のやりとりがあるようだったが、離れた善四郎の耳には届かなかった。

再び庭に土下座して将軍の還御を無事に見届けた善四郎はさすがに気疲れがどっと出て、家人をねぎらいつつもまだまともに話はできないほどだ。片や抱一上人は縁側に座したまま正面の青い竹棹に吊り下げられた三羽の真鶴を写し取るようさらさらと絵筆を運んでいたが、それもひと通りは描けたらしい。上人に声をかけられて、居残った徒侍らが今は鶴を棹から外しにかかっている。

善四郎は将軍が去ったのと同様に、あるいはそれにも増して鶴が去るのを名残惜しく思えた。あれをいつかはわが手で調理するというのが、此度の件で残された唯一の大望でもあろうか。

「この絵は立派に仕上げてそちに取らせよう。子々孫々末代までの誉れとなる御成祝いじゃ」

との声で善四郎はハッとわれに返り、改めて大変な出来事を思い返した。つい先ほどまでここに天下人の姿があったことは、やはり夢のような気がした。

「一度の放鷹で三羽も鶴を挙げることは上様もかつてなかっただけに、今日はまずそれを早(はよ)うご覧になりとうて急にお立ち寄りになったらしい。いずれまた改めての御成があるじゃろう」

そういわれても善四郎は格別に嬉しいという気持ちが起きなかった。むしろまた気が揉めるのを想うと心が重くなってしまうくらいだ。

「されば、次の御成がある前に、そなたは士分となるがよい」

何をいわれているのか一瞬さっぱりわからなかったので、善四郎は相手の澄ました顔をまっすぐに見返した。

「まさかわたくしが、お侍になるというような……」

「左様。上様の召し上がり物を調えるなら、まずは士分になることじゃ。望めばすぐにでもなれよう」

ここに至って此度の件の厄介さが歴然としてきた。善四郎はそれを素直に歓べない自分が厄介なのか、天下人を取り巻く世の中の仕組みが厄介なのかは知らず、本

来ならどのように答えるべきなのかもわからぬままに、

「どうも、そういうことは、ちと任が重うございまして……」

「そなたらしうもない。今になって妙な遠慮をするもんじゃのう」

「いえ、決して遠慮をしておるのではございません」

それだけは、はっきりしておかなくてはならなかった。

抱一上人はこちらの目を見て笑った。その笑い声には早くに世を捨てた人らしい乾いた響きがあった。

「ハハハ、まあ、よい。士分になろうがなるまいが、そなたが天下一の料理人であることに変わりはない。したがその料理を天下人が味わえぬとは、ハハハ、何ともお気の毒な話じゃのう」

「恐れ入りましてござりまする」

善四郎は心底から首を垂れた。長年にわたる付き合いとはいえ、相手はやはり絵を描く人らしく、意外なほどしっかりとこちらの心を見抜いていた。

ほんの一時でも上様を客人としてお迎えできたのは、料理茶屋の主として無上の光栄だった。けれど善四郎は上様にお仕えして料理をしたいとは微塵も思わなかった。もちろん形の上だけの話で、出仕を命じられるわけではなかろう。それでも士分が意味するものは身を窮屈にさせ、心を縛りつける気がした。そうなれば料理の道をこれからも歩む身の妨げともなりかねないのである。

「では上様が召しあがり損ねた朝の御膳は、愚僧が代わって頂戴すると致そうか」

　抱一上人はまるで何事もなかったように飄々としたいい方をして、善四郎はようやっと人心地が付いた面もちだ。御成の件で振りまわされた日々の何やかやが懐かしく想い出されて、それもまた冥土の良き土産話にはなりそうだった。

　別に調えた上様と同じ朝餐の御膳を前にして、抱一上人は静かに箸を取りはじめた。歯音も立てず、それでいてぼそぼそというのではなく、いかにもおいしそうな食べ方をしている。見れば箸は先がほんのわずかに濡れるばかりで、それを優雅な舞のように口へ運ぶ手つきには、改めてこの人の育ちを見せつけられる思いがした。お椀の汁を啜る音さえ小気味よく響いて、次にほうっという吐息が耳をかすめた。

「相変わらずみごとな吸物じゃ。汁の実に凝っておらぬ分、出汁の旨みが存分に沁み透る」

「恐れ入りましてござりまする」

善四郎の顔には自ずと微笑が浮かんだ。上様に代わってこの相手に賞めてもらえたら、これぞまさに本望というべきだった。

「吸物は料理の一番の花でございますだけに、出汁の味つけは格別で、味噌や醤油、酒や味醂はともかく、毎度気を遣いますのは塩の扱いでして」

「ほう、塩か。それは面白い、もそっと聞かせてくれ」

「はあ。鰹にしろ、昆布にしろ、ふんだんに使えば当然ながら出汁の旨みが増します。したが如何せん、鰹臭さ、昆布臭さが少しでも鼻についたら、吸物にはなりません。毎度いかにそれを消すかが料理人の勝負なのでございます」

善四郎は今や話すのに夢中だ。これまで店の者にもしたことがない話をこの相手にするのはちょっとふしぎだけれど、むろん聞き手として不足があろうはずもなかった。

「味噌や酒や醤油などは申すまでもないことながら、出汁の旨みも、それがあまり際立ってはいい吸物とは申せませぬ」

「なるほど、さもあろう。絵も同じだ。何かの形や色が気になってたまらんようでは困る。描いたものはそれぞれに形や色が異なっても、渾然と融け合うて一幅の軸や一双の屏風に収まらんようでは絵とは申せぬ」

と抱一上人は思いのほか真剣な眼差しで相づちを打った。

「左様でございます。出汁も酒や何かを注ぎ足す度に味がそちらへ傾きますが、ある時ひとつに融け合うて、幾重もの花びらがぱっと一度に開くような刹那がございます。それで初めて吸物らしうなるのでございます」

「絵も同様。先年、余が野分（のわき）の嵐に靡（なび）く秋草の屏風絵を手がけた折は、薄（すすき）、藤袴（ふじばかま）、葛の葉、野葡萄の紅葉までを下絵に描いたところで、どうも何か物足りぬ気がした。そこで野葡萄の青き実を散らしたら、たちまち画面が引き締まって、ようやく納得のいく絵に仕上がったのじゃ」

相手がまるで自分に話を合わせてくれるように思えて、善四郎の舌はますます滑らかになっていった。

「そこでやはり一番怖いのが塩の扱いでございます。塩を加えると味が濃くなる一方かといえばそうではなく、却って薄くなるような魔の刹那がございます。それにうっかり油断して塩を多めに足すと、もう取り返しがつきません」

「ああ、それは墨の扱いも同じことじゃ。彩絵（いろえ）に墨を入れたら絵が引き締まるとはいえ、墨を使い過ぎるとまた絵が台なしになる」

目の前に座したのはもはや美々しい袈裟を身に着けた高僧ではなく、大名家の御曹司だった人でもない。ただ一個の絵描きとして一介の料理人に相対している。

後の世にまで長く残る絵画と、口の中ですぐに消えてしまう料理。今ここでそれがひとつに語られることのふしぎさに善四郎の胸は躍った。生まれ育ちはもとより何もかも段違いで、ただ見あげるしかなかった相手との距離が縮んで、自分がまともに顔を突き合わせ、いつしか対等に言葉を交えている有り難さに目頭が熱くなるばかりだった。


青竹に吊された三羽の真鶴を描いた絵は入念な彩色でみごとな軸絵に仕立てられて、秋には福田屋に届けられた。善四郎はそれを見て、抱一上人の筆が少しも枯れることなく艶を含んで、しかも意外なほどに力のこもった絵であることに感じ入った。将軍御成の栄誉はこの一幅の絵で末代まで伝わるように思えた。

ところが明けて文政十一年の冬、まだあれほど力のこもった絵が描けた上人は、ふとした寒けに襲われて床に就かれたと聞いたのも束の間、そのまま師走を待たずに僂くなって、世の多くを嘆き哀しませたのである。

根岸の雨華庵にはさっそく大勢の弔問客が訪れた。中でも吉原の廓から訪れた者たちは故人の行状を偲びながら、しめやかなはずの席を何かと賑やかにした。善四郎は当然のように料理人を引き連れて通夜振る舞いに手を貸すつもりだったが、着いた時にはすでに厨が別の者で占められていた。

「八百善さん、此度はどうも」

と厨の土間でこちらを見あげて、片襷を外しながら尋常に頭を下げたのは、駐春亭こと田川屋宇右衛門である。ほどよく脂がのった躰つきと、ふっくらした顔立ちは豊かな人柄を窺わせ、こちらとはずいぶん歳が離れているのを忘れさせるような落ち着きがあった。

田川屋は下谷竜泉寺町の料理茶屋で、住まいを根岸に移してからの抱一上人は福田屋よりも近いそちらのほうに入り浸りだったらしい。店に浴室を設けた田川屋で、上人は夕餉ばかりか入湯まで済ませて吉原通いをしているという噂を小耳にはさんでいた。きっと善四郎が若い時分のように、宇右衛門も上人から何かと教わったのだろうし、晩年はずっと身近な話し相手だったに違いない。

それでもいきなり「お話は伺っております」といわれて、善四郎は一瞬ぽかんとした。

「なぜお断りになりました」

「一体何のこって？」

相手はあたりを見まわすようにしてこちらに近づき、そっと耳もとで囁いた。

「上様の御成で八百善さんはすぐにでも苗字帯刀が許されたのに、それをお断りなすったと、お上人様から伺いました」

「ああ、その話は……」

誰にもしていなかった。倅や女房にも敢えて話さなかったのは、へたに親類縁者の耳にでも入って、何やかやと余計な口を挟まれたくなかったせいだ。意外にあっさりと抱一上人の口から洩れたのは、なまじ武家の出だからそれほど大変なこととは思われなかったのだろう。

あの場で立ち消えになったはずの話が、あたかも通夜の席で蘇った亡霊のごとくに蒸し返されて、善四郎はただただ困惑している。

「それを聞いてわっちは何とも勿体ねえような気が致しまして、今も残念でたまりません。どうか、お考え直し戴くわけには参りませんか。これはもう、決して八百善さんだけの話ではございませんぞ」

と相手は情の強そうな肉厚の唇で熱心にかき口説くのだった。

「料理茶屋はとかく水商売とみられて、何かと肩身が狭い思いをします。それが苗字帯刀の身分ともなれば、自ずと世間の目も違って参りましょう。何とぞ仲間を背負って立つおつもりで、八百善さんが料理茶屋の名聞誉れを一身に担って下さいまし」

宇右衛門がいいたいことは同業の身としてよくわかるし、善四郎は根っから世話好きの性分だけに、心を動かされないわけでもなかった。

上人が亡くなられた今も、方々に働きかければ苗字帯刀の名聞は得られるだろうし、それは子々孫々にまで伝わるわが家の栄誉となる。しかしながら、すでに還暦を超えて恩人を次々と喪い、自らの老い先もまた決して長くはないことを思い知らされる今、それは善四郎がどうしても手に入れたいものではなかった。

前に繁蔵がいったように、この歳になったらもう高望みはせず、無難に過ごすのが一番だとしているのではない。この世での欲がもう全くないわけでもなかった。

ただ、それは苗字帯刀という荷厄介なだけの名聞誉れと引き換えになるような、ささやかな欲でないことだけははっきりとしていた。

「万物は等しく花が咲き、実が生って、ついには枯れ果ててしまう」

鵬斎先生の朗々とした声がまた改めて耳に蘇る。自らも枯れ果てる日が遠からず訪れることを悟った今は、先生のいう「根に帰って復する」道を見つけたい気持ちのほうが強かった。

この気持ちを、抱一上人ならわかって戴けたはずだという思いがある。絵筆の道に心を羽ばたかせた上人は、世俗の身分や栄達に囚われなくて済む日々の有り難みをご存じのはずだった。なまじそうしたものに心が縛られたら絵筆は折れやすく、包丁もまた錆（さ）びやすいことをご存じだったのではないか。御成の日の対話を今に改めて想い出すと、善四郎は畏れ多くも抱一上人が文字通りの知己だったような気さえするのだ。

奥の仏間では仰臥（ぎょうが）した故人に掌を合わせる人びとの列が続いている。墨染めの衣で亡き人の傍に座るのは喪主格の妙華尼だ。ふと横を見れば、そこにお富の姿があった。善四郎に先んじてここへ駆けつけたらしく、互いに膝をすり寄せた姿勢で何やら親密そうに、恐らくは故人の想い出話をしているのだろう。

その昔、吉原で全盛の花魁賀川と名うての女芸者富吉も毎晩あんなふうにして話し込んでいたに違いない。こうして顔を揃えれば当時の艶めいた気分がそこはかとなく漂ってくるのは妙が、こうして顔を揃えれば当時の艶めいた気分がそこはかとなく漂ってくるのは妙なもので、あれもふたりが根に帰った姿と見えなくはなかった。

抱一上人が築地本願寺に埋葬されて、初七日から四十九日までの法要を酒井家が営んだのもまた根に帰らせた証拠というべきかもしれない。

片や根岸で上人を見送った善四郎は、来春の版行となる『料理通』第三篇を思いきって急遽書き改めることとし、店の仕事はもっぱらふたりの倅に委ねて、自らは昼夜を分かたず執筆に勤しんだ。

かくして『料理通』第三篇は膾、汁、平皿、壺皿、硯蓋や台引に至るまですべてが精進仕立てとなり、あたかも故人の法要を紙上でするかのごとくだった。

さらには葛粉と水の割合まで記して水蟾（すいせん）の製法を披露するなど、精進料理のさまざまな工夫や秘伝も第三篇で公表し、善四郎は八百善こと福田屋の根を明らかにしたのである。

第三篇の草稿をとうとう書きあげた日は、その余勢を駆って、ふたりの倅を居間に呼びつけたものだ。

「久五郎、そろそろ手前(てめえ)がうちの後を継いで主となるがいい。定七はどうかこれからも兄貴を助けてやってくれ」

ふたりは共々あっけにとられたような顔を見合わせている。

「兄貴が店を継ぐのは構わねえが、お父つぁんも元気なようだし……これから一体どうなさるおつもりなんで？」

「父つぁんはまだ隠居するほど、くたびれちゃいねえようだぜ」

孝行息子よろしくふたりが口を揃えて異を唱えてくれたのは有り難いことであろう。

「何も今日明日の話じゃねえが、俺も還暦を超えたんだから、手前らもぼちぼち心支度をしろというんだ。俺は躰がへたばらねえうちに楽隠居で、早く自分のしてえことがしてえんだよ」

「親父が今さらしてえことって何なんだよ。これまでだってずっと自分のしてえようにやってきたんじゃねえか」

と今度は倅がいい返すのも無理はなかった。

「ハハハ、そういわれちゃウンともスンとも出ねえやな。まあ、いいさ。手前らは若(わけ)えんだ。まだまだ俺の気持ちはわかるめえよ」

倅たちが呆れ顔で互いに袖を引きながら立ち去った後、居間は急にひっそりとして善四郎の孤独を募らせた。ずっと自分のしたいようにやってきたことが、果たしてこれまで通りできるかどうか。まだそうした不安を覚える年齢には達していない倅たちが、心底羨ましく思えた。

人はどこからかこの世に生まれ来て、どこかへ帰って行く。帰る根の苦みをだんだんに知らされる今、これまでさんざん好き勝手をしてきたくせに、あと残り短くなったこの世でしたいことがはっきり見えてこないもどかしさと焦りを、共に分かち合える相手がいないのは何とも淋しい限りだ。

ふと気づいたら居間の隅に女の影法師があった。女房がいつの間にかここへ来て、行灯の横で背中を丸めている。見れば昔通りに足袋を繕う様子で、糸を通すのも人手を借りる年齢なのに、ひと針ひと針を丹念に運び続けるお栄の姿を見ていると、善四郎はいまだにジタバタしている自分が急に恥ずかしくなった。

「ああ、俺はもう、この世でしたいことをし尽くしちまったんだろうか……」

さらりと聞き流してもいいような亭主の独り言で、女房が意外にも針の手を止めた。

「また、旅に出られますのか？」

ちぐはぐな相づちのようでも、案外とそれは亭主の塞がれた心を速やかに出口へ導いてくれた。

善四郎が初めて東海道の旅に出たのは二十二の歳。三十六で再び道中を重ねた時は、思えば女房の許しを乞うての旅立ちだったのだ。

二度にわたる道中で健脚を自負したとはいえ、還暦を超えて、まさか長旅に出ようとは、女房の声を聞く今の今まで思いが到らなかった。だが南畝先生や文晁先生の話を聞いて、自分もいつかは長崎へ渡りたいと念じながら、それが果たせないままなのは今に心残りである。

長崎には清国人の手で本場唐土の料理が伝わるという。精進料理も元は禅家の普茶料理で、卓袱料理と同様に当初は唐土から伝わったものに相違ない。したがって長崎に行けば、善四郎がこれまで手がけた数々の料理の根に自ずと辿り着くことにもなるのだ。

「根に帰って復する」道は、やはり長崎に通じているのかもしれなかった。

そうはいっても長崎ははるか三百里を超える彼方の地。還暦を超えた老いぼれの脚で、果たして辿り着けるかどうか。長旅の門出には毎度これが最後の別れとなるのを覚悟して水盃を交わすが、今度ばかりはそれが形だけでは済まなくなる恐れも多分にあった。

人の命と同じく今や残り少なくなった行灯の油は幽(かそ)けき明かりを盛んに瞬かせて、襖に映った男の影法師を大きく揺らしている。善四郎は決意した。

「お栄、また長旅になりそうだが、承知をしてくれるか？」

相手は再び針の手を止めて、おかしそうに笑った。

「今さら承知も何も。お前さんはいつだって、勝手にどこへでも出かけちまうじゃないか」

皮肉な調子は微塵もなかった。あるのはただ、留守がちな男を横目に腰を据えて、いつしかこの家にびっしりと根を張りめぐらせた女の自信といったようなものかもしれない。

いまだに腰が据わらぬ亭主はそれを聞いて苦笑いするしかなかった。何処へ出かけようとも、この女房のいる家が常に帰るべき根っこであることに変わりはないのだから。

付記

『料理通』第三篇が版行された翌年は元号が改まり、翌天保二（一八三一）年には久五郎が八百善こと福田屋の当主となった。明けて三年辰年の春、六十五歳を迎えた善四郎はついに長崎への旅を決行した。

まずは京に赴いて南禅寺、東福寺、さらには宇治の萬福寺（まんぷくじ）、大坂の瑞龍寺（ずいりゅうじ）、一心寺（いっしんじ）など諸寺を巡ることで本場の普茶（ふちゃ）料理を味わい、長崎へ旅立つ前に大坂で、その道の達人ともいえる老僧からさまざまな技法を教わったという。

かくして三年後の天保六年に出版された『料理通』第四篇には珍しい料理名が並んでいる。たとえば「牛肉もどき」は煎海鼠（いりこ）を一寸ほどに切って葛の衣を付けて榧油（かやあぶら）で揚げ、下煮した牛蒡と白味噌で和えたもの。「豚和え」は茹でた鮑を角切りにして油で炒め、下煮した晒（さら）し蒟蒻（こんにゃく）とみじん切りにした葱をからめて南蛮味噌で和えたもの。「焼羊もどき」は霜降りにした星鮫の身に胡麻油を塗りながら何度も焼いて味醂醬油で旨煮にしたもの。といった具合に調理法を公表して、唐風の苦手な日本人の口にも合うような工夫をした旨が序文に認めてある。

それらの珍品料理は善四郎の飽くなき探求心を物語る一方で、食文化の伝播が軽々と鎖国を打ち破っていたことの例証にもなろう。

善四郎は生粋の江戸っ子でありながら、料理の道を通じて国際人たり得た、当時としては希有な日本人のひとりだったのである。

七十二歳で彼がこの世を去ったのは天保十（一八三九）年。いわゆる「蛮社の獄」で幕府の鎖国政策を批判した渡辺崋山らが囚われた年だったのは、まさに時代の皮肉といえようか。

善四郎の長男久五郎の代になっても八百善は江戸一の座を明け渡さず、十二代将軍家慶の御成を迎えて食事を供していた。続いて当主となったのは次男定七の子で、即ち渡辺崋山がその可愛らしい姿を描いた千太郎少年だった。

千太郎が八百善を継いだ八年後にはペリーが浦賀に来航している。翌年三月に日米和親条約が締結され、二百年以上も続いた鎖国が解かれた際は、もう一軒の名店百川と共に饗応の料理を請け負ったが、この時の献立は残念ながら関東大震災で焼失したという。

国賓級では明治五（一八七二）年のロシア親王アレクセイ来朝の際に饗応された料理が、今日に残された最も古い献立の記録である。鯉の活け作りや焼鯛の舟盛り等々全二十品目にわたる豪華な本膳料理だが、さよりの細作りに独活芽（うどめ）を添えて煎酒で食す刺身などは、その繊細な味わいが果たして正当に評価されたかどうか。

ともあれ、これは今日に世界で持てはやされる日本料理が、海外の人の舌に触れた、相当に古い献立の記録であることに間違いない。

あとがき

八百善という料理屋については、かなり以前から一度きちんと調べてみたい気持ちがありました。それは私が曽祖父の代から続く料理屋に生まれ育ったせいかもしれません。

かくして淡交社発行の月刊茶道雑誌「なごみ」で随筆を連載した際に八百善の調査をさせてもらったところ、担当編集者が現在に存続する店の主人十代目栗山善四郎さんに仲介の労を取られ、おかげで同家に伝わる数々の古文書も拝見できました。

江戸の八百善の面影を伝える貴重な古文書は既に十代目の御母堂である故・栗山恵津子さんの著作『食前方丈』に紹介されていますが、それらに直に触れられて、さらには同家を訪れた文化人の遺墨を、十代目が江戸っ子らしい気前の良さで惜しみなく披露されたことによって、私の中にこの小説の萌芽が誕生したのです。

主人公のモデル四代目善四郎は八百善の実質的な創業者とみられ、江戸の有名人として数々のエピソードを伝えた当時の客観的な資料も存在します。一方で彼自身が『料理通』を著して今日に伝えており、これは江戸時代に出版された数多くの料理書の中でプロの料理人が手がけたと明記されている唯一の本といえるでしょう。

八百善における四季折々の献立を公開し、特殊な料理には簡単なレシピも添えた本文に加え、この小説に登場する著名な江戸文化人が序文や挿画を寄せた『料理通』は当時の大ベストセラーでした。多くの文化人が出版に協力的だったのは、八百善が単なる食事処でなくサロンの役割を果たしていたことの証左でもあります。

『料理通』にずらりと並んだ品書きは、当然ながら今日の日本料理に相通ずるものが多々あるとはいえ、珍しい食材の組み合わせや見当もつかない調理法を目にすると、私はつい味わいを想像したくなりました。小説の中にたびたび登場する献立もまた、四代目の「旅日記」から引用した伊勢太神楽の饗応膳と大田南畝の日記に見られる升屋のそれを除いて、概ね私が『料理通』及び同時代の料理書を参考にあれこれ想像して組み立てたもので、想像に当たっては、江戸料理研究家の福田浩さん、食文化研究家の故・松下幸子千葉大学名誉教授から伺った話を大いに参考にしております。

思えば料理は人間が想像力を駆使して生みだす紛れもないアートの一種であり、長い時間をかけてさまざまな場所で徐々に進展してきた、人類史上最大最良の発明といえるのではないでしょうか。私たちは今日にその素晴らしい想像力を味わうのです。

上梓に当たっては八百善の古文書を整理解読なさっている柴興志さん、根岸の里をご案内戴いた作家の森まゆみさん、豆腐料理の老舗「笹乃雪」の当主奥村雅夫さんのご協力にも改めて厚く御礼を申しあげます。

解説

平松洋子

料理は刹那のいのち。胃の腑へおさまれば、あっけなく消え去ってしまう。しかし、その儚さが浮世の憂さを晴らすこともあれば、見果てぬ夢や一世一代の勝負を引き受けることもある。料理はひとの手によるもの、ひとが生みだすもの。

本作『料理通異聞』は、日本料理の爛熟期、文政年間に刊行された書物『料理通』と江戸中に勇名を馳せた実在の料理屋「八百善」に題材をもとめ、料理に身を投じて生きた「八百善」主人善四郎の一代を描きだす長編時代小説である。そもそも浅草新鳥越町で創業した「八百善」は、関東大震災ののち築地へ、第二次世界大戦の戦禍に見舞われたあと永田町へと移転を重ね、現在は十代目栗山善四郎氏を当主として、鎌倉五大堂の明王院の境内で長命を紡ぎ続けている。

本作を手にするとき、私は、宿世の縁に思いを馳せずにはおられない。

著者が「あとがき」で明かしているように、『料理通異聞』が誕生する背景にはいくつかの偶然と必然が絡んでいる。まず、著者自身が曽祖父の代から続く京都の割烹に生まれ育ち、かねがね「八百善」の存在に関心を抱いていたこと。二〇一四年、月刊茶道雑誌「なごみ」（淡交社刊）で随筆を連載するにあたり、担当編集者を介して「八百善」十代目と知己を得たこと。当代から栗山家に伝わる貴重な古文書や史料を惜しみなく提供され、じかに読み解く機会を得たこと……これらは、時代小説を手がける著者が次作の構想を練るうえで、千載一遇の好機に違いなかった。

「八百善」が三百年近くに亘って命脈を保ち、こんにち偶然と必然の力によって縁故が結び合わされたからこそ書かれることになった、特別な物語である。

「江戸文化の華」と題して「なごみ」に掲載された全十二回の連載には、「八百善」をめぐる著者の史料渉猟のようすがつぶさに綴られている。これもまた珍しい展開で、つまり、小説を執筆する以前に、作家みずから自作が生まれる背景を仔細に公開しているというわけだ。

連載の最終回「料亭・八百善を追う」のなかにこう綴られている。
「明和年間（一七六四〜七二）から文政五年（一八二二）まで約半世紀にわたる風俗の変遷を記した『明和誌』には、『料理見世』の筆頭に深川の二軒茶屋と洲崎の升屋が掲げられ、『近頃にいたり』出来た有名店の例として八百善の名が挙がっている。さらに時代が下った随筆『寛天見聞記』は、八百善が流行りだしたのを『享和の頃』と明記した。要するに八百善は四代目の代で創業と等しいような飛躍的発展を遂げたのは間違いない。だがその背景に何があったかを具体的に伝える文書は栗山家にもなく、それこそが作家の想像力に委ねられるのだった」（「なごみ」二〇一四年十二月号）
「八百善」については、そのルーツ、四代目善四郎の氏素性、「八百善」を引き継いだ栗山姓の由来など、不明な事柄も多い。いっぽう、料理文化の栄華としての『料理通』全四編は現存し、贔屓（ひいき）客への土産として作った「起こし絵」、人気戯作者・柳亭種彦を起用して作成した広告「引札（ひきふだ）」、独自に発行した商品券「料理切手」、あるいは、本作の最終章「別離に涙して帰根の苦みを知る」で描かれる茶漬けの水を汲みに早飛脚をやらせたエピソードは、寛政〜天保期（一七八九〜一八四四）の世相を記録した『寛天見聞記』に記されている――先に挙げた「なごみ」での一節は、歴史の波間に浮き沈みする虚実皮膜のすべてを自分の想像力を駆使して一手に引き受けようという、いわば作家の覚悟にほかならない。

　入念に準備され、構築された奇貨としての物語。読み進むほどに善四郎という人物の機知、戸惑い、度胸のよさに触れ、視線の動きやこまやかな所作まで目に浮かび、心根のありように引き込まれてゆく。冒頭「出会は甘露にして」で描かれる善四郎の複雑な出自も、その人間味を育んだ根幹としておおいに説得力がある。とりわけ心躍らされるのは、名にし負う料理屋「升屋」での、のちの酒井抱一、大田南畝、亀田鵬斎らとの運命的な出会い。善四郎の強運ぶり、人好きのする佇まいを「生まれもって人を引き寄せる神通力のようなものが備わっておるのかもしれん」と水野の主人に語らせているのだが、料理もまた一瞬の移ろいを逃さず、みずからの五官にするどく感応させるもの。善四郎という人物の輪郭を描くと同時に、料理の本質に読者を招き入れてゆく精妙な筆運びに唸（うな）らされる。

「八百善」が精進料理を自家薬籠中のものにし、既存の枠組みを超えてゆく展開も見事というほかない。むろん「八百善」という店名は八百万（やおよろず）を連想させるし、同時代の歌舞伎作者、三升屋二三治による随筆『貴賤上下考』には、「八百善」は「寺々の仕出しの料理」つまり年忌法要や精進落としなどの精進料理を手がけていたと記されている。それらの史実を踏まえ、「作家の想像力」によって巧みに肉づけした料理の数々は、本作の味わいどころのひとつ。ことに、善四郎が「餅は餅屋といわれるほどに御斎は福田屋といわせたい一心」でのぞむ精進料理は、たったいま江戸にワープして「八百善」に駆け込みたい欲望をおぼえる佳味揃いだ。色合いもしぶい椎茸と柿と大根のせん切りの胡麻酢和え。酢味噌のうえにのせた栗と初茸と銀杏は絶妙の取り合わせ。わざわざ寺に運びこんだ七輪で温める椎茸の清まし汁。葛粉や小豆の煮汁などで刺身を形づくり、皮を銀箔で模した精緻な葛鱓。木の実の油で揚げた香ばしい琥珀豆腐……妄想と食い意地とロマンが刺激され、たまらない。稀な味覚をもつ食い道楽の万次郎が、とかく地味に思われがちなけんちん汁を「まるで極彩色の屏風絵を見るよう」と評するくだりにも、溜飲を下げた。材料を選ぶ目、包丁さばき、ひとつひとつに知恵と工夫を凝らす心掛けが、「八百善」の評判をじわじわと底上げしてゆく。そして、秀でた味わいにいち早く反応するのも、大田南畝や山東京伝などの文人たちだというところに五官の火花が散るかのよう、ぐっとくる。

堅実だが進取の気性を合わせもつ善四郎の道のりに、著者が重ねているのは生の確かさだ。その確かさを手がかりにしながら、読者は、はるか遠くの時代に生きるひとびとの実在感に触れ、時空を超えて江戸と現代を縫い合わせてゆくのである。これぞ時代小説の贈りもの。

善四郎の道のりには、社会のありようがぴたりと貼りついている。〝江戸は諸国の入り込み〟といわれて巨大都市化した江戸にあって、料理文化は徒花ではなく、政治や経済、交通、都市機能の発達などと密接に連動しながら花開いていったもの。くわえて、日常的な食料供給のために水路や街道が整備され、魚市場や青物市場などの流通機構が築かれ、商業活動を推し進めた田沼政治や質素倹約を旨とする寛政の改革など、政治の影響をもろに受けたことなども見逃せない。これらのダイナミックな社会変動と料理文化との密接な繋がりを意識すればするほど、善四郎や「八百善」の存在感はいっそう色濃く匂い立ってくる。

幕藩体制の続く江戸期二六五年をつうじて日本料理はめざましい発展を遂げる。庶民にいたるまで料理や食べることを愉しみ、寺社参拝や物見遊山など行楽に興じるようになる。料理屋についていえば、江戸が大火に見舞われた明暦三年（一六五七）、浅草寺の門前にできた奈良茶飯屋にはじまって、一杯盛り切りのけんどんそば屋、居酒屋、うなぎ蒲焼屋、屋台のすし、そば、天ぷら屋などが現れ、江戸の食文化を牽引してゆく。屋台は、江戸周辺から集まってきた単身赴任の男性労働者の胃袋を満たす場所として機能した。このような流れのなか、印刷技術の発達とあいまって生まれたのが料理書である。

寛永二〇年（一六四三）に刊行された『料理物語』を江戸初期の代表的料理書とすれば、「八百善」主人の著した『料理通』は文政五年（一八二二）刊行、料理文化が最高潮を迎えた化政期ならではの精華である（ちなみに、一代ブームを巻き起こした百珍ものの先駆け『豆腐百珍』は両者の谷間、天明二年（一七八二）に刊行されている）。『料理通』を手がけたのは和泉屋市兵衛、読本を中心に旺盛な出版活動をおこなっていた版元だ。初編のめざましい売れ行きに乗じて、第二編を三年後、会席精進料理をテーマにした第三編をその四年後、卓袱（しっぽく）・普茶（ふちゃ）料理を扱う第四編を天保六年（一八三五）、立て続けに刊行しているのだから、めっぽう目先の利く遣り手。その道のプロが語るスタイルを踏襲して、天保一二年（一八四一）には江戸深川の菓子屋「船橋屋織江」の主人による『菓子話船橋』も手がけている。

それにしても、『料理通』の華やかさはどうだろう。扉を開くと、「八百善料理本」の題字の下に酒井抱一の描く蛤の彩色画。儒学者、亀田鵬斎と大田南畝による自筆の序文。谷文晁の蔬菜図。漢詩人、大窪詩仏の五言絶句。鍬形蕙斎があらわす山谷界隈と八百善の外観。時代の最先端をゆく文人画才のオールスターが集結する超豪華本である。しかし、『料理通異聞』が描きだすのは、文化の交差点のそのまた奥、善四郎が折りに触れて大切に培ってきたひとびととの魂の交わりである。「三幅対」と称された鵬斎、文晁、抱一上人の集う席で、鵬斎が放った言葉が善四郎の胸を射貫く。

「よいか。この世で一番大切なのは、己れの形を自らで見つけることだ。卓袱料理だとて器は常の皿や丼で一向に構わん。ことさらに唐めきた調味にせんでもよかろう。おぬしは、おぬしの舌が旨いと信ずる味を求めて、一生それを究めるがよい。そうでなくては、おぬしがこの世に生まれた証はないものと思え」

食べれば刹那に消える儚い料理。いっぽう、後世にかたちを遺す書画や文筆。しかし、なにごとかを成そうとする者の手にかかれば、両者はおなじ価値をもつと断じる潔さにカタルシスがある。料理というものにつきまとう宿命、つまり豊饒と無常の両義性を知り抜く著者の見識があればこそ書かれた鵬斎の言葉だ。

「この世に生まれた証」は、それだけではない。抱一上人が見初めた花魁、賀川。善四郎の苦い初恋の相手、旗本の娘の千満、女芸者の富吉、糟糠の妻お栄。男女の機微が織りなすふくよかな感情もまた人生に灯火をもたらす証。余韻のふかい大人の物語である。

料理と人間と時代をつうじて、読者はしだいに深い場所へ導かれてゆく。

男や女が熱く生きるときの果実とはなにか。

その果実にはなにがしかの真実が宿っているのだろうか。

時代と世間に揉まれ、出会いに学び、天災や打ち壊し騒動をくぐり抜け、たゆまず切磋琢磨を重ねて「生きる証」を摑もうとする善四郎の一代。将軍家斉公をもてなす身分まで昇り詰めながら、還暦を超え、長崎への旅に出る決意を固めて「生きる証」をさらに摑もうとするけなげな姿が爽快な読後感をもたらす。

万物流転。しかし、真実恃みとするものがあれば、宿世の縁はきっと結ばれる。はるか江戸の地で人々を魅了した料理屋の存在が、京都の割烹で生まれ育った時代小説の名手、松井今朝子の筆を誘い動かし、『料理通異聞』が産みだされたことを思うと、この芳醇な物語のすみずみに息づく偶然と必然の気配に、いっそうぞくりとする。

――エッセイスト

この作品は二〇一六年九月小社より刊行されたものです。

幻冬舎時代小説文庫

●好評既刊

吉原手引草
松井今朝子

十年に一度、五丁町一を謳われ全盛を誇った花魁葛城が、忽然と消えた。一体何が起こったのか？吉原を鮮やかに描き選考委員をうならせた第一三七回直木賞受賞作、待望の文庫化。

●好評既刊

吉原十二月
松井今朝子

大籬・舞鶴屋に売られてきた、ふたりの少女。幼い頃から互いを意識し、激しい競り合いを繰り広げながら成長していく。苦界で大輪の花を咲かせ、幸せを掴むのはどちらか。絢爛たる吉原絵巻！

●好評既刊

東洲しゃらくさし
松井今朝子

並木五兵衛に頼まれて江戸の劇界を探りに来た彦三は、蔦屋重三郎のもとに身を寄せる。彦三の絵に圧倒される蔦屋。一方、彦三からの報せがないまま江戸へ向かった五兵衛を思わぬ試練が襲う――。

●好評既刊

幕末あどれさん
松井今朝子

幕末の激動期、旗本の二男坊、宗八郎と源之介の人生も激変する。芝居に生きる決心をする宗八郎。一方、源之介は陸軍に志願するが……。名もなき若者＝あどれさんの青春と鬱屈を活写した傑作！

●最新刊

蝮の孫
天野純希

美濃の蝮と恐れられた名将・斎藤道三の孫、龍興は酒に溺れて戦嫌いだ。だが織田信長に敗れて流浪し、復讐を画策。武芸に励み、信長を追い詰める……。愚将・龍興の生涯を描く傑作時代小説。

幻冬舎時代小説文庫

●最新刊
怪盗鼠推参 四
稲葉 稔

不義を働く鼠小僧・次郎吉を密告し、我こそ真の義賊にならんと誓った伊賀者・百地市郎太。だが鼠を騙る賊が新たに出現、探索に乗り出す。人を殺めた偽鼠の得物から甲賀衆に辿り着くが……。

●最新刊
居酒屋お夏 十 祝い酒
岡本さとる

正体不明の大悪党・千住の市蔵は、争闘の場で見たお夏への復讐心を滾らせていた。お夏とて、母を殺めた張本人の市蔵との決戦は望むところ。二人の直接対決の結末は!? シリーズ堂々の決着!

●最新刊
追われもの四
再会
金子成人

島抜けをして兄を捜し続ける丹次。眼を悪くした兄・佐市郎へついにたどり着けそうな予感に気が逸る。そして仇である兄嫁と情夫との決着へ――。兄弟の強い絆に胸締め付けられる、感涙の最終巻。

●最新刊
天竺茶碗 義賊・神田小僧
小杉健治

阿漕な奴からしか盗みません――。弱きを助け強きをくじく信念と鮮やかな手口で知られる義賊・巳之助が辣腕の浪人と手を組み、悪名高き商家や旗本の鼻を明かす、著者渾身の新シリーズ始動。

●最新刊
飛猿彦次人情噺 **血染めの宝船**
鳥羽 亮

彦次の手口を真似た盗賊が出現。義憤に駆られた彦次は玄沢の手を借り、町方の目を忍んで下手人を追うが……事件の背後に広がる江戸の闇。賊の正体、狙いとは？ 手に汗握るシリーズ第二弾！

幻冬舎文庫

●最新刊
リメンバー
五十嵐貴久

バラバラ死体を川に捨てていた女が逮捕された。フリーの記者で、二十年前の「雨宮リカ事件」を調べていたという。模倣犯か、それともリカの心理が感染した!? リカの闇が渦巻く戦慄の第五弾！

●最新刊
ミ・ト・ン
小川糸 文
平澤まりこ 画

マリカの住む国では、「好き」という気持ちを、手袋の色や模様で伝えます。でも、マリカは手袋を編むのが大の苦手。そんな彼女に、好きな人が現れて。ラトビア共和国をモデルにした心温まる物語。

●最新刊
石黒くんに春は来ない
武田綾乃

学校の女王に失恋した石黒くんが意識不明の重体で発見された。自殺未遂？ でも学校は知らん顔。しかし半年後、グループライン「石黒くんを待つ会」に本人が現れ大混乱に。リアル青春ミステリ。

●最新刊
メデューサの首
微生物研究室特任教授　坂口信
内藤　了

微生物学者の坂口はある日、研究室でゾンビ・ウイルスを発見。即時処分するが後日、ウイルスを手に入れたという犯行予告が届く。女刑事とともにその行方を追うが――衝撃のサスペンス開幕！

●最新刊
ダブルエージェント　明智光秀
波多野　聖

実力主義の信長家臣団の中でも、明智光秀の出世は異例だった。織田信長と足利義昭。二人の主君に同時に仕えた男は、情報、教養、したたかさを武器に、いかにして出世の階段を駆け上がったのか。

料理通異聞

松井今朝子

令和元年12月5日　初版発行

発行人――石原正康
編集人――高部真人
発行所――株式会社幻冬舎
〒151-0051東京都渋谷区千駄ヶ谷4-9-7
電話　03(5411)6222(営業)
　　　03(5411)6211(編集)
　　振替00120-8-767643
印刷・製本―中央精版印刷株式会社
装丁者――高橋雅之

検印廃止
万一、落丁乱丁のある場合は送料小社負担で
お取替致します。小社宛にお送り下さい。
本書の一部あるいは全部を無断で複写複製することは、
法律で認められた場合を除き、著作権の侵害となります。
定価はカバーに表示してあります。
Printed in Japan © Kesako Matsui 2019

幻冬舎時代小説文庫

ISBN978-4-344-42934-5　C0193　　ま-13-5

幻冬舎ホームページアドレス　https://www.gentosha.co.jp/
この本に関するご意見・ご感想をメールでお寄せいただく場合は、
comment@gentosha.co.jpまで。